13일의 김남우

13일의 김남우

김동식 소설집 3

요다

차례

도덕의 딜레마   7

나비효과   22

13일의 김남우   45

버튼 한 번에 10억   60

완전범죄를 꾸미는 사내   82

퀘스트 클럽   102

인간에게 최고의 복수란 무엇인가   119

도와주는 전화 통화   141

자긍심 높은 살인 청부업자   156

김남우 교수의 무서운 이야기   165

나는 정말 끔찍한 새끼다   174

거짓은 참된 고통을 위하여   208

시공간을 넘어, 사람도 죽일 수 있는 마음   239

자랑하고 싶어 미치겠어 250

죽음을 앞둔 노인의 친자 확인 264

사이코패스 죽이기 274

버려버린 시간에도 부산물이 남는다 305

친절한 아가씨의 운수 좋은 날 326

세 남자의 하우스 포커 346

심심풀이 김남우 369

가족과 꿈의 경계에서 385

도덕의 딜레마

한 달 뒤, 운석 충돌로 세계는 멸망하게 됐다. 다행히 인류가 멸망하는 것은 아니었다.

30년 전에 이미 운석 충돌은 예측되었고, 그 사실은 세계의 정상들에게만 공유가 되었다. 그들의 비밀 회담으로 지하 도시 건설이 추진되었고, 한 달 전에 완성되어 세계에 공표되었다.

당연히 인류 모두가 들어갈 순 없었다.

그렇다면 사람들을 어떻게 선별할 것인가? 권력, 재력, 명성, 재능을 가진 이들의 자리는 이미 확보되어 있었다.

나머지 절대다수의 사람들을 선별할 방법이 필요했다. 세계는 빠르게 합의를 보았다. 인류 선별의 기준은 바로 도덕이었다.

.
.
.

"오래 기다리셨습니다. 606번이시죠? 이쪽 문으로 들어가세요."

606번 사내. 그는 손에 쥔 생사의 수험표 606번을 들고 문 안으로 들어갔다.

어둡고 천장이 높은 그 공간은 마치 방송국의 세트장 같았다.

무대 중앙에는 정장에 나비넥타이를 맨 사회자가 단상 앞에 서 있고, 사회자 뒤쪽의 계단식 단상엔 100명의 심사 위원이 각자의 자리를 지키고 있었다.

606번 사내는 짧게 심호흡을 하고 사회자 앞에 섰다.

사회자는 익숙한 듯, 빠르지만 분명한 발음으로 사내에게 설명을 시작했다.

"앞으로 606번 님은 세 가지 도덕적 질문을 받게 될 것입니다. 질문의 선택지는 두 가지이고, 606번 님의 가치관과 신념에 따라 깊게 생각하고 둘 중 하나를 선택하시면 됩니다."

사회자는 뒤쪽 100명의 심사 위원단을 돌아보며 말을 이었다.

"606번 님의 선택이 끝나면, 그 선택에 반대하시는 분은 1분 안에 버튼을 눌러 단상의 불을 꺼주시면 됩니다."

사회자는 다시 사내를 돌아보며 중요한 경고를 했다.

"만약 첫 번째나 두 번째 질문에서 켜져 있는 불빛이 열 개 아래로 내려간다면, 그 이후 질문은 드리지 않겠습니다."

사내는 마른침을 꿀꺽 삼켰다. 불빛이 열 개 아래로 내려간다면 사내는 탈락하는 것이었다. 그것은 곧 죽음을 의미했다.

사내는 물어보고 싶은 게 많았지만, 사회자는 빠른 진행을 원했다.

"자, 그럼 첫 번째 질문을 드리겠습니다. 집중하세요."
"예…"

"첫 번째 도덕적 질문입니다. 당신은 에이즈 환자 한 명을 완치할시킬 수 있는 약을 가지고 있습니다. 그리고 당신 앞엔 두 명의 사람이 있습니다. 에이즈에 걸린 80세 노인과 20세 여인."

순간, 사내는 속으로 깊이 안도했다. 이미 도덕이 인류 선별의 기준이 된 순간, 세상 모두가 도덕에 대해 공부했고, 이 질문 역시 사내가 공부했던 질문들 중 하나였다.

[생명의 가치가 나이에 따라 달라질 수 있는가?]

사내가 공부한 대로라면 합리적으로, 여인에게 약을 주는 것이 그나마 가장 정답에 가까웠다.

하지만 사내는 당황했다. 문제는 아직 끝나지 않았다.

"80세 노인은 이미 에이즈에 걸려 있지만, 20세 여인은 에이즈에 걸려 있지 않고 건강합니다. 다만, 20세 여인의 몸에 변종 에이즈가 잠복하고 있어, 20세 여인이 아이를 낳는다면 그 아이는 무조건 에이즈에 걸린 채로 평생을 살아가야 합니다. 당신은 누구에게 치료약을 건네주겠습니까?"

사내의 머릿속이 복잡해졌다.

80세 노인은 당장 약이 필요하지만, 20세 여인은 건강하여 약이 필요 없다. 하지만 20세 여인이 아이를 낳게 된다면, 새 생명의 긴 인생과 노인에게 남은 짧은 인생의 무게가 같을까? 하지만 만약 20세 여인이 아이를 낳지 않는다면, 태어나지도 않은 존재의 생명이 현재 실존하는 생명의 가치와 같을까?

참 고맙게도, 사회자는 사내가 내릴 선택의 무게를 일깨워주었다.

"신중하게 선택하시길. 지금의 선택이 본인 인생에 있어 얼마나 중요한 선택인지는 잘 아실 테니 말입니다. 하하하."

사내는 도저히 정답을 찾을 수 없어 초조해했다. 사회자의 얼굴을 쳐다보고, 심사 위원단 한 명 한 명의 얼굴을 쳐다보고, 머리를 쥐어뜯었다.

도덕의 딜레마

사내가 결정을 내리지 못하고 있자, 사회자가 별거 아니란 듯이, 천금보다 무거운 말을 툭 던졌다.

"아참! 제한 시간은 5분입니다. 5분 안에 선택해주셔야 하는데. 어라? 2분 남았군요!"

결국 사내는 공부해온 정답 노트가 아닌, 온전히 본인의 판단에 의지해야 했다.

사회자 입에서 30초 남았다는 경고가 나왔을 때에서야 사내는 말했다.

"저는… 노인에게 약을 주겠습니다."
"노인. 흠."

사회자는 빠르게 뒤를 돌아보며 심사 위원단을 향해 소리쳤다.

"자, 이제부터 1분간, 606번 님의 선택과 생각이 다르신 분들은 버튼을 눌러 불을 꺼주시면 됩니다. 60, 59, 58, 57…"

[띠링! 띠링! 띠리리링리링!]

순식간에 심사 위원 단상의 불빛들이 꺼져갔다. 사내의 심장이 덜컥 내려앉았다.

"7, 6, 5, 4, 3, 2, 1! 그만! 자, 남은 불빛은 모두 49개! 저런! 과반이 넘는 51명의 생각이 606번 님과 다르군요."

크게 절망한 사내는 불이 꺼진 단상의 사람들을 쏘아보고 싶었지만, 빛이 꺼져 그들의 얼굴이 보이질 않았다. 사내는 수명이 51년은 줄어든 느낌이었다.
그러거나 말거나 사회자는 바빴다.

"자, 두 번째 도덕적 질문입니다. 아무것도 없는 계곡에 여섯 명의 사람이 조난되었습니다. 당신은 그들 중 한 명입니다. 한 달 뒤에 반드시 구조된다는 사실을 여섯 명 모두가 알고 있습니다. 하지만 한 달을 버티려면 반드시 식인을 해야만 합니다."

식인. 사내가 공부한 도덕 문제의 단골손님이었다. 하지만 사내는 불안했다. 아니나 다를까,

"사람들이 한 달을 버티려면 여섯 명 중 무조건 두 명의 희생이 필요합니다. 단! 여섯 명 중 한 명은 몸무게가 100킬로그램이 넘는 뚱뚱한 사람입니다. 만약 그 사람이 희생한다면 한 명의 목숨만으로도 한 달을 버틸 수 있습니다. 그 사람 한 명을 희생시켜 생존하겠습니까, 아니면 제비뽑기로 두 명을 임의로 뽑아서 생존하겠습니까?"
"…"

도덕의 딜레마

두 번째 질문은 쉬운 듯, 어려웠다. 함정은 사내가 그들 여섯 명 중에 한 명이라는 사실이었다. 제비뽑기를 한다면 본인도 걸릴 확률이 있었다.

본인의 희생은 신경도 안 쓰는 척, 공평하게 제비뽑기를 선택해야 하는가?

아니면 솔직하고, 합리적인 판단으로 뚱뚱한 사람 한 명을 선택해야 하는가?

"5분 남았습니다."

사내는 이번에도 쉽게 선택할 수 없어 초조해졌다. 결국 그는 이 중요한 선택에 있어, 얄팍한 실수를 하고야 말았다. 그는 심사 위원석의 사람들을 한 명 한 명 쳐다보았다.

안 뚱뚱하고, 안 뚱뚱하고, 뚱뚱하고. 안 뚱뚱하고…

"저는… 뚱뚱한 사람 한 명을 희생시킬 것입니다."

"아, 그래요? 자, 어디 한번 심사 위원분들의 생각을 볼까요? 자, 지금부터 1분간 버튼을 눌러주세요. 59, 58, 57…"

[띠링! 띠링! 띠링! 띠리리리리리리리리리리링!]

"와, 이거 버튼 누르는 속도가?"

"아!"

사내는 절망했다. 순식간에 단상의 불빛들이 꺼져나갔다.

"3, 2, 1! 그만! 어휴, 이거 참? 어디 보자… 14명이 남았으니까, 무려 35명이나 606번 님과는 다른 생각을 하셨군요!"
"아아… 아아…"

사내는 눈물이 날 것 같았다. 시간을 되돌릴 수만 있다면, 선택을 바꿀 수만 있다면!
하지만 사회자는 사내의 감정에 신경 쓸 마음이 없었다.

"자, 세 번째 도덕적 질문입니다. 이번엔 신중하게 선택하시길. 자, 지금 당신의 앞엔 아주 귀여운 갓난아이 둘이 누워 있습니다. 이 두 아이 중 한 명은, 자라나면 반드시 전 인류를 멸망시킬 것입니다. 무조건입니다. 누구도 막을 수 없습니다."

사내는 한마디도 놓치지 않기 위해 집중했다. 분명 전 인류 대 아이의 목숨 같은 단순한 질문은 아닐 것이었다.

"99.99퍼센트의 확률로 왼쪽의 아이가 바로 그 아이입니다. 당신의 선택해야 할 것은 이겁니다. 왼쪽 아이 하나만 죽이겠습니까, 두 아이 모두를 죽이겠습니까?"
"아…"

도덕의 딜레마

사내는 눈앞이 깜깜해졌다. 사내에겐 전 인류가 당연히 아이 하나보다 귀중하다. 그렇지만 0.01퍼센트의 확률 때문에 또 하나의 생명을 죽인다? 고작 0.01퍼센트의 가능성 때문에?

사내는 예전에 본 영화가 생각났다. 범죄자가 될 가능성이 있다는 이유만으로 사람들을 선별해서 없애려던 조직이 나온 영화. 그곳에선 그들이 악당이었다.

하지만 만약 0.01퍼센트의 확률이 들어맞는다면 인류는 멸망이다. 로또도 당첨자가 매주 나오질 않던가?

"이제 3분 남았습니다. 이젠 2분 55초!"

사회자의 가벼운 목소리에 사내는 짜증이 났다. 사내는 이 선택에 생사가 걸려 있었다.

사내는 필사적인 얼굴로 심사위원 열네 명의 얼굴을 하나하나 쳐다보았다. 눈빛으로 간절하게 애원했다.

"20초! 자, 이제는 말씀해주셔야 합니다!"
"저는…"

사내는 정말 온 힘을 다해 열네 명의 눈을 마주 보았다. 한 자 한 자, 대답하면서도 끊임없이.

"저는 두 아이 모두를 죽이겠습니다."

"알겠습니다! 자, 그럼 심사 위원분들. 지금부터 1분간 버튼을 눌러주세요! 59, 58, 57…"

[띠링.]

흠칫!

[띠링.]

덜컹!

[띠링. 띠링.]

"아!"

사내의 눈에서 눈물이 흘렀다. 이제 남은 불빛은 열 개였다. 그는 울먹이며, 간절한 얼굴로 남은 사람들을 쳐다보았다.

"제발… 제발…"
"21, 20, 19…"

버튼 위에 손을 올리고 있던 한 중년과 사내의 눈이 마주쳤다. 중년은 갈등하는 표정이었다. 사내는 그를 간절히 쳐다보았다.

"7, 6, 5…"

"제발요!"

"4, 3, 2, 1… 그만! 여기까지!"

끝내, 불빛 열 개가 남았다. 사내는 안도하며 털썩 주저앉아버렸다.

"감사합니다! 아아, 감사합니다! 감사합니다!"

사회자는 그런 사내는 신경 쓰지도 않고, 무전기를 꺼내 말했다.

"끝났습니다. 들어오세요."

곧, 문이 열리며 무장한 군인들이 세트장을 에워쌌다.
그리고 사회자는 곧, 사내가 이해할 수 없는 말을 뱉었다.

"자, 총 열한 명 탈락입니다."

감격해 있던 사내는 급히 고개를 들었다. 불빛이 켜져 남아있던 사람들도 웅성거렸다.
사내는 상황 파악이 되질 않았다.

"무, 무슨 소리입니까? 탈락? 탈락이라니요? 제가? 혹시 제가 탈락이라고요?"

어느새 무장한 군인들은 사내와 심사 위원석의 10인을 에워 쌌다.

"그렇습니다. 여러분 총 열한 명이 도덕적 질문에서 탈락하셨습니다. 아쉽습니다."
"그게 무슨 개소리야! 분명 열 명 아래로 내려가질 않았다고!"
"어라? 제가 언제 열 명 아래로 내려가야만 탈락이라고 했나요? 그런 말은 한 적이 없는데 말입니다?"
"뭐, 뭐! 이 십새! 컥!"

흥분하여 사회자에게 달려들려고 하던 사내는 곧바로 무장 군인들에게 제지당했다. 사내는 마구 울부짖었지만, 사회자는 익숙한 소음인 양 신경조차 쓰지 않았다.
소음은 심사 위원석에서도 터져 나왔다.

"이, 이봐! 잠깐만! 우리가 왜 탈락이야! 우린 심사 위원 아니었어!"
"이보세요, 선생님. 지금 세계에 인류가 몇 명인데 한 번에 한 명씩 심사를 하겠습니까? 한 달 뒤면 끽, 인데? 한 번에 100명 씩은 심사해야죠."

"뭐, 뭐요?"

"이, 이보시오! 사회자 양반! 나는 아니오! 나는 원래 마지막에 버튼을 누르려고 했소! 저 청년이 너무 간절히 쳐다보기에 못 눌렀던 것이오! 나는 원래 버튼을 누르려고 했소! 나는 아니오!"

"하하하! 선생님. 선생님의 그 행동이 과연 도덕적인 행동입니까? 도덕이라는 건 불쌍하다고 봐주는 게 아닙니다! 원칙을 지키셨어야죠!"

"뭐, 뭐요?"

열 명의 심사 위원은 반항하였지만, 하나하나 무장 군인들에게 제압당해 끌려갔다.

군인들에게 양팔을 붙잡힌 채 끌려 나가던 606번 사내는, 마지막 발악으로 사회자에게 외쳤다.

"개자식아! 그럼 내 선택이 틀린 거였어? 내 선택이 어디서 틀린 건데! 세 가지 질문의 정답이 뭐냐고!"

사회자는 피식, 웃었다.

"정답? 정답은 없습니다."

"뭐? 그럼 왜! 왜 내가 탈락이야! 왜 우리가 탈락이야!"

"소수니까."

"뭐?"

"도덕이 무어라 생각하는 겁니까? 도덕이란 건 인류가 만든 겁니다. 절대다수가 곧, 정답이지요. 하하."

"뭐…"

"새롭게 태어날 지하 세계에, 이왕이면 같은 도덕관을 가진 다수가 모이는 게 합리적이지 않습니까? 새로운 세계에 소수의 자리는 없습니다."

"뭐야, 이 개 같은!"

열한 명의 소수가 끌려 나갔고, 90명의 다수가 걸어 나갔다.

얼마 뒤. 다시 문이 열린 세트장으로 100명의 사람들이 들어 왔다.

"어서 오세요, 심사 위원분들! 이 뒤쪽 단상에 한 분씩, 아무 데나 앉아주시면 됩니다!"

⋮
⋮

어두운 세트장. 100인의 사람이 단상 위에 앉아 있고, 아래에 어린 소년 하나가 101번 명찰을 달고 사회자를 기다리고 있다.

문이 열리며, 나비넥타이를 맨 사회자가 부채질하며 걸어왔다.

"아오, 짜증 나! 더워죽겠네! 아오~ 여기까지 와야 해, 내가? 어차피 아무래도 상관없는 곳이잖아! 염병!"

도덕의 딜레마

사회자의 등 뒤로, 똑똑해 보이는 청년이 뒤따르고 있다.

곧 사회자석에 위치한 사회자가, 청년을 향해 말했다.

"아프리카어 통역, 확실하게 할 수 있지? 아프리카는 부족마다 말이 다 다르고 그런 거 아니야?"

"아, 아, 아닙니다. 다, 다 알아듣게 통역 가능 하, 합니다."

"그래? 알았어. 어휴~ 더워!"

사회자는 부채질하며, 단상 아래에서 기다리고 있는 어린 소년 101번을 향해 입을 열었다.

"자, 101번 님. 지금부터 세 가지 질문을 드릴 겁니다. 문제마다 두 가지 선택지가 있으니 본인이 선택하시고. 뒤쪽에 심사 위원분들. 만약 이분의 선택과 본인의 선택이 다르다면 버튼을 눌러주십시오! … 흠. 이봐. 빨리 통역해."

"예, 예! 다, 다 됐습니다!"

"그래? 좋아."

사회자는 101번 소년을 향해 입을 열었다.

"자, 그럼 첫 번째 질문입니다. 당신은 100킬로그램을 들어올릴 수 있습니까?"

나비효과

온종일 걸어 다닌 김남우는 피곤했다.

적어도 돌아가는 지하철만큼은 앉아서 가고 싶었다. 근처에서 지하철을 기다리는 사람은 대여섯 명. 김남우는 스크린도어 앞으로 바싹 붙었다.

지하철 도착 후, 가장 먼저 안으로 들어선 김남우는 비어 있는 한 자리를 발견했다. 조금은 빠르게 걸어 그곳에 안착한 김남우는 소소한 만족감을 느꼈다.

그때, 핸드폰으로 문자가 도착했다.

띵동!

[당신이 벤치 위에 두고 간 음료 캔으로 인해, 사람 한 명이 죽었

습니다.]

"이런 씨!"

벌떡 일어난 김남우는, 닫히고 있는 지하철 문을 아슬아슬하게 통과해 밖으로 뛰쳐나갔다.
힘들게 뛰면서도, 얼굴엔 억울함이 가득했다.

"아, 쌍! 콜라 캔 하나로 사람이 왜 뒈져!"

김남우는 전속력으로 계단을 올라 곧장 역 밖으로 벗어나서, 10분 전에 잠시 쉬었던 벤치로 뛰어갔다.
한데, 그곳에 콜라 캔은 없었다.

"흐엑 흐엑 흐엑! 아오, 씨발!"

짜증으로 머리를 마구 긁어대던 김남우는 갈등했다. 그냥 갈까? 말까?
그때, 바로 앞 금은방의 CCTV 한 대가 김남우의 눈에 들어왔다. 갈등하다가 금은방 안으로 들어간 김남우.

"사장님! 여기 앞 CCTV 좀 확인해볼 수 있습니까? 요 앞 벤치 좀 보려고 하는데요."

"왜 그러십니까?"

김남우는 군이 설명보다는, 아까 받았던 문자를 보여주었다. 그러자 주인은 사정을 알겠다는 듯 경계를 풀었다.

"아이고, 저런. 알겠습니다. 한번 확인해보시죠."

주인은 영상을 돌려, 김남우가 콜라를 마시다 무심코 벤치 옆에 캔을 두고 떠나는 장면에서 재생 버튼을 눌렀다.
얼마 안 가 입에 담배를 문 사내가 벤치 앞에 서더니, 자연스럽게 콜라 캔 안에 담배꽁초를 버렸다.

"저런 씨! 담배꽁초! 담배꽁초가 사람 뒈지는 거랑 무슨 상관이야!"

담배를 버린 사내가 자리를 떠났지만, 음료 캔은 여전히 벤치 위에 있었다. 김남우가 다시 도착하기 얼마 전 상황까지 영상이 돌아갔을 때, 한 할아버지가 화면에 등장해 음료 캔을 집어 들었다. 폐지를 줍는 할아버지였다.

"아!"

김남우는 달려오면서 보았던, 리어카를 끌던 할아버지가 기억났다. 정중히 감사 인사를 할 겨를도 없이, 김남우는 가게 밖으로 뛰쳐나갔다.

"감사합니다, 사장님!"
"고생하십쇼."

김남우는 왔던 길을 전속력으로 내달렸고, 얼마 안 가 저만치 앞에 가고 있는 리어카를 발견했다.

"아! 할아버지! 할아버지, 잠시만요!"

김남우의 목소리가 들리지 않는 듯, 계속 움직이는 리어카. 상관없이, 김남우의 달리는 속도가 리어카를 따라잡았다.

"흐엑 흐엑 흐엑! 하, 할아버지! 잠시만요!"
"으응?"
"흐엑 흐엑… 제가 나비효과 때문에요! 저, 아까 벤치에서 캔 하나 주우셨죠?"
"아아! 나비효과! 으응, 캔 하나 주웠지. 저~ 뒤에 어디 있을 거야."
"감사, 죄송합니다, 잠시!"

김남우는 캔이 담긴 봉지를 뒤져 자신이 버린 콜라 캔을 찾왔다.

"콜라… 콜라… 콜라… 콜라… 아, 여기 있다! 휴."
"찾았어?"
"예! 감사합니다, 할아버지!"
"그려~ 잘됐네."

김남우는 허리 숙여 인사드렸고, 할아버지는 다시 리어카를 끌고 가던 길을 갔다.
힘들게 구한 코카콜라 캔을 손에 들고, 질린 얼굴로 핸드폰을 쳐다보는 김남우. 곧, 핸드폰이 울렸다.

띵동!

[운명이 바뀌었습니다. 한 명의 죽음이 취소되었습니다.]

"휴… 에라이, 염병!"

김남우는 문자를 확인하자마자, 힘들게 찾은 콜라 캔을 거침 없이 근처 쓰레기통으로 집어 던졌다.

"도대체 어떤 재수 없는 놈이 콜라 캔 하나 때문에 뒈진다는 거야? 아오!"

나비효과

인류에게 나비효과가 적용된 지 20년이 지났지만, 여전히 김
남우는 이해가 안 됐다.

⋮

나비효과. 나비가 날개를 한 번 퍼덕인 것이 대기에 영향을
주고, 그 영향이 점점 증폭되어 결국 허리케인과 같은 엄청난 결
과를 일으킨다는 뜻이다.

20년 전, 한 외계인이 지구로 관광을 하러 찾아왔다. 통일 인
류는 외계인을 극진히 대접해주었고, 만족스럽게 지구 관광을
끝낸 외계인은 한 가지 선물을 두고 갔다.

운명의 구, 이음새 없이 정교하게 원형을 이루고 있는 금속
재질의 물체였다.

인류는 그 구의 사용법을 몰라 당황했지만, 외계인의 도움을
받아 인류의 네트워크와 운명의 구를 연결시키는 데 성공했다.
그리고 그 기계를 나비효과라 불렀다.

나비효과를 이용하여 인류는 큰 사건의 시초가 되는 작은 일
을 포착해낼 수 있었다. 말하자면, 최초의 날갯짓을 찾아낼 수
있다는 말이다.

나비효과의 긴 과정을 4단계로 줄여서 설명해보자면 이렇다.

가령, 어떤 한 사내가 지나가는 사람과 다투다가 우발적으로

살인을 저질렀다. 이것이 사건이 벌어진 단계, 4단계다.

살인 직전으로 거슬러 올라가, 사내는 술을 잔뜩 마신 만취 상태였다. 만취 상태가 아니었다면 우발적 살인을 하지 않았을 것이다. 이것이 3단계다.

술을 마시기 전, 사내는 직장 상사에게 크게 욕을 먹었다. 욕을 먹지 않았다면, 그날 사내는 술을 마실 계획이 없었다. 이것이 2단계.

사내가 욕을 먹기 전, 직장 상사는 계단 난간을 잡았다가 손에 껌이 달라붙어 기분이 나빴다. 기분이 나쁘지 않았다면 욕을 하지 않았을 것이다. 이것이 사건의 시초, 곧 1단계다.

결국, 누군가 난간에 껌을 뱉은 작은 행위가 나비효과를 일으켜 한 행인의 죽음으로까지 발전한 것이다.

여기서 외계인의 선물인 나비효과는 이 사건의 시발점인 껌을 뱉은 행위자를 찾아내 문자를 전송해주었다.

[당신이 난간에 뱉은 껌으로 인해, 사람 한 명이 죽게 되었습니다.]

문자를 받은 사람은, 그 정해진 운명을 바꿀 기회가 생기는 것이다. 그 사람이 먼저 난간에 가서 껌을 치워버린다면, 결과적으로 그날 밤 행인은 사망하지 않게 되는 것이니까.

이것이 나비효과가 가진 엄청난 능력이었다.

단, 문자를 받았다고 해도 모든 운명을 되돌릴 수는 없었다.

문자가 도착하는 데 10분이라는 시간이 걸렸고, 또 '당신이 지른 큰 소리로 인해'와 같이 되돌리기 애매한 행위도 있었다.

그래도 운명을 바꿀 수 있다는 건 그 자체로 충분히 훌륭한 능력이었다. 정부의 관리하에 나비효과는 인명 피해 이상의 큰 사건들에 한해 자동으로 문자를 발송하도록 활용되었다.

처음 몇 년은 문자를 받은 모두가 운명을 되돌리려고 많은 노력을 하였다. 사람이 죽는다지 않는가?

하지만 20년이 지난 지금, 사람들은 무뎌졌다. 귀찮아졌다.

사실 사람들이 한 행동은 말 그대로 아무것도 아니지 않았던가? 그게 원인이 되든 말든, 따지고 보면 사람들은 아무런 책임이 없었다. 또한 누가, 언제, 어디서, 어떻게 죽는지도 모르니, 더더욱 와닿지 않았다.

사람들은 점점 문자가 와도 무시하게 되었다. 마음이 조금 불편하긴 했지만, 굳이 큰 수고와 노력을 들여서까지 운명을 되돌리려고 노력하진 않았다.

그 모습을 보다 못한 정부는, 나비효과 벌금을 물리기로 했다. 문자를 받고도 운명을 되돌리지 않는다면, 운명이 바뀌지 않았을 때 벌금을 물렸다.

⋮

어두운 조명의 고깃집. 김남우와 공치열이 마주 앉아 삼겹살에 소주를 마시고 있다.

소주를 한 잔 털어 넣은 김남우가 불평했다.

"야! 내가 일부러 늦은 게 아니라니까! 빌어먹을 나비효과 때문에, 아오! 아까 내가 콜라 캔 하나 버렸다가, 얼마나 개고생을 했는지 알아? 더워죽겠는데 발바닥에 땀 나게 뛰었네, 진짜!"

"흐흐흐~ 형, 그냥 벌금 내고 말지 그랬어. 그깟 벌금 얼마나 한다고. 3만 원밖에 안 하잖아?"

"야! 땅을 파봐라, 3만 원이 나오나! 그리고 벌금이 문제냐? 사람이 죽는다는데 찜찜하잖아!"

"뭐 그게 형 탓인가? 형이 뭘 했다고."

"난 찜찜해, 인마! 말이 나와서 말이지, 벌금이 3만 원이 뭐야? 사람 한 명이 죽는다는데 노상방뇨 벌금보다 싸다니! 사람 목숨이 오줌값보다 못해?"

"에이! 그건 아니지, 형! 사람들이 뭐, 일부러 누구 죽으라고 하는 행동들도 아니고, 아무 잘못도 없이 뜬금없이 문자를 받는 건데! 만약 벌금이 쎘어 봐. 사람들 항의하고 난리 났을걸?"

"그래도 3만 원이 뭐냐! 그러니까 사람들이 죄다 문자를 무시하는 거지!"

"됐어! 누가 요즘 나비효과 신경 쓴다고. 억지로 죄책감 가질 필요는 없잖아? 거기에 대해 우린 아무런 잘못도 없는데 말이야!"

김남우는 찜찜했지만, 공치열의 말이 맞았다. 나비효과를 바라보는 사람들의 시각은 딱 그 정도였다.

그래도 김남우는 마음이 편치 않았다. 늘 문자에 대한 죄책감에 시달렸다. 한번은, 지하철 옆자리에서 어떤 남자가 하는 말에 욱했던 적도 있었다.

[아이씨! 나비효과로 두 명이 죽는다고? 아니, 두 명 죽는다고 벌금이 6만 원인 게 말이 돼? 짜증 나네! 완전 똥 밟았잖아?]

김남우는 그 남자의 멱살을 잡고 당장 운명을 되돌리러 가라고 소리치고 싶었다. 어떻게든 노력해서 그 두 명을 살리라고 말하고 싶었다.

하지만 그럴 수 없었다. 지금 시대에 그랬다간 욕먹고 손가락질당하는 건 오히려 김남우였다. 그 남자는 말 그대로 아무런 잘못이 없었다.

김남우가 씁쓸하게 소주 한 잔을 털어 넣을 때, 공치열이 가게 TV를 보며 반응했다.

"어? 저거 최 선배 아니야? 이야! 기자 됐다더니 TV에서 얼굴을 다 보네!"

"응? 어디?"

김남우가 돌아보니, TV에 낯익은 얼굴이 보였다.

[국민 여러분, 특종입니다! 나비효과에 대한 놀라운 비밀이 밝혀졌습니다! 나비효과 기관에서 일하시던 공 박사님과의 인터뷰에 의하면, 나비효과 기계에는 레버라는 것이 존재하는 것으로 밝혀졌습니다!]

"레버?"

[놀랍게도, 그 레버로 나비효과의 단계를 높이면 나비효과의 시작점을 더 뒤로 설정할 수 있는 것으로 밝혀졌습니다. 쓰레기 하나 버렸다고 누군가 죽는다는 문자를 받지 않아도 된다는 겁니다.]

"뭐야?"

벌떡 일어난 김남우는 물론, TV를 보던 가게 안의 모두가 놀랐다.

[정부는 그동안 이 사실을 국민에게 비밀로 한 채 나비효과를 운영해온 것으로 밝혀져, 앞으로 이 레버 문제에 대해 큰 반향이 있을 것으로 예상됩니다.]

"저런 씨!"
"와, 어이없네? 만약 그랬으면 형 아까 개고생할 필요도 없었던 거 아니야?"

김남우는 화가 났다. 문자를 받고 되돌리지 못했을 때에 느꼈던 그 죄책감이 생각나서 더더욱.

⋮

최 기자의 예상대로 레버 문제는 많은 논란을 일으켰고, 정부는 곧 입장 발표를 했다.

[최소한의 행위 지점인 그 지점이 운명을 되돌리기에 가장 쉬운 지점이기에 어쩔 수 없이 그렇게 설정한 것으로…]

정부의 성명에도 불구하고 나비효과의 단계를 높이라는 요구가 빗발치기 시작했다.

[만약 원인 지점을 더 뒤로 설정한다면, 사실상 나비효과는 아무런 의미가 없게 되며…]

정부의 말대로, 사람이 죽기 직전의 행위에 문자가 도착해봤자 아무런 의미가 없었다.

하지만 사람들은 지금처럼 껌 한 번 뱉었다고, 이불 빨래 한 번 널었다고, 누가 죽게 생겼단 문자를 받게 되는 건 싫었다.

실질적인 책임이 있는 사람들이 문자를 받아야 하는 게 아닌가? 사람이 죽게 되는 도구와 직접적인 관련이 있다거나, 죽게 될 상황을 만드는 데 기여를 했다거나.

나비의 날갯짓에서 허리케인까지 변하는 과정에 단계가 있다면, 최소한 강풍 정도의 지점에서 문자를 받아야 한다는 것이다.

그래서 사람들은 나비효과 기관 앞에서 시위했다. 그 시위의 가장 앞에 대표로 선 사람이, 김남우였다.

"정부는 당장 레버를 올려라! 평범한 국민에게 살인자의 죄책감을 지우는 나비효과 레버를 당장 올려라!"

"옳소!"

김남우의 등 뒤로, 몇천 명의 사람들이 함께했다. 기관 앞을 지키는 경찰들은 그 수에 압도되어 전혀 힘을 쓰지 못하고 있었다.

"음료수 캔 하나 버린 게 뭐라고 죄책감에 시달려야 하는가! 최소한 3단계는 레버를 더 올려라!"

"올려라!"

김남우는 목에 핏대를 세워가며 열심히 소리쳐댔다.
한쪽에선 최 기자가 그 모습을 취재하며 대박 특종을 이어가고 있었다.

"정부는 당장 레버를 올려라!"

"올려라!"

그러나 며칠이 지나도 아무런 변화가 없자, 최 기자가 김남우에게 찾아왔다.

"어떡할 거야? 지금까지 정부는 아무런 입장 발표가 없어."

"아오, 씨발!"

"지금 여론은 모두 너희들 편이야. 국민들도 시위를 지지하고 있고."

"으음…"

최 기자는 혹여 들릴세라, 주변 눈치를 살피며 조심스럽게 제안했다.

"강제로 진입하는 건 어때?"

"뭐?"

"정부는 여론의 눈치를 보느라 절대로 강경 진압을 할 수가 없어. 차라리 네 손으로 직접 레버를 돌리는 건 어때? 지금 국민들 대부분이 바라고 있는 일이야! 정부도 네게 법적 책임을 물을 순 없을 거야."

"내가 직접 레버를?"

"그래! 넌 국민적 영웅이 될걸? 물론 네 인터뷰는 무조건 내

전담인 거고!"

"흠…"

　김남우는 갈등했다. 최 기자의 말대로, 모든 국민이 나비효과의 단계를 높이길 바라고 있는 건 분명했다. 김남우 본인부터가 강력히 바라고 있었으니.

　김남우는 뒤를 돌아보았다. 시간이 늦어 시위대의 뒤쪽부터 해산할 준비를 하고 있었다. 김남우는 곧, 마음을 굳혔다.

　"알았어. 한번 해볼 테니까, 앞에 경찰들이 딴짓 못 하게 카메라로 잘 찍어!"

　"걱정 마! 여기 카메라가 한두 대냐? 우리 방송국은 지금 아예 생방송으로 틀고 있어!"

　최 기자가 돌아가고, 김남우는 뒤를 돌아보며 소리쳤다.

　"여러분! 정부는 절대 저희 요구를 들어줄 생각이 없습니다! 정부가 안 하겠다면, 우리 손으로 레버를 올립시다!"

　"!"

　"국민들 모두가 레버를 올리길 바라고 있습니다! 정부가 국민의 요구를 무시한다면, 우리 손으로 국민의 요구를 관철합시다! 제가, 앞장서겠습니다! 정부가 죄를 묻는다면 제가 모든 처벌을 받겠습니다! 우리 손으로, 나비효과 레버를 올립시다!"

"와아!"

사람들의 반응을 끌어내는 데 성공한 김남우는, 돌아서 경찰들을 향해 소리쳤다.

"우리는 범죄를 저지르는 게 아닙니다! 정당한 국민의 권리를 요구할 뿐입니다!"

김남우가 앞장서 기관으로 걸어갔다. 그리고 그 뒤를 시위대가 따랐다.
경찰들은 당황했지만, 섣불리 행동에 나서지 못했다. 시위대가 가까워지자 다급하게 경고만 했다.

[더 가까이 온다면 물대포를 발포하겠습니다!]

"쏴보든가!"

시위대는 절대 물러서지 않았고, 경찰들은 어영부영 길을 터줄 수밖에 없었다.
당당히 철문을 지난 김남우는 기관 안으로 첫발을 내디뎠다.
그때,
떵동!

"!"

갑자기 도착한 문자를 본 김남우의 얼굴이 굳어버렸다. 가장 앞장서 걷던 김남우가 멈춰 서자, 뒤쪽 시위대도 멈춰버렸다.

근거리에서 김남우를 촬영 중이던 최 기자가 입 모양으로 물었다.

"왜 그래? 무슨 일이야?"
"…"
"야! 들어가! 뭐 하는 거야!"

그 자리에 서서 부들부들 떨던 김남우는, 곧 눈을 치켜뜨며 이를 악물었다.

"지긋지긋한 나비효과! 그래, 지금 나랑 한번 해보자는 거지?"

김남우는 문자를 무시하고 안으로 걸어 들어갔다. 김남우에게 도착한 문자는…

[당신이 주도한 시위로 인해, 사람 314만 1592명이 죽었습니다.]

김남우는 운명을 되돌리지 않았다. 아니, 어떻게 되돌려야 할지 생각이 나지 않았다. 314만 명이라는 숫자도 와닿지 않았다.

정부의 조작, 나비효과의 발악이라 생각했다.

김남우를 위시한 시위대는 저지하는 직원들을 몽땅 무시하고 중앙으로 진입했다. 끝내 경고 스티커가 붙은 문 앞에 도착한 시위대. 김남우는 심호흡을 한 번 한 뒤 경고문이 붙은 문을 밀고 들어갔다.

복잡해 보이는 기계들이 가득한 홀의 중앙에 은빛의 커다란 운명의 구가 느리게 회전하고 있었다.

곧장 중앙으로 향하는 김남우. 운명의 구 앞 컨트롤박스에서 레버의 존재를 확인했다. 한데 곧, 김남우의 두 눈이 흔들렸다.

"지, 지금 단계가 3단계라고? 1단계가 아니라?"

"뭐!"

그 말에 최 기자가 급히 달려와 확인했다.

1부터 10까지의 단계 중에 레버의 눈금은, 3을 가리키고 있었다.

"이, 이게 어떻게 된 거야? 지금이 이미 3단계였다고?"

"말도 안 돼! 특종이야!"

최 기자는 얼른 카메라를 보고 리포팅을 시작했다. 반면 김남우는 심각한 얼굴로 생각에 잠겼다.

그사이 리포팅을 끝낸 최 기자는 조용히 속삭이며 김남우를
재촉했다.

"자! 3단계고 뭐고, 이제 목적대로 하자고! 어서 레버를 3단
계만 올려!"

"…"

그러나 김남우는 묵묵부답으로 생각에 잠겨 있었다.

"뭐 해? 빨리 올려!"

한참 말이 없던 김남우가 중얼거렸다.

"만약… 레버를 아래로 내리면 어떨까?"

"뭐? 무슨 소리야, 지금?"

"정부가 그랬잖아. 단계가 낮아야 운명을 바꾸기가 쉽다고.
단계가 더 낮아진다면, 다른 누군가가 더 쉽게 운명을 바꿀 수
있지 않겠어? 더 쉽게 사람을 살릴 수 있지 않겠냐고."

"야! 지금 레버 올리러 와서 무슨 소리야, 그게! 그게 더 좋았
으면 벌써 정부가 1단계에 뒀겠지! 이상한 소리 하지 말고 그냥
올려!"

"…"

김남우는 말없이 손을 뻗어 레버를 잡았다. 한데, 그 손이 움직이진 않았다.

"뭐 해? 빨리 올려! 지금 다 찍고 있다고!"
"…"
"야? 야!"

손에 레버를 쥐고 한참을 고민하던 김남우.
한순간, 번쩍 눈을 빛내며 레버를 돌렸다.

드르륵!

"지금 뭐 하는 거야! 야, 김남우!"

1단계까지 내려버렸다.

홀 안의 모두가 놀란 눈으로 김남우를 쳐다보았다. 김남우는 돌아보며 크게 소리쳤다.

"정부의 평계가 생각나십니까? 단계가 낮아야 운명을 되돌리는 게 쉽다고! 그래서 레버를 위로 올릴 수 없다고!"
"?"
"지금 레버를 위로 올려봤자, 또 다른 누군가가 문자를 받게 될 뿐입니다! 단계를 낮출수록 운명을 되돌리는 게 쉽다면, 아예 1단계까지 내려버립시다! 그럼 누군가가 더 간단하게 다른 사람의 목숨을 구할 수 있지 않겠습니까!"

"…"

"솔직히 말해서 우린 벌금 3만 원이 아까워 운명을 되돌려왔습니다! 그마저도 되돌리기가 귀찮을 땐 무시해왔습니다! 하지만 좀 더 쉽게 사람을 구할 수 있다면? 더 간단하게 누군가의 운명을 바꿀 수 있다면! 벌금 3만 원 때문이 아니라, 다른 사람을 위해서 기꺼이 운명을 바꿀 수 있지 않겠습니까!"

사람들은 웅성거렸다. 김남우의 말에는 무언가 끓어오르는 감정이 담겨 있었다. 본래의 목적과는 달랐지만, 김남우의 행동을 무시하고 다시 레버를 올리려고 나서는 이는 없었다.

최 기자 역시 어느새 김남우를 집중 조명하며 전국으로 방송을 내보냈다.

"누가, 어디서, 어떻게, 왜 죽는지, 우리는 모릅니다. 우리의 행위는 그저 나비효과의 시작 지점일 뿐이니까요! 하지만, 그로 인해 누군가 죽는 게 확실하다면! 그런데 그 운명을 내가 바꿀 수 있다면! 내 책임이 없더라도, 우린 노력해야 합니다! 그게 어렵지 않은 일이라면 더더욱! 우린 그들을 구해야 합니다!"

김남우가 평소 가지고 있던 생각이 폭발해버렸다. 나비효과 문자를 귀찮아하고 무시하던 사람들에게 품고 있던 분노가 폭발해버렸다. 전 세계로 나가는 김남우의 외침에 누군가는 공감을, 누군가는 회의감을, 혹 누군가는 짜증을 느꼈다.

그래도 김남우는 똑바로 사람들을 바라보며 당당하게 소리쳤다. 레버를 내린 행동을 후회하지 않았다.

한데 김남우가 레버를 내린 지 정확히 10분이 지난 그때,

땡동!
땡동!
땡동!
땡동!
땡동!
땡동!
땡동!
땡동…

전 인류에게 동시에 문자가 도착했다.

[당신의 탄생으로 인해, 사람 33명이 죽었습니다.]
[당신의 탄생으로 인해, 사람 61명이 죽었습니다.]
[당신의 탄생으로 인해, 사람 29명이 죽었습니다.]
[당신의 탄생으로 인해, 사람 101명이 죽었습니다.]

[당신의 탄생으로 인해, 사람 62명이 죽었습니다.]

[당신의 탄생으로 인해, 사람 72명이 죽었습니다.]

[당신의 탄생으로 인해…]

"…"

사람들은 모두 할 말을 잃었다. 김남우마저도.

그제야 깨달았다. 왜 정부가 레버를 3단계에 맞춰두었는지.

그제야 인류는 깨달았다. 우리는 태어난 것만으로 서로에게 영향을 줄 수밖에 없다는 것을.

누구 하나 예외 없이, 전 인류가 서로에게 나비효과가 될 수밖에 없다는 것을…

김남우 사건으로 많은 사람이 비관 자살을 했다. 그 숫자는…

나비효과

13일의 김남우

"왜 또 13일이야, 진짜!"

김남우는 아침에 깨어나자마자 절규했다. 그는 벌써 다섯 번째 똑같은 하루를 반복하고 있었다.

알람으로 켜진 TV에서는, 아예 내용을 외워버릴 것 같은 13일의 날씨 예보가 반복되었다.

[미세 먼지가 많던 하늘이 맑게 개어, 어젯밤에는 도심에서도 별을 관찰하기가 참 좋았는데요. 오늘도 날씨는…]

"미치겠네, 진짜!"

왜 자신에게 이런 기묘한 현상이 일어났는지, 그 원인조차 짐작 가지 않았다. 단지 밤에 별을 보다 잠들었을 뿐인데, 반복되는 13일의 지옥에 갇혀버린 것이다.

똑같은 하루를 보내고 잠이 들었다 깨면 다시 13일 아침. 뜬눈으로 12시를 넘겨보려 해도 정신을 차려보면 13일 아침. 절대로 14일이 찾아오지 않았다.

한숨을 내쉬며 대충 세면을 한 김남우는 출근길 지하철로 향했다. 가는 길에 보이는 풍경도 늘 똑같았다.

저기서 빨간 치마 아가씨가 발목을 삐끗하고, 저 가게 앞에서 여학생 둘이 셀카를 찍고, 지하철 개찰구를 통과하던 등산복 아저씨가 삐 소리에 걸리고, 계단에서 내려오던 안경을 쓴 여자가…

"아씨!"

개찰구를 통과하려던 김남우가 돌아섰다. 어차피 매번 똑같이 반복되는 하루인데 회사는 가서 뭘 한단 말인가?

그는 아예 보통의 일상에서 완전히 벗어나기로 했다. 카페에 들러 커피를 한 잔 마시고, 가장 비싼 호텔 뷔페를 검색했다.

오픈 시간을 확인하고 그곳으로 갈 택시를 잡는 김남우. 중간에 회사에서 전화가 오자 대충 둘러댔다.

"몸이 아파서 오늘 출근 못 합니다."

호텔 근처 PC방에서 시간을 때우다가 점심쯤 뷔페를 즐기고, 그대로 호텔 방에서 휴식을 취했다. 저녁은 룸서비스로 대체하고, TV를 보면서 초조하게 시간을 보냈다.

이윽고 긴장하며 12시를 향해가는 시계만 바라보았는데, 12시가 넘어가자마자 역시…

[미세 먼지가 많던 하늘이 맑게 개어, 어젯밤에는 도심에서도 별을 관찰하기가 참 좋았는데요. 오늘도 날씨는…]

정신을 차린 김남우는 또 자신의 방에서 13일 아침을 맞이하고 있었다.

그는 정말 미쳐버릴 것 같았다. 다람쥐 쳇바퀴 돌듯 무한히 13일을 반복해야 하는 걸까.

막말로 이대로라면 무슨 짓이든 다 시도해볼 것 같았다. 나쁜 짓까지.

멍하니 누워서 천장만 바라보던 김남우. 문득, 핸드폰을 집어 들고 여자 친구 홍혜화에게 전화를 걸었다. 둘은 서울, 대구 장거리 연애 중이었다.

"어, 혜화야. 일어났어?"

"어~ 오빠."

"혜화야, 오늘 오빠가 대구 갈까?"

"밤에?"

"아니, 지금."

"뭐? 오늘 출근 안 해?"

"어, 오늘 안 해도 돼. 그냥 혜화 보고 싶어서 그래."

"그래? 그럼 와! 나도 오빠 보고 싶다"

"그래."

김남우는 일어나 욕실로 향했다.

홍혜화를 만나 대구에서 12시를 보낸 김남우.

혹시나 했지만 역시나, 아침에 눈을 뜨니 또 13일이 반복되고 있었다.

[미세 먼지가 많던 하늘이 맑게 개어, 어젯밤에는 도심에서도 별을 관찰하기가 참 좋았는데요. 오늘도 날씨는…]

"빌어먹을…"

한숨을 내쉰 김남우는 다시 여자 친구에게 전화를 걸었다.

"어, 혜화야. 일어났어?"

"어, 오빠"

"오빠 지금 대구 가려고. 오늘 출근 안 해도 돼."

"그래?"

어차피 반복되는 일상이라면, 홍혜화를 만나는 것이 김남우가 보낼 수 있는 가장 즐거운 하루였다.

그러나 대구에 도착해서 홍혜화를 만난 김남우는 쓴웃음을 지었다. 어제와 똑같은 옷을 입은 그녀가, 어떻게 회사를 쉬었냐며 똑같은 질문을 던졌으니까 말이다.

그래도 김남우는 어제와 똑같은 데이트를 할 생각은 없었다.

"혜화야, 우리 좋은 데 갈까? 대구에서 제일 비싼 식당이 어디야?"

"오빠, 갑자기 왜 그래?"

김남우는 그날 하루를 최대한 즐겁게 보냈다. 그러면서도 홍혜화를 바라보는 그의 얼굴엔 그늘이 있었다.

어차피 내일도 또 13일이겠지. 이것도 언젠가는 질리겠지.

홍혜화가 그런 기미를 눈치챘다. 그녀는 대구에서 자고 가겠다는 김남우에게 물었다.

"오빠, 무슨 일 있어?"

김남우는 가만히 홍혜화를 바라보다 입을 열었다.

"아마 말해줘도 못 믿을 거야."
"뭔데? 무슨 일인데?"

조금 심각해진 홍혜화가 계속해서 되묻자, 김남우는 모든 사
정을 털어놓았다.

당연히 홍혜화는 난감하다는 반응이었다.

"그게 무슨…"
"그래, 나도 믿어지지 않아. 못 믿더라도 이해해."

쓴웃음을 짓는 김남우의 얼굴을 보며 미간을 찌푸리는 홍혜
화. 그녀가 알기로, 그는 농담을 할 사람이 아니었다.

"그게 정말이면 오빠 어떡해?"

홍혜화는 반신반의하긴 했지만 그래도 심각한 얼굴로 김남우
의 대화 상대가 되어주었다.

김남우는 믿어주려 노력하는 여자 친구가 고마웠다.

그러는 사이, 벌써 12시에 가까워져 있었다.

김남우는 미리 작별 인사를 했다.

"안녕. 내일 또 대구에 내려올게."

"오빠…"

이윽고 시간이 12시를 넘어갈 때 눈을 질끈 감아버리는 김남우.

"오빠?"

"어? 어… 어!"

13일로 되돌아가지 않았다. 14일이었다.

"14일이야? 14일이야!"

흥분해서 소리치는 김남우. 시간을 다시 확인해봐도, 분명히 14일이었다.

"14일! 14일이야! 14일이야, 혜화야!"

환희에 찬 김남우가 소리 질렀다.

홍혜화는 그 모습을 보면서 차마 자신을 속였냐고 말할 순 없었다. 속으로 걱정은 좀 되었지만.

김남우는 잠깐, 왜 이렇게 되었는지 원인을 생각해보았다.

"원래 7일간 반복되는 거였나? 아니면 오늘 내가 무슨 행동을 했나?"

알 수 없었지만, 알 것도 없었다. 그는 13일의 지옥에서 해방된 것만으로도 기뻤다.
그러나 기쁨이 지나가자, 곧 걱정이 생겼다.

"이런! 회사는 어쩌지? 으, 새벽 첫차 타고 가야겠다. 몇 시에 있지?"

김남우는 온종일 회사에서 오는 전화를 받지도 않았었다. 이럴 줄 몰랐으니까.
서울 가는 첫차를 검색하고, 잠깐이라도 눈을 붙이려는 김남우. 조금 불안했다. 다시 깨어나면 13일이 되어 있는 건 아닐까?

"오빠 좀 안아줘."

김남우는 홍혜화를 껴안고 불안을 달래며 잠이 들었다.
맞춰놓은 알람에 깨어났을 때에도 다행히 그대로 14일. 김남우는 웃으며 서울로 향했다.

회사에서 크게 혼나긴 했지만 겨우 핑계를 대며 넘어갔다.
일을 하고, 저녁을 먹고, TV를 보고. 소중한 14일 하루를 보내

13일의 김남우

고 잠자리에 드는 김남우.

한데,

[미세 먼지가 많던 하늘이 맑게 개어, 어젯밤에는 도심에서도 별을 관찰하기가 참 좋았는데요. 오늘도 날씨는…]

"뭐야!"

다시 13일 아침이 되돌아왔다.
김남우는 미칠 지경이었다. 왜 또 13일이란 말인가?

그때 울리는 핸드폰.

"오, 오빠! 나도 13일… 나도 13일이야!"
"뭐?"

이게 무슨 소리란 말인가! 김남우는 급하게 대구로 내려갔다.

"오빠, 진짜 13일이 계속 반복되는 거야? 매일?"

겁을 먹은 홍혜화를 보며 김남우는 가슴이 아팠다. 괜히 자신이 홍혜화까지 끌어들인 느낌이었다.
둘은 그날 심각하게 대책을 찾아보았지만, 답이 나올 리 없었다. 애초에 이런 기묘한 현상은 영화에서나 보던 것이었으니까.

하지만 전과 달라진 것이 하나 있었는데,

"14일이 오네?"

13일이 지나 14일이 온다는 점이었다. 그날을 보낸 뒤에 둘은 깨달았다.

"13일과 14일 이틀이 반복되는구나!"

다시 이틀을 보낸 둘은 여러 가지 생각을 해봤다. 두 사람이라서 이틀이 반복되는 걸까, 왜 갑자기 그렇게 된 걸까.

그리고 이런 가정이 떠올랐다.

"오빠가 나를 두 번 만났다고 했잖아. 그런데 두 번째 만났을 때만 나한테 13일이 반복되고 있다고 고백했잖아. 오빠가 나한테 그걸 말해줘서 이렇게 된 게 아닐까? 오빠가 말해주면 전염이 되는 거지."

"음…"

충분히 가능성이 있는 이야기였다. 홍혜화는 한번 실험해보자며 김남우와 함께 어머니를 찾아갔다.

"엄마! 중요한 할 말이 있는데, 오빠! 설명해줘!"

김남우는 조금 찜찜했지만, 어머니에게 모든 사정을 자세히 설명했다. 그리고 14일이 지나가는 12시를 기다리는데,

"15일! 15일이야! 15일이 왔어!"

가정이 적중했다.
김남우에게 13일이 반복된다는 사실을 들은 사람은 모두 같은 상황에 빠지게 되는 것이었다.
사람이 세 명으로 늘어나면 반복 일수도 3일로 늘어난다는 예상까지 정확했다.

원리를 알아낸 것까지는 좋았다. 하지만…

"오빠, 그런데 인제 어쩌지? 엄마까지 끌어들였어, 내가… 어떡해!"

잘 생각해보면, 이건 저주였다. 미래 없이 반복되는 쳇바퀴에 빠지는 저주.
김남우는 울먹이는 홍혜화를 위로하며, 가장 좋은 식당에서

어머니를 대접했다.

그곳에서 어머니가 분위기를 풀기 위한 농담을 던졌다.

"이런 건 좋지 않니? 돈을 막 써도 되잖니?"

"하하…"

"네 아빠한테도 말해주자, 혜화야."

"엄마!"

어머니는 딸을 위로할 생각이었는지, 이렇게 말했다.

"난 꼭 이게 나쁘다고만은 생각하지 않아. 3일간 하고 싶은 대로 다 해도 상관없다는 거 아니니? 어차피 13일로 되돌아가니까. 엄만 일상을 탈출한 기분이야. 네 아빠랑 여행도 다녀보고 싶고, 해외여행도 갈 수 있지 않겠어, 우리?"

소녀처럼 기뻐하는 어머니의 모습은 두 사람에게도 위로가 되었다.

그리고 정말로, 김남우는 홍혜화의 아버지에게도 13일의 반복에 대해서 털어놓아야 했다.

그렇게 두 번 정도 4일을 반복해 보낸 뒤, 김남우도 무언가 결심이 섰는지 자신의 부모님에게 13일의 반복에 대해 고백했다.

이제 6일이 반복되었고, 모두 함께 베트남 여행을 다녀오기도 했다. 어차피 이런 상황이다 보니, 두 집안은 구두로 사돈을 맺어버린 것이다.

"얘! 네 동생도 공부하느라 힘든데 같이하자. 가족은 다 같이 해야지! 김 서방, 좀 도와주게!"

어느새 반복 일수는 7일, 또 8일, 9일이 되었다.
반복 일수의 간격이 이렇게 길어지는 게, 꼭 나쁘지만은 않았다.

"전 재산을 9일 안에 다 써버립시다, 사돈!"
"하하하. 그럽시다."

김남우 혼자서 13일 하루만을 반복하던 것과 사랑하는 사람들과 함께 며칠을 반복하는 것에는 큰 차이가 있었다. 견딜만 했고, 오히려 좋을 때도 많았다.

물론, 매번 13일의 아침으로 돌아올 때면 허탈한 마음이 들기도 했는데, 그래서 이런 말이 나왔다.

"9일은 너무 짧은 것 같아. 한 한 달쯤 되면 참 좋을 것 같은데 말이야."

모두가 모여 앉아 토론을 했다.

"솔직히 한 달쯤 되면 이건 단순히 저주라고만 볼 수는 없을 것 같지 않은가?"

"맞아요. 로또 당첨 번호도 다 아는데, 치트키 쓰는 것처럼 마구 즐길 수 있다니까요, 매형!"

"오히려 날이 늘어나면 늘어날수록 좋을 것 같아요."

토론 끝에 가족들은 가장 친한 친구를 끌어들이고, 또 그 친구의 가족을 끌어들이고, 여자 친구를, 남자 친구를…

어느새 반복 일수는 한 달이 훌쩍 넘어 있었다. 30명을 넘어선 사람들은 따로 활동해도 좋고, 함께 활동해도 좋았다. 그들은 어차피 13일로 돌아간다는 사실을 알고 있었기에 하고 싶은 대로 인생을 즐겼다.

그리고 이야기는 자연스럽게 진행되었다.

"1년을 채우면 어떤가? 사계절을 다 보내잔 말일세. 제철 음식을 먹으러 다니는 재미가 기가 막히잖나."

가족의 지인, 지인의 지인, 지인의 가족… 김남우는 수백 명에게 13일의 반복에 대한 이야기를 해줬다. 직접 만나지 않더라도 전화나 문자로도 가능했으니 금방이었다.

결국, 365명을 넘겼을 때, 홍혜화는 말했다.

"이런 식으로 계속 늘리다 보면, 결국 우리에게도 미래가 찾아오는 거 아닐까? 결혼도 하고, 아이도 낳고…"
"그래. 그럴 수도 있겠다. 수백 명, 수천 명이 되면…"

그녀는 눈을 빛내며 말했다.

"나한테 좋은 생각이 있어. 오빠의 이야기를 소설로 쓰자. 그래서 수많은 사람이 읽게 하는 거야. 그럼 영원히 내일이 찾아올거야. 다시는 13일로 되돌아가지 않고…"

김남우는 그렇게 했다.

버튼 한 번에 10억

"이 버튼을 누르면 10억을 준다고?"

김남우는 경계심 가득한 눈으로 눈앞의 사내를 노려봤다. 깔끔한 정장 차림에 반달 같은 눈웃음을 짓고 있던 사내는, 김남우의 말을 정정해주었다.

"정확히 말하면, 이 버튼을 누르면 사모님이 돌아가시게 되고 그 보험금으로 10억이 지급되는 것이지요."

인터넷에서 본 것 같은 허무맹랑한 이야기를 하는 사내였지만, 김남우는 쉽게 무시하지 못했다. 이 사내의 신비한 등장에 놀랐기 때문이다.

사내는 호수 한가운데 떠 있는 낚싯배 위에 갑자기 나타났는데, 그 모습을 보았다면 누구라도 김남우처럼 놀랐을 것이다.

"보험 같은 건 가입한 적이 없는데…"
"만약 버튼을 누르신다면, 그 즉시 가입한 걸로 처리될 겁니다."

김남우는 고민했다. 10억만 있다면 뭐든지 할 수 있을 것 같았다.
사실 아내와의 사이도 그닥 좋지 않았다. 돈 돈 돈. 그놈의 돈 때문이었다. 지금도 돈 때문에 싸우고 뛰쳐나와 낚시터에서 머리를 식히고 있는 게 아닌가?

"만약 제가 버튼을 누른다면… 정확히 어떻게 되는 겁니까?"
"정확히 3일 뒤, 사모님이 교통사고로 사망하시게 될 겁니다. 사장님께서 하실 일은 아무것도 없습니다. 그냥 친구분들과 만나서 술이라도 마시고 계시면 모든 게 끝나 있을 겁니다. 어떻습니까? 그냥 이 버튼을 한 번만 누르시면 되는데?"

김남우는 잠깐 망설였다. 한데 어느 순간 갑자기,

딸깍!

자신도 모르게 버튼을 누르고 말았다. 사내는 씨익 미소 지었다.

"훌륭한 선택, 감사드립니다"

김남우는 얼떨떨했다. 혼란스러웠다. 누르기 전보다 오히려 더 고민이 깊어졌다. 하지만 되돌릴 순 없었다. 사내는 이미, 사라졌다.

⋮

집으로 돌아온 김남우는 거실에서 잠든 아내의 얼굴을 바라봤다.
평온하게 잠든 모습을 보니, 죄책감이 들었다. 더 보기가 괴로워, 방으로 들어가 이불 속에 파묻혔다. 애써 잠들려 했다.

난 그저, 버튼만 한 번 눌렀을 뿐이야!

결코, 잠들기가 쉽지 않았다.

⋮

다음 날, 김남우는 일부러 늦잠을 잤다. 아내의 얼굴을 대하기가 불편했다.

"밥 먹어."

"…"

"깬 거 다 아니까 나와. 국수 말아놨으니까."

새벽에 들어온 걸 두고도, 아내는 별반 화를 내지 않았다. 이제 김남우를 포기한 걸까?

그냥 못 들은 척 누워만 있으려던 김남우는, 생각을 바꿔 꿈지럭거리며 일어났다. 무시했다가 괜히 또 싸움만 날까 싶어서였다. 적어도 남은 시간만큼은 싸우고 싶지 않았다.

식탁에 앉은 김남우는 아무 말 없이, 사발에 담긴 냉국수를 내려다보았다. 김남우가 좋아하는 오이가 듬뿍 들어가 있었다. 아내의 국수에는 오이가 없었다. 아내는 오이를 먹지 못한다.

김남우는 마음이 안 좋았다. 그러고 보면, 아내는 이런 사소한 것에서도 자기를 배려해줬다.

김남우가 어두운 얼굴로 젓가락을 들지 않자, 아내가 말했다.

"제사라도 지내? 어서 먹어."

"…응."

김남우는 후루룩 국수 가닥을 넘겼다. 빌어먹을, 맛있었다. 김남우는 아내의 눈을 쳐다볼 수가 없어, 사발에 고개를 처박고 국수만 넘겨댔다.

그 모습을 보고만 있던 아내가, 조심스럽게 운을 띄웠다.

"미안해."

김남우의 젓가락질이 멎었다. 아내는 대답을 기다리지 않고, 혼자서 말을 이었다.

"대출금 갚기도 빠듯한데… 전세금 올려달라지… 부모님은 자꾸 없는 자식한테만 손 벌리시고… 참, 돈이 밉다."
"…"
"근데, 생각해봤는데… 돈이 미운 거지, 당신이 미운 게 아니더라. 그동안 자꾸 당신한테 짜증만 내고, 화만 내고… 내가 바보 같았어. 미안해."

국수 가닥이 걸린 듯, 김남우의 목이 메어왔다. 더욱 고개를 들지 못하게 된 김남우의 얼굴이, 아내의 다음 말에 번쩍 들렸다.

"나… 임신이래."

흔들리는 눈으로 아내를 바라보는 김남우. 떨리는 목소리로 물었다.

"저, 정말이야? 정말 임신이라고?"

"응… 그러니까 우리 이제는, 이렇게 살지 말자. 내가 잘할게. 그동안 정말 미안했어. 힘들겠지만, 그래도 우리 아기랑 같이… 웃으면서 살자. 응?"

"으… 으… 으…"

젓가락을 놓치는 김남우. 벌어진 입으로 멍청한 소리만 내다가,

"으… 아… 안 돼… 안 돼!"

"당신? 왜 그래?"

벌떡 일어난 김남우는 겉옷을 챙겨 들고 현관문 밖으로 뛰쳐나갔다.

"당신!"

"기다려, 여보! 절대 어디 가지 말고 기다려!"

당장 주차장으로 달려 내려간 김남우. 급히 차를 몰고 낚시터로 향했다.

"제발… 제발… 안 돼. 제발!"

김남우의 얼굴이, 후회와 간절함으로 일그러진다.

"사, 사장님! 낚싯배! 빨리! 빨리 좀 내주세요!"

낚시터에 들이닥친 김남우는 사장님이 깜짝 놀랄 정도로 매섭게 닦달했다.

"벌써 누가 대여해 갔는디?"
"누가요!"
"몰러? 아 근디, 낚시하러 온 양반이, 정장을 입고 있더라고."

당장 돌아서 호숫가로 달려가는 김남우. 호숫가 한가운데 유유히 떠 있는 낚싯배를 바라보았다. 곧, 이를 악물고 겉옷을 벗어젖히는 김남우.

풍덩!

"웜마! 뭐 하는 겨!"

호수로 뛰어들었다. 미친 듯이 팔을 휘저어 낚싯배로 향하는 김남우.

"푸학!"

손을 뻗어 낚싯배를 붙잡고, 발버둥 치며 겨우겨우 배 위로 올라앉았다. 숨 돌릴 겨를도 없이 급히 배 위를 살피지만,

"아!"

배 위에는 아무도 없었다. 단지, 중앙에 버튼만 놓여져 있을뿐.

"아⋯ 아! 아아! 아아아아아아아아!"

버튼을 움켜쥐고 소리치는 김남우. 아니라고! 되돌려달라고! 취소해달라고! 소리치고 소리쳤지만, 사내는 나타나질 않았다.

⋮

거지 같은 몰골로 차를 몰고 집으로 향하는 김남우. 이를 악물며 중얼거렸다.

"그래. 3일 뒤 교통사고랬지? 안 나가면 될 거 아냐! 집에서 절대 안 나가면 되는 거야! 아파트 13층에서 무슨 교통사고가 일어나겠어! 그래! 그러면 돼!"

김남우는 스스로 안심시키듯 끊임없이 다짐했다.

．
．
．

"여보! 절대 내 옆에서 떨어지지 마!"

"어?"

집에 오자마자 김남우는 아내에게 소리쳤다.

"절대 내 옆에서 떨어지지 말고! 내일은 절대 밖에 나가지 마!
아니다, 지금부터 절대 밖에 나가지 마! 이틀 동안 무조건 집 안
에만 있어! 알았지?"

"뭐야, 갑자기 왜 그래? 왜 그러는데?"

"무조건 그렇게 해! 어? 제발! 이유는 묻지 말고!"

심지어 김남우는 무릎을 꿇고 아내를 붙들어 안았다. 어안이
벙벙한 아내였지만, 눈물 흘리는 김남우를 달래며 토닥거렸다.

"아, 알았어. 그럴게. 당신 말대로 할 거니까 진정해. 알았으니
까…"

아내의 배에 얼굴을 묻는 김남우. 반드시 지키리라 이를 악물
었다.

．
．
．

버튼 한 번에 10억

시곗바늘이 12시를 지나고, 침대 위 김남우는 아내를 안은 팔에 힘을 줬다. 지금부터 24시간이 사내가 말한 3일째 날이다. 24시간 동안 뜬눈으로 지새우며 아내를 붙잡고 있을 참이었다.

아내를 안방 문 밖으로 한 발자국도 못 나가게 할 참이었다.

새벽 내내 잠든 아내를 지켜보며, 김남우는 많은 반성을 했다. 그동안은 왜 그렇게 아내와 다투기만 했을까. 이렇게 잠든 모습이 예쁜 여자를, 그렇게 죽자 사자 쫓아다녔던 기억은 다 어디 갔었던 건지…

동이 트고, 아침이 밝자 아내가 깼다.

"깼어? 더 자지."
"음… 아니야."

아내가 침대에서 일어나려 하자, 김남우는 화들짝 놀랐다.

"어, 어디 가려고?"
"응~ 화장실."

김남우는 아내 뒤를 바싹 따라붙었다. 아내가 이상하게 보든 말든, 아내가 들어간 화장실 문 앞에서 아내가 나올 때까지 지켰다. 곧, 아내를 안방으로 들여보내고, 다시 한 번 다짐을 받는 김남우.

"무조건 오늘은 집에만 있어야 돼! 알았지? 밥도 내가 다 가져다줄 테니까 무조건 여기서 먹어! 이유는 묻지 말고 무조건!"
"정말 왜 그래? 알았어…"

그렇게 철통같은 경계 태세로 아내 곁을 지키고 있는데, 갑자기 김남우의 핸드폰이 울렸다.

[여보세요? 1357번 차주 되시죠?]
"예, 그런데요?"
[아~ 지금, 누가 차를 다 긁어놨는지 난리도 아닌데… 내려와 보셔야겠는데요?]
"뭐라고요!"

놀란 김남우가 벌떡 일어났지만 곧, 진정했다.

"아… 알겠습니다. 감사합니다…"
[네? 안 내려와보셔도 되겠습니까?]
"나중에 확인해보겠습니다."
[허허~ 거참, 와서 보셔야 할 것 같은데…]
"아뇨, 괜찮습니다."

김남우는 전화를 끊었다. 궁금해하는 아내의 표정에도 통화 내용을 얼버무리며 아내 곁을 지켰다.

얼마 뒤, 초인종이 울렸다. 김남우는 일어서며 침대에 누운 아내에게 신신당부했다.

"여보, 여기 꼼짝 말고 있어!"

"알았다니까."

재차 울리는 초인종 소리에, 김남우는 인터폰을 집어 들었다.

[1301호, 집에 있었네! 나 통장인데, 오늘 아파트 대청소 하는 날이라니까. 왜 안 나왔어! 얼른 나와요!]

"… 죄송합니다. 오늘은 못 나갑니다."

[그게 무슨 소리야? 남들은 뭐 청소하고 싶어서 하고 있는 줄 알아요? 빨리 나와요! 안 그러면 벌금 물어야 돼!]

"벌금을 물겠습니다. 죄송합니다. 다음에 뵙고, 벌금을 물겠습니다."

김남우는 그대로 인터폰을 끊었다. 초인종이 몇 번 더 울렸지만, 무시하고 아내 곁으로 갔다.

한데, 아내는 핸드폰 통화를 하고 있었다.

"뭐? 아빠가 병원에?"

"무슨 일이야?"

"아빠가 입원하셨대! 지금 당장 가봐야겠어!"

"아, 안 돼!"

김남우는 급히 아내를 붙들어 말렸다.

"아! 왜 그래!"

"안 돼! 절대 나가면 안 돼!"

"뭐? 아빠가 입원하셨다니까!"

"제발! 안 돼! 오늘은 절대 안 돼!"

"뭐어! 왜 그래, 진짜!"

아내가 김남우를 뿌리치는 순간, 김남우는 바닥에 무릎을 꿇고 싹싹 빌었다.

"여보, 제발! 제발 오늘은 안 돼! 제발!"

처음 보는 김남우의 모습에 눈이 커진 아내. 자리에 멈춰 섰다.

"왜, 왜 그러는 거야? 정말, 무슨 일인데 그래?"

"제발… 제발 오늘은 안 돼… 어? 제발!"

"…"

김남우의 간절한 눈빛을 보고, 결국 침대로 돌아가 앉는 아내. 전화를 걸어 아버지의 사정을 살폈다.

　　일단 안도의 한숨을 쉬는 김남우. 그러나 왠지 앞으로도 무언가 일이 일어날 것만 같은 예감이 들었다.

　　얼마 뒤,

　　[에에에에에에엥!]

　　"뭐, 뭐야!"

　　아파트 화재 경보가 울렸다.

　　[불이야! 불이야!]

　　깜짝 놀란 김남우와 아내! 한데, 순간적으로 정신을 차린 김남우는!

　　"자, 잠깐! 여보, 잠깐만 여기 있어!"
　　"뭐? 불 났다잖아!"
　　"잠깐만 있어 봐!"

　　급히 나가서 창밖을 살피는 김남우, 아래층에서부터 연기가 피어오르고 있었다.

고뇌하던 김남우는, 방으로 돌아가 아내에게 말했다.

"여보… 그냥 여기서 기다리자. 곧 소방차가 와서 처리해줄
거야…"

"뭐? 당신 미쳤어? 다 같이 죽자는 거야, 뭐야!"

"아니, 여보!"

"당신 진짜 오늘 왜 이래! 이상해! 됐어, 이럴 시간 없어! 빨리
나가자! 응? 우리 아기 잘못되면 책임질 거야?"

이를 악무는 김남우. 어쩔 수 없이 아내 손을 꼭 붙잡고 현관
밖으로 나갔다.

"절대 내 옆에서 떨어지지 마! 무슨 일이 있어도!"

"으, 응!"

사람들 때문에 혼란스러운 계단을 내려가는 둘. 김남우는 아
내를 품에 안다시피 해서 조심스럽게 계단을 내려갔다.

1층까지 내려온 김남우. 아내가 나가지 못하게 막고서 먼저
밖을 둘러보았다. 김남우의 머릿속에는 온통…

교통사고 교통사고 교통사고. 자동차 자동차 자동차.

아파트 단지 내에 주차된 차들이 너무나 많았다. 멀리 주차장

에서 빠져나오는 차들도 보였고, 곧 119 소방차들도 달려올 테고…

김남우는 캥거루가 아이를 품듯, 아내를 안고서 밖으로 나가며 말했다.

"일단 찜질방으로 가자. 오늘 하루 종일 찜질방에 있자!"

"알았어. 차는?"

"차는 절대 안 돼! 걸어가자."

김남우는 찜질방으로 향하면서도, 아내를 안쪽에 두고 쉴 새 없이 주변을 경계하며 걸었다. 그 덕에, 무사히 찜질방까지 들어갈 수 있었다.

엘리베이터를 타고 4층 찜질방에 들어서자 긴장감이 풀렸다. 이곳에서는 교통사고가 일어날 수 없었다.

"휴… 일단 좀 쉬자. 뭐라도 먹을래? 식혜?"

"그래."

찜질방 한쪽에 편안히 자리 잡고 식혜를 마시는 둘. 그때도 김남우는 아내 손을 꼭 잡고 있었다. 아내는 문득, 잡은 손을 보고 말했다.

"참 별일이다. 이렇게 손잡고 있어본 지가 언제지…"

"…"

김남우는 며칠 사이에 많은 후회를 했고, 많은 걸 깨달았다.

"미안해… 앞으로 내가 잘할게… 미안해."
"…응."

자기 어깨에 몸을 기대는 아내를 보며 김남우는 다짐했다. 이제부터 새로운 인생을 살리라!

:
:

어느새 잠들었던 것일까?

"여, 여보!"

벌떡 일어나 아내를 찾는 김남우. 아내의 모습이 보이질 않았다. 아내를 부르며 찜질방을 둘러보지만, 아내의 모습이 보이질 않는다. 얼른 아내에게 전화를 걸었다.

"여보! 어디야!"

[응? 어~ 잠깐 요 앞에 약국에 들렀어~ 반창고 좀 살려고~]

"익! 내가 절대 떨어지지 말랬잖아! 여보! 거기 그대로 있어! 약국에서 절대 나오지 말고! 내가 갈 때까지 그대로 있어!"

전화를 끊은 김남우는 당장 찜질방을 뛰쳐나갔다.
건물을 빠져나와 횡단보도로 향했을 때,

"여, 여보!"

횡단보도 맞은편에서 손을 흔드는 아내의 모습이 보였다. 김남우는 애가 탔다. 김남우는 미친 듯이 소리 질렀다.

"가! 뒤로 가! 그 앞에 있지 말고! 가! 약국 안에 들어가라고!"

김남우의 말이 들리지 않는 듯 횡단보도 앞에서 신호를 기다리는 아내. 김남우는 신호가 바뀌자마자 전력을 다해 달렸다.

순간! 달리는 김남우의 시야에, 저 멀리서부터 속도를 줄이지 않고 달려오는 트럭이 보였다.

눈을 부릅뜬 김남우는 미친 듯이 아내를 향해 소리치며 달렸다.

"여보! 피해! 피하라고!"

그러나 아내는 어리둥절한 표정을 지으며 김남우를 향해 마주 걸어왔다. 속도를 줄이지 못한 트럭이 급히 방향을 틀어보지만,

[끼이이이익, 퍽!]

김남우의 커진 동공으로 날아가는 아내의 모습이 느리게 비쳤다. 피를 뿌리며 날아가, 도로 옆으로 인형처럼 쓰러지는 아내의 모습.

"안 돼!"

달려가다 넘어져 결국 기다시피 가 아내를 안아드는 김남우. 허공을 바라보는 아내의 입에서 울컥 핏물이 쏟아져 나왔다.

"안 돼! 안 돼 안 돼 안 돼! 으아아! 여보 죽지 마! 여보 죽으면 안 돼!"

김남우가 울부짖지만, 피범벅의 아내는 가망이 없어 보였다. 아내를 끌어안고 오열하는 김남우.

"여보, 미안해! 미안해, 여보! 제발 죽지 마! 여보! 사랑해, 여보! 여보, 사랑해! 제발 죽지 마! 여보, 사랑해!"

버튼 한 번에 10억

그런 김남우를 보는 아내의 입이 힘겹게 열린다.

"사랑해… 나도 사랑해, 당신…"

아내의 작게 떨리는 목소리에 더욱더 오열하는 김남우. 아내의 목소리가 더 작아지자, 얼른 귀를 갖다 대는 김남우.

"여보…"

아내는 김남우의 귀에 마지막 유언을 남겼다.

"근데 버튼은 왜 눌렀어?"

흔들리는 동공으로 아내를 쳐다보는 김남우.

"어… 어어… 어… 어…"

어느새 와 있었던 건지, 옆에 쭈그려 앉은 사내가 김남우에게 말했다.

"사실, 아내분에게 먼저 제안을 드렸는데… 아내분은 버튼을 누르지 않았거든요."

"아… 아아!"

사내는 멍청한 눈으로 자기를 바라보는 김남우를 향해, 씨익 웃으며 말했다.

"10억 축하드립니다. 10억은 정확히 지급될 겁니다. 단지…"

일어나 주변을 둘러보는 사내. 곧, 주변의 사람들이 얼이 빠진 김남우를 향해 몰려들었다.

"버튼은 왜 누른 겁니까?"
"버튼은 왜 누른 거야?"
"아저씨, 버튼 왜 눌렀어요?"
"어떻게 버튼을 누를 수가 있죠?"
"왜 버튼을…"

"아… 아아아아!"

세상 사람 모두 김남우가 버튼을 누른 걸 알고 있었다. 가족들도, 편의점 아르바이트생도, 택시 기사도, 식당 종업원도, 지나가던 아이도.

"…"

10억은 들어왔다. 정확히, 버튼 한 번에 10억이 들어왔다.

하지만 곧, 주인 없는 돈이 되고 말았다.

완전범죄를 꾸미는 사내

그 애를 꼭, 강간하고 싶어!

앞집 여고생은 정말 최고야. 작은 골반에 새하얀 피부, 겁이 많을 것 같은 순한 눈망울을 가졌지.

정말로 완벽했어! 난 당장 그 애를 덮치고 싶었어! 그렇지만 그럴 수 없었지…

"왜죠?"

들키면 어떡해!

덮치고 난 뒷일이 문제라고! 내 사회적 지위가 있는데, 강간 범이라니? 끔찍하잖아? 우리 애들 얼굴은 또 어떻게 봐?

"그건 그렇죠."

그렇지만, 그 애를 볼 때마다 난 충동을 참을 수가 없었어! 뒷일이 문제 되지만 않았다면 벌써 백번도 더 덮쳤을걸?

그래서 말이야, 난… 완전범죄를 계획했어.

"완전범죄요?"

그래! 완전범죄! 절대 그 누구도 알아채지 못할 완전범죄 말이야!

나는 그 애의 행동 패턴을 메모하기 시작했어. 그 애는 늘 7시 50분에 등교를 해서, 밤 10시면 집으로 돌아오더군. 얼마나 착실한지, 단 한 번도 시간을 어긴 적이 없어.

그런 아이가 갑자기 연락도 없이 학교에 안 가거나, 집에 들어오지 않는다면? 당연히 곧바로 경찰에 신고하겠지! 생각해봐, 초동수사가 빠르면 완전범죄는 어렵잖아?

"그렇죠. 그래서 포기하셨나요?"

아니! 마누라를 통해서 알게 된 사실이 있었지!
그 애가 주말 밤에 한 번씩, 동네 길고양이들에게 먹이를 주러 다닌다지 뭐야? 그 사실을 알고 내가 얼마나 기뻤는지 모를 거야!

"아, 좋은 기회를 찾으셨군요?"

그렇지! 일단 난 동네에 있는 모든 CCTV의 위치를 파악했어. 내가 노트에 정리해놓은 걸 보면 깜짝 놀랄걸? 얼마나 완벽하게 준비했는지 말이야!

물론, CCTV만으로는 부족했지. 거리에 차들이 주차되어 있을 테니까. 요즘엔 차들 모두 블랙박스가 있잖아.

"그렇죠. 블랙박스까지 생각하면 동네에 사각지대는 없겠죠?"

그럴 것 같았지? 있었어!

동네 고지대에 지어진, 오래된 중학교의 담벼락 아랫길! 그곳에는 CCTV도 없고 주차된 차들도 없어! 지나다니는 사람들도 거의 없지! 그 대신 뭐가 많은 줄 알아?

"뭐죠?"

길고양이들! 바로 길고양이들이라고! 그 애가, 바로 그 길로 온단 말이야! 하하. 끝내주지 않아?

더 좋은 게 뭔지 알아? 담벼락 길을 따라가다 보면 공사가 중

　　　　　　　　　　　　　완전범죄를 꾸미는 사내

지된 폐건물이 나온다고! 일을 치르기에 완벽한 장소 아니야?

"아귀가 딱딱 들어맞는군요?"

그렇지! 그래서 내가 계획한 완전범죄는 이거야.

일단 난 회사에 볼일이 있어서 차를 몰고 나가는 거야. 나가는 길에는 온 동네 CCTV에 찍히면서 나가야지.
회사에 도착하면 회사 전화로 집에 전화를 걸 거야. 핸드폰을 두고 왔다고 말이야. 그러고는 곧장 택시를 타고 다시 동네로 갈 거야. 물론 옷을 바꿔 입고, 모자를 눌러 쓴 상태지!

"알리바이를 만드시는 건가요?"

그렇지! 만에 하나라는 게 있으니까 말이야!

동네 어귀에 도착하면, CCTV와 블랙박스의 사각지대를 이용해 어떻게든 담벼락 아랫길까지 찾아가는 거야.
거기서 준비한 고양이 사료로 길고양이들을 모을 거야. 그 애가 내 모습을 보더라도 경계하지 않도록 말이야. 동물 좋아하는 사람치고 나쁜 사람 없다잖아?
그러다 그 애가 오는 게 보이면, 난 이만 집으로 가는 척하면서 그 애 쪽으로 걸어갈 거야. 물론 손에는 잘 보이도록 고양이

사료 봉지를 들어 보일 거고, 그 애를 향해 웃으며 살짝 목례를 할 거야. 마치 너도 고양이 밥 주러 왔냐고 묻듯이 말이야! 누구라도 방심하지 않겠어?

"디테일이 좋으시군요. 저라도 방심하겠습니다."

그러다 그 애 옆을 지날 때, 번개처럼 뒤에서부터 그 애를 덮치는 거지! 그 애의 입을 막고, 준비한 과도를 그 애 눈앞에 들이밀 거야. 볼을 약간 그어서 그 애가 꼼짝도 못하게 만들어도 좋아.

"우아, 정말 시뮬레이션이 대단하신데요?"

당연하지! 매일매일 상상하니까!

그렇게 그 애를 제압하면, 그대로 폐건물로 데려가서 시간 끌지 않고 곧장 덮칠 거야! ㅎㅎㅎㅎ! 아, 얼마나 좋을까? 그 애에게 해보고 싶은 게 정말 많다고!
아참! 먼저 그 애 핸드폰으로, 친구를 만나서 조금 늦을 것 같다고 문자 보내는 걸 잊지 말아야겠지!

"아! 그 애 부모님께?"

　　　　　　　　　　　완전범죄를 꾸미는 사내

그렇지! 그래도 그렇게 오래는 못 할 거야. 길어봐야 한 시간? 그 이상은 완전범죄에 위험하지!

아쉽지만 멈추고… 그리고 나서는, 그 애를 죽여야겠지?

"죽인다고요?"

그래! 나도 맘 같아선 어디 가둬놓고 매일같이 즐기고 싶지만… 그랬다간 완전범죄가 깨질 확률이 높잖아?

커다란 김장용 비닐이 있거든? 폐건물 바닥에 미리 준비해놓은 비닐들을 깔고, 그 애에게도 여러 장 씌운 다음에, 최대한 피가 튀지 않게 단번에 목을 찔러 죽일 거야. 그다음에는 김장용 비닐로 그 애를 꽁꽁 싸매고, 준비해놓은 커다란 여행 가방에 담아서 폐건물을 빠져나가야지.

아참, 가는 길에, 그 애 핸드폰은 담벼락 너머 학교 안으로 힘껏 던질 거야! 그러면 조금은 헷갈릴지도 몰라. 얘가 학교에 갔다가 실종이 된 건가 하고 말이야.

아무튼, 동네 밖으로 나가서 곧장 택시를 잡아타고 바다로 갈 거야. 아무리 생각해봐도 시체를 버리는 데는 바다가 최고 같아.

"흠. 택시에서 피 냄새가 나지 않을까요?"

맞아! 강한 향수를 준비해야겠네!

"오, 이런!"

바다에서 시체를 처리하고 나면, 다시 택시를 타고 회사로 돌아간 다음, 옷을 원래대로 갈아입고 집으로 가는 거야. 동네 CCTV에 다 잡히면서 말이지.

어때? 이 정도면 절대로 들키지 않겠지? 그야말로 완전범죄 아니야?

"…그렇군요. 인정할 수밖에 없는 완전범죄입니다."

하하하하. 그렇지? 완전범죄지?

언젠가 그 완전범죄가 실행될 거야. 주말마다 기회를 노리고 있으니까 말이야! 하하하하. 하하.

"…"

:
:

누워 있는 그를 보며 김남우는 갈등했다. 곧 고개를 돌려 방의 CCTV를 확인하고는, CCTV를 등지고 서서 그를 향해 힘주어 손을 놀렸다.

　　　　　　　　　　　　　완전범죄를 꾸미는 사내

얼마 뒤. 사내를 깨우며 김남우는 말했다.

"환자분, 수면 내시경 끝났습니다."

:
:

진료실. 의사 김남우와 환자 최무정이 책상을 사이에 두고 마주 앉아 있다.

"대장 내시경 과정이 잘 끝나셨습니다."
"네. 감사합니다."

수면 마취의 후유증이 약간 남은 듯한 최무정은, 김남우의 말을 건성으로 들으며 대답했다.

"…"

김남우는 말을 멈추고 최무정의 얼굴을 가만히 쳐다보았다. 시선을 느낀 최무정이 김남우를 쳐다보자, 김남우가 목소리 톤을 바꾸며 말했다.

"환자분. 저는 사실… 남자를 좋아합니다."
"예?"

최무정이 어이없다는 표정을 지었다. 뜬금없는 소리였다. 그러나 김남우는 담담히 말을 이었다.

"남색을 좋아한단 말입니다. 남자분들의 항문을 사랑하지요. 그래서 이 직업을 선택했습니다."

"네? 아니, 지금 갑자기 무슨 말씀을 하시는…"

당황하는 최무정을 보며, 김남우가 조금씩 실실거리기 시작했다.

"그거 아십니까? 환자분의 항문은 보기 드물 정도로 정말 매력적입니다. 참을 수가 없을 정도더군요…"

"뭐, 뭔! 무슨 말을 지금, 뭐?"

극도로 혼란스러운 얼굴의 최무정! 김남우는 실실 웃으며 중얼거렸다.

"환자분의 엉덩이를 보고 있자니, 정말 참을 수가… 참을… 참을… 제가 참았을까요? 아니아니, 하하, 아닙니다… 근데 정말로 환자분의 항문은 죽여줍니다. 그 느낌이 정말… 하아…"

최무정은 인상을 쓰며 벌떡 일어나 소리를 질렀다.

완전범죄를 꾸미는 사내

"지, 지금 뭐, 뭐! 뭐라고!"

그래도 김남우는 웃음을 그치지 않았다.

"환자분 마취가 완전히 깨시면, 항문이 꽤 아프실 겁니다. 뭐,
수면 마취 때문이라고 생각해주시길… 흐…"
"뭐!"
"농담입니다! 하하하. 그럼 환자분, 그만 나가보셔도 됩니다."

잔뜩 일그러진 얼굴의 최무정! 흔들리는 눈동자로 김남우를
쳐다보다가 진료실 밖으로 나갔다.
남겨진 김남우가 피식 웃으며 중얼거렸다.

"강간하는 생각만 했지, 자기가 당하는 상상은 한 번도 못 해
봤나 보군? 하!"

．
．
．

"너, 이 새끼! 어제 나한테 무슨 짓을 한 거야!"

진료실로 쳐들어온 최무정이 김남우의 멱살을 잡고 소리쳤다.

"무슨 짓거리를 했길래 이렇게 아픈 거냐고!"

김남우는 능글맞게 웃으며 대답했다.

"무슨 말씀을 하시는 건지… 원래 대장 내시경 후에는 통증이 있습니다."

"이, 이 새끼가! 너, 너 이 새끼! 너 내 항문에다 너, 씨발 이상한 짓거리 했지!"

"설마요~ 어쩌면? 하하. 아니아니, 아닙니다. 제가 무슨 짓을 했으려고요~ 흐…"

부들부들 떨던 최무정이 버럭 소리쳤다.

"CCTV! 수면 마취실에 CCTV 화면 보여줘봐! 나한테 촬영 동의 구했었잖아!"

"아, 그거!"

김남우는 싱긋 웃으며 가볍게 툭, 말했다.

"싫습니다."

"뭐라고?"

"보여드리기 싫단 말입니다."

"이, 이익! 무슨 개소리야! 환자가 보여달라면 보여줘야지, 이 새끼야!"

"아, 제가 싫습니다. 제가 보여드리기가 싫어서, 안 보여드리

완전범죄를 꾸미는 사내

려고요."

터질 듯 붉으락푸르락하는 최무정의 얼굴! 최무정이 크게 소리 질렀다.

"너, 너! 내가 너 고소할 거야, 이 새끼야! 고소할 거라고, 이 게이 새끼야!"
"아니? 게이 새끼라니요? 제가 명예훼손으로 고소해야겠는데요?"
"너, 너 이 게이 새끼! 아주 게이 새끼라고 온 동네에 소문 한 번 퍼져봐, 이 새끼야!"

벼락처럼 소리 지르고, 진료실 문을 박차고 나가는 최무정.
문 밖에 모여 있다 깜짝 놀란 간호사들을 향해, 김남우가 어깨를 으쓱해 보였다.

⋮
⋮

"그러니까… 이 의사분이… 선생님을 수면 마취 중에… 그, 성추행했단 말씀이십니까?"

자신이 말해놓고도, 미간을 좁히며 황당해하는 경찰. 최무정이 목소리를 높여 바로 대답했다.

"그렇다니까요! 이 게이 새끼가 수면 마취 중에 나한테 이상한 짓거리를 했단 말입니다!"

"어허, 무슨 말씀을! 게이라니요? 제가 그럴 리가요?"

"이, 이 게이 새끼가! 똑바로 말 안 해?"

경찰은 난감한 얼굴로 고개를 갸웃했다.

"거참… 남자 의사가 여자 환자를 추행한 사건은 봤어도… 이런 경우는 참…"

경찰관의 아리송한 표정을 본 최무정이 다급히 말했다.

"C, CCTV! CCTV 좀 보여달라고 하십시오! CCTV를 확인하면 모두 다 나올 겁니다!"

"CCTV? 아아! 알겠습니다. 그럼 의사 선생님, CCTV 확인 좀 부탁드릴…"

"싫습니다."

"잉?"

"뭐, 뭐?"

"제가 보여드릴 법적 의무가 없지 않습니까? 영장 받아 오셨습니까?"

"여, 영장?"

"이 새끼가!"

아무렇지도 않게 싱글거리는 김남우. 그 모습을 바라보는 경찰의 눈매가 조금 달라졌다.

그리고, 분노가 폭발한 최무정이 소리쳤다.

"야, 이 게이 새끼야! 뭐, 영장? 그래, 좋다! 너 이 새끼, 법원에서 보자!"

"아, 그러시죠. 근데 그때까지 CCTV 영상이 무사할지는⋯ 글쎄요? 하하하."

싱글벙글인 김남우를 노려보며 최무정이 이를 갈았다.

⋮
⋮

[오늘의 베스트ㅋㅋㅋ 남자 의사가 남자 환자를 수면 마취 중에 강간ㅋㅋㅋ]

[미친ㅋㅋㅋ 와, 이런 사건이 우리나라에서ㅋㅋㅋㅋ]

[○○병원 의사라던데ㅋㅋㅋ]

[뉴스 보니까 아직 확정은 아니라던데요? 재판이 있답니다.]

온 인터넷이 남자 의사의 남자 환자 강간 사건으로 떠들썩했다. 그럴 만한 이슈였기에 인터넷에도 수많은 기사들이 올라왔다.

최무정이 직접 기자들까지 만나가며 만들어낸 이슈였다.

최무정은 만약 CCTV 영상을 구하지 못한다면, 김남우의 평판이라도 바닥까지 떨어뜨려야 속이 풀릴 것 같았다. 다행히 그 의도는 성공하여, 김남우는 이미 신상까지 다 털린 상태였다.

최무정은 김남우를 찾아가 통쾌하게 웃어댔다. 김남우는 얼굴이 굳어서, 아무런 말도 하지 못했다. 그 모습에 만족한 최무정.

"어때? 게이 강간 의사로 소문난 기분이? 주변 사람들의 시선 때문에 아주 하루하루가 즐겁지? CCTV 동영상? 없어도 상관없어! 이미 네 인생은 끝났어! 그럼 법정에서 보자고, 이 남자 강간범 새끼야! 으하하하."

최무정은 정말로 통쾌했다. 게다가 그는 더더욱 강력한 무기를 쥐고 있었고, 그래서 며칠 뒤 법정에서 김남우와 마주 서게 됐을 때 미소를 지어 보일 수 있었다.

법정에는 최무정의 의도대로, 수많은 기자들이 취재를 나와 있었다. 그들을 한 번 둘러본 최무정은 김남우를 보며, 어떠냐는 듯 비웃었다.

김남우는 담담히 받아들였다.

판결이 진행되면서, 김남우는 이렇게 대답했다.

"저는 절대로 그런 짓을 하지 않았습니다. 증거도 없지 않습니까?"

그 순간,

"으하하하하!"

최무정이 통쾌하게 웃음을 토했다. 그리고 얼마 뒤,

"원고 측 증인 나와주십시오."

김남우 병원의 간호사가 최무정의 증인으로 등장했다.

최무정은 김남우 몰래, 병원의 간호사와 만나 이야기를 끝냈던 것이었다.
간호사는 노트북을 들고 나왔고, 최무정은 의기양양하게 소리쳤다.

"지금 당장 수면 마취실 CCTV 증거 동영상을 시청하길 요청합니다! 보자고요!"

그 모습을 본 김남우는 피식 웃음이 터져버렸다.

수많은 기자들과 방청객들의 이목이 노트북으로 향했고, 김남우가 쿨하게 대답했다.

"동의합니다. 절대 중간에 끊지 말고 듣기로 하지요? 마지막 까지 말입니다."

이윽고 모두의 관심 속에서, 수면 마취실 동영상이 재생됐다.

[그 애를 꼭, 강간하고 싶어!]

"뭐, 뭐?"

웃고 있던 최무정의 팔짱이 풀어졌다.

[앞집 여고생은 정말 최고야. 작은 골반에 새하얀 피부, 겁이 많을 것 같은 순한 눈망울을 가졌지. 정말로 완벽했어! 난 당장 그 애를 덮치고 싶었어…]

"뭐야! 뭐야, 뭐야! 뭐야!"

당황한 최무정이 소리쳤지만, 동영상은 끊임없이 재생됐다.

[…번개처럼 뒤에서부터 그 애를 덮치는 거지! 그 애의 입을 막고, 준비한 과도를 그 애 눈앞에 들이밀…]

"그만! 그만 그만!"

완전범죄를 꾸미는 사내

최무정이 소리 지르며 달려들려고 했지만, 김남우가 막아섰다.

"이, 이 새끼가!"
"끝까지 보셔야죠? 제가 무슨 짓을 저지른 건 아닌지 확인해 보셔야 하잖아요. 어렵게 구한 증거 영상인데."

영상은 계속해서 재생됐다.

[···그 애를 죽여야겠지?]

"악! 그만! 멈추라고!"

[···언젠가 그 완전범죄가 실행될 거야. 주말마다 기회를 노리고 있으니까 말이야! 하하하하. 하하.]

"···"

영상은 최무정의 이야기가 모두 끝나자 김남우가 CCTV를 한 번 돌아본 뒤, 최무정을 깨우는 장면에서 끝났다.
최무정이 하얗게 질려 아무 말도 못 하자, 김남우가 말했다.

"어떻습니까? 저는 아무런 짓도 하지 않았지요?"

"…"

:

[남자 의사 강간 사건, 완전 대반전 드라마! 와~ 대박! 환자가 미친 사이코였음!]

[완전범죄남, 수면 마취 독백 전문 인터넷에 떴습니다!]

[우아, 진짜 대박 소름이다! ○○동이면 우리 동네랑 가까운데?]

[○○회사 사장이라던데?]

:

또다시 법정에 선 최무정과 김남우. 이번에는 둘의 입장이 달라졌다. 최무정은 강간 살인 미수의 피고인이었고, 김남우는 증인 자격이었다. 최무정이 영상에서 말한 폐건물에서 김장 비닐과 칼이 발견되었다. 물론 최무정의 지문까지 찍혀 있는.

눈에 핏발을 세운 최무정이 김남우를 노려보며 소리쳤다.

"야, 이 씹새끼야! 너 때문에 지금 내 꼴이 어떤 줄 알아? 너 이 새끼, 내가 너 명예훼손으로 고소할 거야! 고소할 거라고, 이 씹새끼야!"

그러나 김남우는 어깨를 으쓱 들어 올렸다.

"명예훼손이라뇨! 저는 히포크라테스 선서를 한 의사입니다!
절대 환자분의 개인 정보를 유출하지 않습니다!"

"너, 너!"

"그 동영상은 제가 유출한 게 아니지 않습니까? 환자분 본인
께서 증거로 요청하셨던 거지요. 어찌 감히 제가 의사로서 환자
분의 동영상을 유출하겠습니까?"

"으아아! 이 씨바알!"

발악하는 최무정을 보며 김남우는 실실 미소를 지었다.

퀘스트 클럽

이제 나도 30살을 넘겼으니, 슬슬 취미 생활이라도 가져볼까 싶어 동호회를 알아보았다.

하지만 땀 흘리는 취미는 별로, 고상한 취미도 별로. 마땅히 마음에 드는 동호회가 없었다.

회식 자리에서 별생각 없이 이 얘기를 털어놓았더니, 다음 날 회사 선배가 자리로 찾아왔다.

"내가 아는 정말 특이한 클럽이 있는데, 어때? 지금 가입자를 받고 있어."

"특이한 클럽이요?"

"응. 퀘스트 클럽이라고 하는 곳이야. 비밀스러운 클럽이라 자세히는 말해줄 수 없지만, 아주 재밌어."

나는 비밀이라는 단어에 호기심이 생겼다.

"궁금한데요? 소개해주세요."
"좋아. 단, 비밀은 꼭 지켜야 해."
"알았어요. 그래서, 뭐 하는 곳인데요?"
"말 그대로 퀘스트를 깨고 보상을 받는 곳이야. 내일이면 알게 될 거야."

선배는 의미심장하게 웃으며 내 집 주소와 자주 가는 곳 등을 메모해 갔다.
그리고 다음 날, 나는 선배의 말이 무슨 뜻인지 알게 되었다.

출근하려고 집을 나서는데, 현관 밑으로 하얀 명함 하나가 들어와 있었다. 거기에는 작고 또렷한 글씨체로 지령이 적혀 있었다.

[D급 지령. 아침 8시 30분, □□빌딩의 1층에서 엘리베이터 8층 버튼을 눌러라.]

회사 가는 길에 있는 빌딩이었다. 이게 퀘스트라는 걸까? 간단히 할 수 있는 일이었다.
나는 깔끔한 명함의 재질과 글씨체, 지령이라는 문구에서 묘한 매력을 느꼈다.

그래서 출근길에 잠깐 □□빌딩에 들러 엘리베이터 8층 버튼을 누르고 나왔다.

회사에 도착해서, 선배를 찾아갔다.

"선배, 이거 뭐예요?"

"지령 받았구나! 근데 너 그거 함부로 보여주면 안 돼. 다른 사람한테 말해서도 안 되고!"

"말하면 어떻게 되는데요?"

"다시는 쪽지가 도착하지 않게 될걸? 그리고 원래 지령서라는 건 그 자리에서 소각하는 게 기본이잖아."

"아."

선배의 주의를 들은 나는 명함을 찢어서 처분했다.

그리고 오전 내내 그 일을 잊고 있다가, 점심시간에 조금 놀랐다.

밥을 먹고 와보니 내 자리에 커피 한 잔이 놓여 있었는데, 그 아래에 하얀 명함도 같이 있었다.

[D급 지령 보상.]

"오! 보상이라고?"

나는 단번에 선배를 의심했지만, 가서 물어보는 등의 재미없는 짓은 하지 않았다.

지령과 보상! 퀘스트 클럽이 마음에 들기 시작했다.

다음 날. 나는 현관에서 또다시 명함을 발견했다.

[D급 지령. 해가 지기 전, ○○사거리의 공중전화 부스에 빨간 풍선을 하나 넣어라.]

"음. 풍선…"

약간 귀찮은 감이 있었지만, 나는 군이 문방구에 들러서 빨간 풍선을 구했다. 귀찮음보다 퀘스트를 깨는 재미가 좀 더 컸기 때문이었다.

이번 지령의 보상은 어느새 책상 서랍에 들어 있던 막대 사탕 두 개였다.

보상의 가치보다는 명함에 적힌 'D급 지령 보상'이라는 문구와 느낌이 너무 좋았다. 왠지 그냥 돈 주고 사 먹는 사탕보다 더 맛있는 느낌이랄까?

이후 사흘간 퀘스트가 도착하지 않았다. 슬슬 아쉬워질 때쯤, 회사에서 명함을 발견했다.

"오! C급이네?"

[C급 지령. 밤 10시까지, 지하철 ◇◇역 4번 출구 바깥의 재활용 쓰레기통을 깨끗하게 비워라.]

"엥? 뭐야? 착한 일을 하게 만드는 건가?"

나는 이 맥락 없는 퀘스트들이 조금 의아하긴 했지만, 퇴근길에 검은 봉지를 들고 ◇◇역 쪽으로 향했다. 지나다니는 사람들의 눈초리가 조금 신경 쓰이긴 했지만, 쓰레기가 얼마 없어 간단히 비울 수 있었다.

그것을 집으로 들고 갈까 하다가, 귀찮은 마음에 다른 출구 쪽에 있는 쓰레기통에 다시 버렸다.

결국, 여기서 저기로 옮겨 갔을 뿐인데… 이게 의미가 있는 걸까?

내 의문은, 집 앞에 도착했을 때 사라졌다.

"응? 뭐야?"

현관문 손잡이에 캔맥주 두 개가 담긴 비닐봉지가 걸려 있었다. 그리고 함께 들어있는 명함.

[C급 지령 보상.]

퀘스트 클럽

"오오? 이것 봐라?"

캔맥주 두 개라니! 제법 만족할 만한 보상이었다. 게다가 시원하잖아?

신나게 캔맥주를 따서 마신 나는, 이 퀘스트 클럽이라는 게 무척 마음에 든다는 걸 인정할 수밖에 없었다.

나는 이후 일주일 사이에 D급 지령 두 개를 더 해치웠다.

"오! B급 지령!"

퇴근 후 집에 도착했을 때 B급 지령 명함을 확인했다.
나는 두근거리는 가슴으로 내용을 확인했다.

[B급 지령. 내일까지, 전신주 번호 1234 C 567 아래에 몽키 스패너를 두어라.]

B급 지령은 조금 어려웠다. 몽키 스패너를 따로 지급해주는 것도 아니고, 위치도 이상했다.

하지만 그게 더 매력적이었다. 나는 당장 전신주 번호라는 게 뭔지 인터넷에 검색했고, 그게 전봇대마다 부여된 고유의 위치 번호라는 사실을 알아냈다.

지도를 통해 해당 전봇대가 있는 장소를 알아낸 나는, 집에

굴러다니던 몽키 스패너를 가방에 넣고 밖으로 나섰다.

퀘스트를 깨고 싶은 마음이, 이 늦은 시간에도 나를 외출하게 했다.

괜히 사람들의 눈치를 보면서 아무도 모르게 몽키 스패너를 두고 돌아서던 그때, 나는 몹시 흥분되었다.

퀘스트를 완료했다는 성취감과 보상에 대한 기대! 그것이 내 가슴을 두근거리게 했다.

그리고 과연, B급 보상은 내 기대를 저버리지 않았다.

"세상에!"

현금 5만 원권 두 장이 현관문 아래로 들어와 있었다. 'B급 지령 보상'이라고 적힌 고급스러운 명함과 함께.

"으하하하!"

너무 즐거웠다. 세상에, 이렇게 멋진 클럽이 있다니! 왜 이걸 이제야 알았을까!

퀘스트 클럽에 가입한 이후 하루하루가 즐거웠다. 매일 어떤 퀘스트가 올까 기대됐고, 일주일 넘게 퀘스트가 안 오면 힘이 빠졌다.

퀘스트 클럽

"아… D급 퀘스트가 뭐 이리 번거로워? 패스할까?"

간혹 아주 귀찮은 D급 퀘스트가 오더라도, 혹시 완료하지 않으면 다음 퀘스트가 오지 않을까 봐 무조건 이행했다.

한번은 B급 퀘스트를 진행하다가 실제로 위기에 처한 적도 있었다.

[B급 지령. 오늘 밤 11시, □□동 ○○번지의 마당에서 키우는 개에게 돼지고기 한 근을 먹여라.]

담이 낮기에 안쪽으로 돼지고기만 던져 넣으면 될 줄 알았는데, 잘못 던지는 바람에 줄에 묶인 개가 고기를 먹지 못하게 된 것이었다.

잠시 갈등했지만, 퀘스트를 완료해야 한다는 생각에 결국 담까지 넘고 말았다.

그때 개가 짖어대는 바람에 안에서 사람이 나올까 봐 얼마나 긴장했던지, 집 밖으로 나오고 보니 온몸이 땀범벅이었다.

그날 집에 도착한 'B급 지령 보상'은 고가 브랜드의 청바지였다. 고생한 보람이 있어 흐뭇했다.

퀘스트 클럽은 반복되던 내 일상을 너무나도 흥미롭게 바꿔주었다. 그야말로 나는 퀘스트 클럽에 중독되었다고 할 만했다.

그 생활이 네 달째 되던 날, 드디어!

"A급 지령!"

처음으로 받아보는 A급 지령에 나는 흥분했다. A급 지령은 하얀 명함의 테두리에 금테까지 둘려 있어, 벌써 다른 지령들과 차원이 달랐다.

[A급 지령. 14일 밤 10시, ◇◇대교 북단 버스 정류장에서 김원균 씨가 버스를 타지 못하도록 15분간 대화해라.]

"김원균? 15분 대화?"

쉬운 듯 어려운 지령이었다. 생판 모르는 남과 15분 동안이나 무슨 대화를 한단 말인가. 게다가 버스까지 놓치게 하면서.

"으음…"

고민했지만, 이미 퀘스트 클럽에 중독된 내 머릿속에 포기란 없었다. 무조건 이 퀘스트를 깨서 A급 보상이 뭔지 확인해야겠다는 생각뿐이었다.

결전의 날. 나는 긴장감으로 떨면서 ◇◇대교 북단으로 향했다.

다행히 정류장에는 40대의 중년 남성 한 명뿐이었고, 그가 김원균 씨일 것 같았다. 나는 심호흡을 한 뒤, 그에게 다가갔다.

퀘스트 클럽

"저, 김원균 씨?"
"예? 예. 누구시죠?"

그가 의아해하며 쳐다보자, 나는 일단 크게 한숨을 내쉬었다. 그리고 뜸을 들이다가, 이렇게 말했다.

"실은, 저희 누나가 김원균 씨 때문에 밥도 못 먹고 있습니다."
"예?"
"…유부남이시죠?"

여기서 나는 긴장했지만, 다행히 그는 고개를 끄덕였다.

"저희 누나가 김원균 씨를 그게, 그래선 안 되지만… 사랑한답니다."
"네?"

그가 당황하는 모습을 본 나는 다시 크게 한숨을 내쉬었다.

"이렇게 찾아뵌 제 심정을 이해해주셨으면 합니다. 시집도 안 간 저희 누나가 지금 그러고 있으니…"
"예? 아… 그런."

그는 몹시 당황한 듯하다가 물었다.

"그런데 누나분이 누구…"

"아, 말씀드리기가 좀 그렇네요. 사실 지금 이곳도 누나 몰래 나온 거거든요."

"아, 예…"

"심각합니다, 정말. 길게 시간을 뺏을 생각은 없고… 5분만 얘기를 들어주시겠습니까?"

"아, 그러시죠."

나는 속으로 쾌재를 부르며 시간을 끌었다.

부모님 얘기부터 핵심을 벗어난 이야기까지 중언부언하다가, 버스 몇 대가 지나가는 걸 확인한 뒤에 말했다.

"그래서 여쭙고 싶은 건, 제가 우리 누나한테 가서 그분은 절대 그럴 마음이 없다고 말해도 되겠냐는 겁니다. 마음 접으라고 말입니다."

"아, 물론입니다. 근데 정말 누구…"

"그건 말씀드리기가 좀. 하여튼 정말 감사합니다. 누나한테 가서 단단히 타이르겠습니다. 시간 뺏어서 죄송합니다!"

"아, 예에…"

그의 어리둥절한 표정을 보며 나는 웃음을 감출 수 없었다.

정확히 15분 만에 그에게서 벗어났다. 당연히 지령은 완벽한 성공이었다.

이렇게 짜릿할 수가! 내가 이렇게 연기를 잘하다니? 이렇게 멋지다니?

정말 세상에 처음 경험해보는 기분이었다. 난 평범하지 않았다. 너무나 특별했다. 절대 오늘을 잊지 못할 것 같았다.

다음 날 아침, 집 앞에 도착한 택배에는 'A급 지령 보상'이라는 명함과 함께 최신형 스마트폰이 들어 있었다.

"와, 세상에. 이 비싼 걸!"

역시 A급은 다르구나!

A급 지령은 1년에 몇 번이나 들어올까? 내가 그것들을 다 해낼 수 있을까? 어떤 멋진 보상들이 기다릴까?

입이 귀에 걸린 나는 평생 퀘스트 클럽에 충성해야겠다고 다짐했다. 이런 멋진 클럽을 알려준 직장 선배에게 뭐라도 해주고 싶은 기분이었다.

하지만 그 기분은 오래가지 않았다.

도착하고야 만 것이다. S급 퀘스트가.

"뭐, 뭐야?"

황금 테두리의 고급 명함에는 믿지 못할 내용이 적혀 있었다.

[S급 지령. 22일 밤 12시, 김남우를 죽여라.]

"죽이라고? 무슨… 무슨 말이야, 이게? 뭐?"

S급 지령의 명함에는 QR코드가 있었지만, 나는 그것을 찍어 볼 용기가 없었다.

나는 그동안 퀘스트 클럽이라는 비밀 조직이 엄청난 규모를 갖추고 있으리라고 짐작했다. 그래서 이 명함이 무서웠다. 이게 단순한 농담이 아닐 것 같았다.

갑자기, 게임 속에서 현실로 돌아온 것처럼 정신이 번쩍 들었다. 이런 미친 짓을 내가 할 리가 없지 않은가!
당황해서 어쩔 줄 모르던 나는, 퀘스트 클럽을 소개해준 선배를 찾아갔다.

"선배! 선배, 잠시만요!"

내 표정을 본 선배는 마치, 올 것이 왔다는 듯한 얼굴로 나를 맞았다.
조용한 카페로 이동한 나는 바로 명함을 내밀었다.

"이게 뭐예요, 선배!"

선배는 잠시 말이 없었다. 나는 몇 번 더 목소리를 높였고, 결국 선배가 입을 열었다.

"내용 그대로다. 진짜 사람을 죽이는 거."
"미친…"

단번에 욕이 튀어나왔다.

"말이 돼요, 그게? 아니, 그것보다 이거 안 지키면 어떻게 되는 건데요! 설마 뭐, 이상한… 예?"

나는 불안한 가정을 하며 선배를 몰아붙였지만, 선배는 고개를 흔들었다.

"모르겠다. 안 지키면 어떻게 되는지."
"모르겠다니! 그게 무슨, 아… 설마 선배, 사람 죽여본 적 있어요?"
"…"

선배가 대답하지 못하자, 소름이 돋았다. 이 미친 사람이 지금 사람을 죽여봤단 말인가? 그런데 이렇게 멀쩡하게, 평범하게 산다고?

나는 말이 안 나올 정도로 놀랐는데, 선배가 뜬금없이 말했다.

"S급의 보상은 정말 장난이 아니다."

"뭐, 뭐라고요?"

"네가 상상도 못 할 정도의 보상이 기다리고 있을 거야."

"미, 미친! 지금 나한테 그런 얘기를 하는 이유가 뭔데요, 씨발!"

나는 입에서 튀어나오는 대로 욕 섞인 말들을 내뱉어댔다.

선배는 덤덤한 얼굴로 가만히 그 모습을 지켜보다가, 자리에서 일어났다.

"어차피 늦었어. 이미."

"뭐요?"

선배는 떠나기 전, 조금은 차가운 말투로 말했다.

"그동안 퀘스트 클럽 때문에 즐겁지 않았어? 즐길 건 다 즐겼잖아? 지루하던 일상을 탈출한 기분, 하루하루 두근거리던 기분. 너도 느꼈잖아."

"그건!"

"어차피 늦었어, 이미. QR코드, 확인 안 해봤지? 확인해봐."

"선배!"

선배가 떠나고, 나는 혼자 명함을 바라보며 고민했다.

QR코드를 확인해보라고? 내가 누구를 죽여야 하는지 확인해 보라는 뜻일까?

나는 한참 뒤, QR코드를 확인해본 뒤에야 선배가 한 말의 뜻을 알게 되었다.

그곳에는 모든 행동 지침이 들어 있었다.

몇 시에 어디로 가면 흉기를 주울 수 있는지, 대상이 정확히 어느 장소에 언제 나타날 것인지, 그 장소를 누가 차단하는지, 대상이 어떤 상태인지, 어디에 흉기를 버리면 되는지, 내 알리바이가 어떻게 완성되는지까지 모두 다.

한눈에 알아볼 수 있었다. 그동안 내가 실행했던 지령들이 하나의 살인을 위한 밑 작업이었다는 사실을. 그동안 누군가가 살해당하도록 내가 직접 돕고 있었다는 사실을 말이다.

내가 버렸던 스패너, 내가 붙잡았던 김원균 씨, 개, 야구방망이, 밧줄, 쓰레기통 등등⋯ 무수히 많은 것들이 머릿속을 스쳤다.

어차피 늦었다는 선배의 말뜻을 뼈저리게 깨달았다.

"자판기 아래에 숨겨진 주사기를 주워서, 공원 화장실에서 정신을 잃고 쓰러져 있는 김남우에게 주사하고, 다시 지하철 4번 출구로 들어가 2호선에 오르고, 중간역에서 내려 13번 사물함에 주사기를 넣은 뒤, □□삼거리 화단 밑에서 영화표를 줍는다…"

나는 나도 모르게 동선을 파악했다. 퀘스트를 수행한 다른 멤버들 덕분에 너무나도 간편하고 쉬운, 그 살인 동선을 말이다.

⋮

손에 영화표를 꽉 쥐고 덜덜 떨면서 집으로 돌아온 나를 맞이해준 건, 천만 원이 넘는 고급 명품 시계였다.

떨리는 손으로 그 시계를 집어 든 나는 'S급 지령 보상'이라는 명함 외에 또 다른 명함 하나를 확인했다.

[S급 지령. 기한 무제한. 살인도 저지를 수 있을 만한 사람을 퀘스트 클럽에 가입시켜라.]

이 순간, 선배가 무슨 보상을 받았을지 궁금한 내가 미친놈일까.

퀘스트 클럽

인간에게 최고의 복수란 무엇인가

세상에서 가장 잔인한 복수 방법으로는 무엇이 있을까?

금이야 옥이야 키운 사랑하는 딸이, 음주 운전 차량에 치여 죽어버렸어. 자네들이라면 그 운전자 놈에게 어떤 복수를 할 거야?

자네들이 방법만 알려준다면, 난 무슨 짓이라도 할 준비가 되어 있어.

평생 친구도 변절하게 만들 수 있을 만한, 어마어마한 돈도 가지고 있어.

시내 한복판에서 사람을 죽여도 무마할 수 있을 만한, 권력도 가지고 있어.

내 말이라면 눈 한 번 깜빡 않고 사람을 믹서기에 갈아버릴 수 있는, 심복들도 있어.

난 정말이지, 복수를 위한 모든 준비가 되어 있어.

그럼 내가 할 수 있는 최고의 복수가 무엇일까? 인간에게 할 수 있는 가장 강력한 복수가 뭘까?

그걸 이제부터 자네들이 알려줘야겠어. 만약 만족스러운 복수 방법을 알려준다면, 자네들을 풀어주도록 하지.

왜 하필 자네들이냐고? 자네들이 그놈과 가장 가까운 사람들이니까. 그러니까 자네들이, 내가 어떻게 복수를 해야 할지 알려줘야지.

자네들도 알다시피, 그놈은 이미 죽어버렸으니까 말이야.

．
．
．

강철 문 안쪽의 하얀 방. 세 명의 남녀가 심각한 얼굴로 탁자에 모여 앉아 있었다. 음주 운전 사고를 내고 죽은, 공진열의 친구와 가족들이었다.

공진열의 친구 김남우.
공진열의 아내 홍혜화.

공진열의 동생 공치열.

이미 그들은 보름째 이 감옥에 갇혀 있었다. 그들에게 지급되는 음식은 최소한의 식빵과 물뿐이어서, 그들은 정신적으로도, 체력적으로도 많이 지쳐 있었다. 심지어 어제부터는 그마저도 지급되지 않았다.

결국, 그들이 내린 결론은 하나였다.

"산 사람은 삽시다."

모두가 동의했다. 하지만 어떻게?

그의 딸을 죽인 공진열도, 그때의 사고로 혼수상태에 빠져 며칠을 버티다 죽어버렸다. 이미 죽은 사람에게 어떻게 복수를 한단 말인가?

산 사람에 대한 복수라면, 영화든 소설이든 수많은 방법을 봐서 알고 있었다. 한데, 죽은 사람에 대한 복수는 감도 오지 않았다.

세 사람은 한동안 골머리를 앓았다. 공치열이 답답한 얼굴로 머리를 긁으며 말했다.

"미친 새끼! 이미 죽은 사람한테 무슨 복수야! 죽었으면 된 거 아냐!"

마찬가지로 답답해하던 김남우가 한숨을 푹 쉬며, 홍혜화에게 물었다.

"제수씨. 진열이 시체는 혹시?"
"모르겠어요. 남편이 병원에서 사망하고, 곧바로 여기에 잡혀들어온 거라…"
"우리 모두를 이렇게 납치할 능력이 있는 사람이라면, 진열이의 시체 정도야… 그럼 결국…"

그 뒤를 이어 말하길 꺼리던 김남우가, 결국 미간을 좁히며 입을 열었다.

"복수 방법이라는 게, 진열이의 시체를 훼손하는 방법밖에 없지 않겠습니까?"
"…"

두 사람은 침묵으로 긍정했다. 김남우는 고개를 작게 끄덕거리며, 불편한 총대를 메기로 했다.
그들이 앉은 탁자 중앙에는 스탠드형 마이크가 놓여 있었고, 그 마이크의 쓰임새는 뻔했다.
김남우가 마이크 가까이 얼굴을 들이밀고 말했다.

"공진열의 시체를 훼손하십시오. 그것이 유일한 복수 방법이

　　　　　　　　　인간에게 최고의 복수란 무엇인가

라 생각합니다."

잠깐의 시간이 흐른 뒤, 방 안의 스피커에서 잡음과 함께 그 목소리가 들려왔다.

[시체를, 구체적으로 어떻게 훼손해야 하지?]

세 사람은 눈살을 찌푸렸다. 하지만 이왕 내친걸음, 김남우가 불편한 얼굴로 말을 이었다.

"목을 잘라버리십시오."

[너무 평범하군.]

김남우는 인상을 쓰고, 주저하다가 말했다.

"사지를 모두⋯ 잘라버리십시오."

[그것이 정육점 고기를 써는 것과 무엇이 다르지? 좋은 복수가 아니야.]

심드렁한 대답이 돌아온 순간, 공치열이 울컥해 마이크에다 소리쳤다.

"염병! 그럼 시체를 정육점 고기처럼 잘게 썰어서 개밥으로 주던가!"

공치열의 과격한 발언에 둘의 눈이 조금 커졌다. 그래도 친형인데, 그 시체를 개밥으로 줘버리라니? 놀라긴 했지만, 둘은 아무 말도 안 했다.

[전혀 만족스럽지 않아. 그놈의 시체를 요리해서 자네들에게 먹인다고 해도, 내 복수심이 사그라들 것 같지 않군. 더 좋은 복수 방법을 생각해봐. 그래야만 자네들이 풀려날 수 있을 테니까.]

그가 만족하지 못하자, 홍혜화가 머뭇거리다 의견을 제시했다.

"남편의 시체를… 박제하세요. 박제해서 곁에 전시해놓고, 화가 날 때마다 욕을 하고, 침을 뱉고, 따귀를 때리세요. 그렇게 오랜 시간을 괴롭히다 보면 분노가 조금은 사그라들지 않겠어요?"

김남우와 공치열이 놀라 자기도 모르게 홍혜화 쪽으로 고개를 돌렸다. 아내의 입에서 나온 의견이라기엔, 너무나 살벌했다. 둘은 놀랐지만, 얼른 시선을 거뒀다. 지금 가장 중요한 건, 본인들이 탈출하는 것이었다.

[흥미롭군. 생각도 못 해봤던 아이디어야. 하지만, 만족스럽진 않아.]

인간에게 최고의 복수란 무엇인가

그의 대답에, 순간적으로 공치열이 참지 못하고 소리쳤다.

"염병! 차라리 그럼, 형이 혼수상태일 때 직접 와서 죽였어야지! 이미 죽은 사람한테, 시체 훼손 말고 뭘 어떻게 복수를 하려는 거야?"

[그걸 못했기 때문에 이렇게 자네들에게 묻고 있는 것 아닌가? 진정한 복수가 무엇인지 한번 잘 생각해봐. 상대방의 신체를 괴롭히는 것은 복수 중에서도 가장 하급이야.]

그 말을 끝으로 안쪽의 마이크를 꺼버린 듯 스피커에서 다시금 잡음 소리가 났다.

공치열은 욕설을 내뱉었고, 김남우와 홍혜화는 심각한 얼굴이 되어 인상을 썼다. 공치열이 악을 쓰듯 마이크에다 소리쳤다.

"염병! 배고파죽겠다고! 빵이라도 달라고!"

돌아오는 답이 없는 공허한 외침이었다. 결국, 셋은 다시 생각해야 했다. 이미 죽어버린 사람에게 할 수 있는 최고의 복수를 생각해야 했다.

하루가 더 지났다. 셋은 3일째 아무것도 먹지 못하고 있었다.

마이크에 대고 욕을 하고, 애원하고, 그들 나름대로 생각해본 복수 방법을 털어놓아도, 아무 반응이 없었다.

다음 날 밤. 모두 잠든 시간에 공치열이 몰래 일어나 마이크로 향했다. 힐끔 홍혜화를 쳐다본 공치열이 마이크에 대고 조용히 말했다.

"죽은 형에 대한 최고의 복수는… 형이 가장 사랑했던 아내를, 당신이 강간하는 겁니다…"

공치열은 본인의 목소리가 정확히 전달됐는지, 가만히 서서 반응을 보려다가, 홍혜화를 힐끔 보고는 쩔리는 얼굴로 얼른 본인의 자리로 향했다.

[그놈의 아내를 강간한다?]

공치열은 스피커에서 들려오는 소리에 깜짝 놀라 굳어버렸다. 곧, 그 소리에 깨어난 홍혜화와 김남우가 마이크 쪽의 공치열을 돌아보았다.

[그놈이 가장 사랑했던 아내를 강간하는 것이라… 조금은 진정한 복수의 본질에 다가갔군.]

홍혜화의 얼굴이 마구 일그러졌다.

"너! 공치열, 너!"

인간에게 최고의 복수란 무엇인가

공치열은 아랫입술을 깨물다 변명하듯 목소리를 높였다.

"어, 어쩔 수 없잖아! 일단은 여기서 탈출해야 할 것 아냐! 살고 봐야지!"

홍혜화가 부들부들 떨며, 무서운 눈으로 공치열을 노려보았다. 공치열은 그냥 고개를 돌려버렸다.

곧 표독스러워진 얼굴의 홍혜화가 마이크 쪽으로 걸어갔다. 그러고는 마이크에 대고 말했다.

"저도 복수 방법 하나가 떠오르네요. 남편은 홀어머니 밑에서 자랐어요. 평생 홀로 살며 고생스럽게 자식을 키운 어머니를 몹시 존경하고 사랑했죠. 그런 어머니가 죽어버린다면, 남편에게 그보다 더한 복수가 있을까요?"

공치열이 눈을 부릅떴다.

"뭐, 뭐! 이 미친! 지금 무슨 소리를!"
"살고 봐야지! 일단 여기서 탈출해야 할 것 아냐!"

공치열과 홍혜화가 서로 무섭게 노려봤다.

[만족스럽지 않아. 그것이 정말 최고의 복수일까? 복수란 건, 그렇

게 단순한 것이 아니야. 갓난아이를 괴롭히려면, 물고 있는 젖병을 빼앗으면 되겠지. 하지만 다 자란 인간에게 하는 복수란 그렇게 간단하지가 않아. 상대의 주변인들을 괴롭히는 건, 복수 중에서도 중급이야.]

공치열과 홍혜화는 그 대답에 이를 갈았지만, 여전히 시선은 서로를 향해 있었다.

그때, 김남우가 마이크 쪽으로 나섰다.

"인간에게 있어 최고의 괴로움은, 잊히는 것 아닙니까?"

[자세히.]

마이크 너머의 그가 흥미를 느낀 듯했다. 김남우가 두 사람을 제치고 전면에 서서 이야기를 계속했다.

"진열이가 살았던 흔적을 모두 지워버리십시오. 모든 사진을 없애버리고, 학창 시절의 기록을 지워버리십시오. 주민등록을 지워버리고, 인터넷에 남겨진 모든 흔적을 지워버리죠. 공진열을 기억하는 사람이 아무도 없도록. 마치 원래부터 이 세상에 존재하지 않았던 사람처럼, 인간 공진열이 남긴 모든 흔적을 지워버리십시오. 그게 최고의 복수입니다."

[흠…]

인간에게 최고의 복수란 무엇인가

생각하는 듯한 그의 침묵에, 세 사람은 몸이 달았다.

[맞아. 존재가 잊히는 것. 그것만큼 괴로운 것도 없지. 복수 중에서도 상급의 복수야. 한데 그렇게 하려면, 공진열을 기억하는 사람들을 모두 죽여버려야 할 텐데? 너희들마저 말이야.]

"음!"
"뭐, 뭐야! 무슨 개소리를!"

[괜찮은 방법이지만, 그것이 최고는 아닌 것 같아. 내가 원하는 건 최고의 복수야. 한 명의 인간에게 가할 수 있는 최고의 복수! 좀 더 잘 생각해봐. 생각해내지 못한다면, 자네들은 그곳에서 굶어 죽을 수밖에 없을 테니.]

"염병!"
"으음…"
"…"

세 사람은 다시금 인상을 썼다. 이미 지칠 대로 지친 그들은, 바닥에 아무렇게나 앉아 생각에 잠겼다. 도대체 그가 원하는 최고의 복수란 무엇일까?
김남우가 마지막에 말했던 복수 방법에 힌트가 있을 것 같았지만, 쉽사리 떠오르질 않았다.

공치열은 배고픔에 지쳐가는 몸뚱이를 붙잡고, 욕설을 내뱉었다.

"염병! 형은 죽어서까지 도움이 안 돼! 평생 한 번도 도움이 안 되는 인간이야!"

홍혜화도 인상을 쓰며 중얼거렸다.

"그렇게 내가 음주 운전을 하지 말라고 했는데! 귓등으로도 안 듣더니, 내가 그럴 줄 알았어! 죽으려면 곱게 혼자 죽을 것이지! 사람은 왜 치고 지랄이야!"

이곳에 갇혀버린 이후, 그들은 쭉 누군가를 원망했다. 그 대상이 본인들을 가둔 사람에게서, 공진열에게로 옮겨 간 지는 오래였다.
둘과는 달리 묵묵히 생각에 잠겨 있던 김남우가, 자리에서 일어나 마이크 앞으로 다가섰다. 공치열과 홍혜화의 얼굴이 얼른 김남우에게로 향했다.

"사람에게 있어 잊히는 것보다 더 큰 괴로움은, 부정당하는 것입니다."

[계속해.]

　　　　　　　　인간에게 최고의 복수란 무엇인가

공치열과 홍혜화가 벌떡 일어나 김남우 주변으로 다가왔다.

"공진열을 알고 있는 모든 사람이, 공진열의 모든 것을 부정하는 겁니다."

[구체적으로?]

"너는 태어나지 말았어야 했다, 너를 좋아하지 않았다, 너를 사랑하지 않았다, 너의 인생은 하찮았다, 네 꿈 같은 건 이루어질 리 없었다, 너는 직장에서 도움이 안 되는 인간이었다, 너는 낳지 말아야 할 아들이었다, 너는 태어난 것 자체가 민폐였다, 네가 불행해지기를 마음속으로 기도했다, 세상에 너를 좋아할 사람은 한 명도 없다, 너를…"

김남우의 무덤덤한 말들이 이어질수록, 스피커는 조용해졌다. 듣고 있던 홍혜화와 공치열의 얼굴도 점점 굳어갔다.
스피커 속의 그는 곧, 기쁜 목소리로 김남우의 말을 중단시키며 평가를 내렸다.

[맞구나! 맞아! 존재의 부정! 그것이 인간에게 가할 수 있는 최고의 복수였어!]

공치열의 얼굴이 밝아졌다.

"그, 그럼 우릴 내보내주는…"

[그래. 마음에 들었어. 그렇게 복수를 하기로 결정했어. 자네들은 풀어주도록 하지.]

철컹!

강철 문의 자물쇠 풀리는 소리가 들려왔다. 셋이 다급히 강철 문으로 달려가는 그때,

[그 전에 잠깐! 제안을 하나 하지.]

"제안은 무슨 씨불!"

공치열은 무시하고 문을 밀었다. 다른 두 사람도 스피커를 한 번 쳐다봤을 뿐 몸은 문으로 향했다.

[30억을 주지.]

순간 셋의 몸이 멈칫 굳어버렸다.

[그놈과 가장 가까운 자네들이 먼저 내 복수를 도와줬으면 하는데, 그게 억지로 시켜서 한 부정이라면 복수가 되지 않겠지? 자네들 스

스로의 의지로 그놈을 부정해줘. 가장 내 마음에 드는 사람에게 30억을 주지. 만약 관심이 없다면, 그대로 문밖으로 나가도 좋고 말이야.]

"…"

금방이라도 문밖으로 뛰쳐나갈 것 같았던 세 사람이 못에 박힌 듯 멈춰버렸다. 서로 눈치 보며 갈등하던 그때, 홍혜화가 가장 먼저 뒤돌아 걸었다.

마이크 앞에 서는 홍혜화. 곧이어 공치열도 질세라 마이크로 향했다. 김남우도 고민하다가, 마이크 쪽으로 돌아섰다.

[좋아. 다른 조건은 없어. 진심만 느껴지면 돼. 진심으로 그를 부정해봐.]

먼저 홍혜화가 고백하듯 입을 열었다.

"저는 사실… 남편의 죽음이 그렇게까지 슬프지 않았어요. 실감이 안 나서였을지도 모르지만… 어쩌면 단순하게, 그렇게까지 남편을 사랑하지 않아서일지도 몰라요. 남편이 병원에 입원했을 때에도 남편 걱정보다는 돈 걱정부터 들었어요. 피해자가 있다는데 어떻게 해야 하나, 남편이 이대로 장기입원을 한다면 그 병원비는 어떻게 부담해야 하나. 절망적이었죠… 돈 걱정에."

[그래서?]

"저는 남편… 공진열보다 돈이 더 중요해요. 지금 이 순간에
도…"

[진심이 느껴지는군?]

"진심이에요."

공치열이 옆에서 경멸하는 눈으로 홍혜화를 노려보았다. 그렇
지만, 아무 말도 하지 않았다. 자신도 이제 해야 할 말이 있었다.

"난 어릴 때부터 형이 별로 마음에 안 들었어. 아버지도 없어
힘든 마당에 빨리 취직이나 해서 집안을 도왔으면 했는데, 기어
이 공부하겠다고 대학을 가더니, 갑자기 또 음악을 한답시고 별
이상한 짓거리를 하고 다니더란 말이야? 미친 거지! 제발 철 좀
들었으면 좋겠다고 몇 번을 생각했는지 몰라!"

[흠.]

"그동안 엄마를 보살핀 건 나였어. 고등학교를 졸업하자마자
일을 해야 했던 건 나라고! 형은 단 한 번도 집안에 돈을 보탠
적이 없어. 오히려, 저런 여자랑 결혼한답시고 손이나 벌렸지!"

"…"

홍혜화가 노려보았지만, 지금은 입을 열 상황이 아니었다.

"형은 정말, 우리 가족에게 도움이 안 되는 인간이었어. 필요 없는 인간이란 말이야. 형이 죽고 나니 오히려, 짐을 덜었단 생각도 조금은 들어. 솔직한 내 맘이야."

[하. 연기를 잘하는 건지, 진심인 건지?]

"진심이야! 어차피 나한테 형은 있어도 그만, 없어도 그만인 인물이었어!"

공치열은 정말이라는 듯, 눈에 힘을 주었다. 그 잠깐의 침묵 뒤에, 순서를 기다린 김남우가 입을 열었다.

"진열이는 일을 하면서도, 항상 꿈을 좇았죠. 지금 하는 일은 임시직 같은 것일 뿐이고, 언젠가 다시 음악을 할 거란 꿈을 품고 있었습니다. 그것이 진열이가 살아가는 삶의 목적이었습니다. 저희 친구들은 그런 진열이에게 대단하다며, 언젠가는 꼭 꿈을 이룰 것이라며 격려했지만…"

[했지만, 아니었다?]

"솔직히 말하면, 진열이가 만든 곡은 쓰레기였습니다. 무가치한 곡이죠. 그냥 진열이의 자기만족일 뿐이었습니다. 진열이 인생의 목표였던 음악이란 것은 사실, 진열이의 능력으로는 절대 이룰 수 없는 환상 같은 것이었습니다. 진열이의 삶은… 결국 아무것도 남기지 못한, 무의미한 삶입니다."

[굉장히 아픈 곳을 찌르는 얘기군.]

스피커 너머의 그가 만족하는 듯한 뉘앙스를 풍기자, 홍혜화가 다급히 말을 보탰다.

"저도! 남편의 음악이 가장 꼴 보기 싫었어요! 돈도 제대로 못 벌어 오는 주제에, 음악을 한답시고 시간 버리고 돈 버리고. 자기는 언젠가 꼭 가수가 될 거라는데, 속으로 참 우스웠죠. 오디션 프로그램에 오디션 보러 갔을 때는, 웃으며 배웅을 했지만 속으로는 얼마나 짜증이 났는지 몰라요. 어차피 떨어질 거면서 왜 저러는지. 물론 매번 떨어졌고, 그때마다 위로를 하면서도 속으로는 그럴 줄 알았다 생각했어요. 남편은 꿈을 쫓을 줄만 알지, 재능은 쥐뿔도 없는 존재였어요."

[흠. 가장 가까운 이들에 의해 꿈을 부정당하는 건가? 좋군!]

눈알을 굴리던 공치열도 질 수 없다는 듯, 마이크를 뺏어 들

인간에게 최고의 복수란 무엇인가

었다.

"엄마는 항상 그랬어! 차라리, 내가 장남이었으면 좋겠다고! 형은, 당신 배 아파 낳은 아들이지만 정말 이해가 안 간다고! 엄마에게도 형은 골칫거리였을 뿐이야! 형을 왜 낳았는지 후회할 걸? 형은 엄마의 짐이고, 최악의 아들이었어! 우리 가족에게 형은 태어나지 말았어야 하는 사람이었어!"

홍혜화도 급히 마이크에 대고 소리쳤다.

"솔직히, 제가 아이를 안 가진 이유가 있어요! 형편을 핑계 댔지만, 사실 이런 남편의 아이를 낳아도 될까 하는 불안감이 있었어요! 미래도 불확실하고, 책임감도 떨어지는 남자의 애를 갖고 싶지 않은 마음이 어딘가에 깔려 있었을 거예요! 아이 아빠로는 상상할 수 없는, 그런 사람이었어요!"

김남우도 지지 않고 이야기를 했다.

"진열이가 없을 때 우리끼리 술자리에서, 진열이 욕을 많이 했습니다. 한심하다고. 아직도 정신 못 차리고 음악 같은 거에 매달려 산다고. 다른 친구들은 몰라도 진열이에겐 절대 보증 같은 거 서주지 말고 조심하잔 얘기를 했었습니다. 진열이는 친구들에게 믿음을 받지 못하는 그런 존재입니다."

셋은 앞다투어 이야기들을 쏟아냈다.

그들의 말에 따르면 공진열은 가족에게도 필요 없는 사람이었고, 사랑하는 아내에게도 필요 없는 사람이었고, 친구들 사이에서도 필요 없는 사람이었다.

이야기를 들을 때마다 스피커 너머의 그는 매우 만족스러워했다.

[아, 정말 복수는 좋아. 너무 좋아. 조금이지만, 이 마음을 달래주는군.]

세 사람은 기대했다. 그의 반응에, 이제 곧 30억의 주인이 호명될 것만 같았다. 한데, 이어진 그의 말은 세 사람의 동공을 사정없이 흔들었다.

[그런데, 공진열이 살아 있으면 어떨까? 살아서, 지금 이 방에서의 이야기를 모두 듣고 있다면 말이야.]

"뭐?"
"무, 무슨 개소리야?"

[죽은 줄 알았던 공진열을, 사실은 내가 복수를 하기 위해 죽음으로 위장하여 빼돌렸다면 말이야. 지금 내 옆에서 피눈물을 흘리며 자네들이 떠드는 이야기를 듣고 있다면 말이지. 어떨까? 그것이야말로

인간에게 최고의 복수란 무엇인가

정말 최고의 복수가 아닐까?]

세 사람은 섬뜩해졌다. 그의 말이 허투로 들리지 않았다. 불안하게 눈빛이 흔들렸다.

그때, 발악하듯 공치열이 소리쳤다.

"형은 죽었어! 이미 죽었다고! 살아 있을 리가 없어. 그런 인간, 살아 있을 리가 없잖아!"

홍혜화도 말했다.

"맞아요! 남편은 분명 죽었어요. 만약에라도, 혹시 병원에서 시체가 사라졌더라도, 남편은 이미 죽었어요!"

김남우도 말했다.

"진열이는 죽었습니다. 분명히, 죽었습니다. 나는 그저, 얼른 나가서 진열이의 장례식을 도울 생각입니다."

세 사람은 마치, 공진열은 꼭 죽어야만 한다는 듯이 말을 했다.

[그래… 그놈은 죽었지. 그러니까, 이렇게 죽은 자에게만 할 수 있는 복수를 하고 있는 것이고.]

셋의 얼굴에 약간의 안도감이 느껴질 때, 그가 말했다.

[30억은··· 여인에게 주도록 하지. 나머지 두 사람에게도, 감금에 대한 보상이 지급될 거야.]

"뭐? 아니, 왜 저 여자에게 30억을! 왜!"
"음···"

공치열이 짜증스레 화를 냈고, 홍혜화의 얼굴이 기쁨을 숨기지 못해 씰룩거렸다.

끼이익!

강철 문이 열리는 소리에 셋의 고개가 돌아갔고, 검은 양복에 선글라스를 낀 사내들이 그들에게 위압적으로 손짓했다.
홍혜화가 가장 먼저 앞장서 나가고, 김남우가 뒤따랐다. 공치열은 끝까지 투덜거리며 방을 나섰다.

모두가 나가고 아무도 없는 빈방에, 스피커 너머의 혼잣말이 흘러나왔다.

[왜 저 여자냐고? 박제가 가장 마음에 들었거든. 안 그래, 친구?]

인간에게 최고의 복수란 무엇인가

도와주는 전화 통화

"무슨 번호가 이래?"

핸드폰에 뜬 번호를 바라보며, 홍혜화는 미간을 좁혔다.
010-××××-×××××. 번호가 한 자리 더 있었던 것이다.

"여보세요?"

[홍혜화 씨! 홍혜화 씨, 맞습니까!]

전화 너머 사내의 목소리는 무척이나 다급했고, 홍혜화도 덩
달아 조금 긴장했다.

"네… 맞는데요?"

[끊지 마십시오! 이 한 통화를 연결하기 위해 수억 원의 비용이 들었습니다! 절대 끊지 마십시오!]

"네?"

홍혜화는 당최 무슨 소리인지 이해가 안 갔는데, 이어지는 사내의 말에 더욱더 혼란스러워졌다.

[2016년 X월 X일이죠? 그날이 바로, 홍혜화 씨가 살해당한 날입니다!]

"네에?"

[저는 30년 뒤 미래에서 전화를 드리고 있는 겁니다!]

"이, 이 무슨! 장난하지 마세요!"

[잠깐만요! 절대 끊지 마십시오! 이 한 번의 전화 연결에 수억 원이 들었습니다! 제발 끊지 마십시오! 제 얘기를 들어주십시오!]

"아니 무슨!"

홍혜화는 머릿속이 복잡했다. 신종 보이스피싱일까? 그냥 끊

도와주는 전화 통화

어버릴까?

고민하느라 끊을 타이밍을 놓친 사이, 사내가 빠르게 물었다.

[지금 정확히 몇 시 몇 분입니까!]

"네? 아⋯ 저녁 6시 40분인데요?"

[아! 잠시만 기다리십시오! 절대 끊지 마시고요!]

"도대체 지금 무슨⋯"

인상을 쓰는 홍혜화의 귀에, 핸드폰 건너 사내가 누군가에게
지시하는 이야기가 작게 들려왔다.

[빨리 ×월 ×일 저녁 7시 뉴스 다 뒤져봐!]

홍혜화는 또 한 번 끊을 타이밍을 놓친 것 같다는 생각을 하
며 핸드폰을 들고 있었는데, 곧 아까의 사내가 다시 홍혜화를 불
렀다.

[아, 홍혜화 씨! 7시에 유럽에서 비행기 추락 사고가 있답니다! 인
터넷 뉴스를 검색해보십시오! 7시에 분명 그 뉴스가 나올 겁니다! 절
대 이 전화를 끊지 마시고요!]

"아니, 무슨…"

홍혜화는 인상을 찌푸렸지만, 사내가 너무나도 간절히 말하고, 또한 그 내용이란 것도 심상치 않아 전화를 끊지 못했다. 자신이 살해당한다지 않는가?

사내가 계속해서 기다려달라 말하는 사이에 7시가 넘었고, 시간을 확인한 홍혜화가 인터넷 검색을 했는데,

"헙!"

정말로 비행기 추락 사고 뉴스가 올라와 있었다. 뉴스를 확인한 홍혜화의 동공이 커졌다.

"어머머머!"

[아! 확인하셨습니까, 홍혜화 씨? 그럼, 이후 8시의 일도 알려드리겠습니다! 일본 총리가…]

사내는 8시의 사건도 알려주었고, 홍혜화는 불안해졌다.

"저, 정말로 미래에서 전화해주신 거예요? 그럼 제가 오늘 살해당한다는 말은…"

도와주는 전화 통화

[예! 인천 연쇄살인의 첫 번째 희생자가 바로 홍혜화 씨입니다! 그 살인범이 지금, 홍혜화 씨를 노리고 있습니다!]

"세상에!"

홍혜화의 얼굴이 하얗게 질렸다.

"그, 그럼 어떡해요!"

[절대 이 전화를 끊지 마십시오! 자료에 의하면, 지금부터 동네 마트에 갈 계획이셨죠?]

"어머나! 네, 맞아요! 나가면 안 되는 거예요?"

[아뇨! 마트로 나가십시오. 이 통화는 유지하시고요!]

홍혜화는 덜덜 떨면서 사내의 지시에 따랐다. 심지어 얼마 뒤, 일본 총리의 일까지 사내가 알아맞히고 나니, 홍혜화의 공포심이 더욱 선명해졌다.

홍혜화는 마트에서 장을 본 봉지를 들고, 어두운 동네를 걸어 집으로 향하고 있었다. 손에 든 핸드폰이 마치 생명줄이라도 되는 것처럼, 꽉 붙잡고서.

핸드폰 너머 사내는 홍혜화에게 한 가지 주의 사항을 몇 번이고 신신당부했다.

[주변을 잘 살펴보십시오! 빨간 잠바를 입은 사내가 있는지 말입니다!]

"예, 예!"

홍혜화는 조심스럽게 집으로 향하면서도 몇 번이고 주변을 둘러보았다. 무사히 오피스텔 앞까지 도착한 홍혜화는 사내에게 보고했다.

"어, 없었어요. 샅샅이 봤는데, 빨간 잠바를 입은 사람은 보질 못했어요!"

[아, 그렇습니까? 다행입니다.]

"그럼 된 거예요? 이제 안전한 거예요?"

[아직은 모릅니다. 일단 집으로 들어가시죠.]

"네, 네!"

도와주는 전화 통화

홍혜화는 조금 안심하며 엘리베이터에 올랐다. 7층 버튼을 누르고, 작게 한숨을 내쉬는데,

"!"

문이 닫히기 직전, 팔이 쑤욱 들어와 엘리베이터가 닫히는 걸 막았다.

순간, 홍혜화의 동공이 확장됐다. 빨간색이었다.

"으…"

문이 천천히 열리며, 빨간 잠바를 입은 사내가 엘리베이터 안으로 들어서는 모습이 홍혜화의 눈에 들어왔다. 사내는 홍혜화를 힐끔 쳐다보고, 홍혜화의 뒤에 가서 섰다.

홍혜화는 돌아보지도 못하고, 눈을 한곳에 고정한 채로 몸을 덜덜 떨었다.

곧 필사적으로, 손에 들고 있던 핸드폰을 귀에 가까이 댄 홍혜화는, 아주 작게 소곤거렸다.

"이… 있어요…"

[예? 뭐라고요, 홍혜화 씨?]

"지, 지금 제 옆에 있어요!"

[예? 잘 안 들립니다!]

홍혜화의 입술이 울상으로 내려앉았다가 급히 제자리로 돌아갔다. 심장이 터질 것만 같이 무서웠지만, 티를 내지 않으려 안간힘을 썼다.
홍혜화는 겨우겨우 쥐어짜내, 평범을 가장한 목소리로 말했다.

"어, 어! 아까 네가 말한 거 있지? 봤어! 바, 바로 옆이더라고."

[네! 홍혜화 씨!]

"그, 그래서 어쩌라고 했지?"

[아, 일단 침착하게 얼른 집으로 들어가 문을 걸어 잠그십시오! 티 내지 마시고요!]

"으, 응. 알았어."

애써 가장한 목소리마저 덜덜 떨려 나왔다. 홍혜화는 일부러, 쓸데없는 이야기들을 몇 마디 더 주절거렸다.
곧 엘리베이터가 7층에 멈춰 서고, 홍혜화는 태연함을 가장했

도와주는 전화 통화

지만 경보에 가까운 빠른 걸음으로, 엘리베이터에서 내려 집으로 향했다.

떨리는 손으로 현관문의 열쇠 구멍에 열쇠를 꽂아 넣는 홍혜화. 문이 닫히는 엘리베이터를 힐끔 바라보았는데,

"힉!"

빨간 잠바의 사내와 분명하게 눈이 마주쳤다. 그는 엘리베이터에서 내리지 않았고, 그대로 엘리베이터 문이 닫혔다.

홍혜화는 울 것 같은 얼굴로 문을 열고, 집 안으로 들어가 얼른 문을 잠갔다. 그러고는 급히 핸드폰을 들었다.

"빨간 잠바를 입은 남자였어요! 빨간 잠바를 입은 남자와 엘리베이터에 같이 타고 있었어요! 저는 7층에서 내리고, 그 사람은 안 내리고!"

[진정하십시오. 홍혜화 씨! 확실히 빨간 잠바를 입은 사람이 있었습니까? 그놈, 얼굴을 보셨습니까]

"아, 아뇨! 자세히 못 봤어요! 어쩌죠? 그놈이 살인마예요! 그놈이 절 죽이려고 하는 거예요!"

[진정하십시오. 진정하십시오. 됐습니다. 문을 확실히 걸어 잠그셨

죠?]

"네, 네!"

[그럼 절대 밖으로 나가지 마시고, 집 안에만 계십시오! 괜찮습니다. 절대 전화 끊지 마시고요!]

"네, 네!"

홍혜화는 불안감에 집 안을 서성거렸다. TV를 켜서 볼륨을 높여봤다가, 사내의 조언에 다시 볼륨을 줄이고. 이불을 뒤집어썼다가, 더 무서워져서 밖으로 나오고. 부엌에 가서 부엌칼을 꺼내 한 손에 꼭 들고. 거실에 앉아 현관문을 노려보았다.
그러는 와중에 사내에게 물었다.

"그놈 갔을까요? 포기하고 간 걸까요?"

[지금 몇 시입니까?]

"9시 55분이요."

[아직… 10시만 지나면 됩니다.]

홍혜화는 바닥에 앉아, 현관문을 노려보며 벽걸이 시계를 힐끔거렸다. 한 손에는 핸드폰을, 한 손에는 식칼을 들고, 어서 10시가 넘기를 바라며 시계를 힐끔거렸다.

벽걸이 시계의 바늘이 10시를 넘어서고, 식칼을 든 홍혜화의 손이 조금은 아래로 처졌을 때,

현관문 손잡이를 돌리는 소리가 들려왔다.

철컹.

"흡!"

두 눈을 부릅뜬 홍혜화는 손등으로 입을 틀어막아 비명을 대신했다.

부들거리는 손으로 핸드폰을 가까이 대고서 속삭이는 홍혜화.

"어, 어떡해요! 지금 손잡이가 돌리는 소리가 났어요! 그놈이에요! 그놈인 거예요!"

[아! 현관문을 확실히 잠그셨죠?]

"예, 예! 이제 어떡해요? 이제 어떡해요!"

[홍혜화 씨! 침착하게! 침착하세요!]

"이제 어떡해요! 예? 이제 저 어떡해요! 어떡해요!"

홍혜화는 벌벌 떨었다. 그러는 사이 몇 차례 더 철컹철컹 소리가 들렸고, 얼마 뒤, 조금 다른 소리가 들리기 시작했다.

끼기긱 끼긱 끼긱.

무언가로 열쇠 구멍을 쑤시는 듯한 소리였다.
홍혜화의 몸이 바싹 얼어붙었다.

"어, 어떡해요! 열쇠 구멍을 막 쑤시고 있어요. 문을 열려나 봐요! 어떡해요! 저 어떡해요!"

[문을 엽니까? 홍혜화 씨! 문을 열고 있습니까?]

"예, 예! 문을 열려나 봐요! 어떡해요! 저 어떡해야 해요! 빠, 빨리 알려주세요! 저 어떡해요! 네?"

[홍혜화 씨! 정신 차리세요! 진정하세요! 홍혜화 씨!]

달칵.

"!"

도와주는 전화 통화

자물쇠가 돌아가는 소리가 들렸다.

"으허… 여, 열렸어요… 문이 열렸어요! 문이! 문이 열렸어요!"

[홍혜화 씨! 정신 차려요! 홍혜화 씨! 진정하세요! 홍혜화 씨!]

"으아… 으아악! 어떡해요! 저 어떡해야 해요! 예! 빨리 알려 주세요! 저 어떡해요! 네?"

끼기이익.

천천히 현관문이 열리고, 홍혜화의 목소리가 비명에 가까워졌다.

"빨리요! 빨리! 저 어떡하냐고요!"

문이 활짝 열리고, 빨간 잠바를 입은 사내가 홍혜화를 무심히 쳐다보았다.

"으… 어… 어어…"

공포로 온몸이 굳어버린 홍혜화의 턱이 덜덜 떨렸다. 그 귓가에,

[홍혜화 씨! 정신 차리세요! 그놈의 얼굴을 보십시오! 얼굴을! 콧등에 상처가 있습니까? 얼굴을 보시라고요!]

"이… 이… 있어요! 있어요! 저 어떡해요! 예?"

[아!]

홍혜화가 생명줄처럼 핸드폰을 꽉 붙잡고, 대처법을 알려주길 기다렸지만,

[도와주셔서 감사합니다. 홍혜화 씨, 정말 큰 도움을 주셨습니다.]

"네?"

뚝.
전화가 끊어졌다.

"에… 예에…? 여보세요? 여보세요?"

빨간 잠바의 사내가, 문을 닫았다.

"여보세요? 여보세요! 저 어떡하냐고요! 예? 저 어떡해요! 예?"

도와주는 전화 통화

홍혜화의 눈에서 눈물이 흘러내렸다. 식칼 든 손을 벌벌 떨며, 탈출구 없는 뒷걸음질을 해댔다.

홍혜화가 꽉 쥔 핸드폰에 미친 듯이 소리를 질러댔다.

"어떡하냐고요! 악! 대답해달라고요! 아악! 나 어떡해요!"

사내가 천천히, 홍혜화에게로 다가왔다.

．
．
．

[30년간 미제 사건으로 남겨졌던, 인천연쇄살인의 범인이 밝혀졌습니다! 범인의 정체는 당시 유력한 용의자들 중 한 명이었던 최무정 씨로 밝혀졌습니다. 놀랍게도 이번 수사에는 처음으로 타임 워프 기술이 시도되었는데요. 국제 타임 워프 협약에 의해, 과거를 바꾸는 것에는 관여하지 못했지만, 첫 번째 희생자 홍혜화 씨의 증언으로 범인을 특정해내는 데 성공하여…]

자긍심 높은 살인 청부업자

"제발 살려주세요! 뭐든지, 뭐든지 하겠습니다! 제발 부탁드립니다!"

무릎 꿇은 중년의 사내가 필사적으로 애원했다.

그의 앞, 복면을 쓴 침입자는 손에 들린 단검을 가볍게 흔들어댔다.

"이봐. 나는 프로라고. 아무리 그래 봐야 살려줄 수가 없어."

"제발! 선생님, 제발!"

"그러게 적당히 해 먹었어야지. 이렇게 좋은 집에 살면 뭐하나? 남의 눈에 피눈물 나게 하면 결국 다 돌아오는 법이야. 자, 인제 그만 의뢰를 끝마치자고."

호화스러운 거실을 둘러보던 복면인은 단검을 고쳐 잡았다.

중년의 사내가 까무러치게 놀라 애걸복걸했다.

"아이고, 제발 살려주십시오! 어, 얼마, 얼마 받으셨습니까! 제가 그 두 배로 드리겠습니다! 예, 제가 두 배로 드릴 수 있습니다!"

"이봐! 지금 내 프라이드를 무시하는 거야? 나는 프로라고 분명히 말했지? 내가 돈 따위에 매수될 것 같아?"

기분이 나쁜 듯 목소리를 높인 복면인이 단검을 치켜들었다.

"아이고!"

기겁을 하며 손으로 얼굴을 가리는 사내.

"하지만, 프로도 가끔은 흔들릴 수 있는 법이지. 두 배를 주겠다고?"

복면인이 칼끝을 늘어뜨리는 게 아닌가?

"예? 아, 아! 예예, 예! 두 배! 두 배를 드리겠습니다! 정말로!"

사내는 이때다 싶어 황급히 매달렸다.

턱을 매만지며 고민하는 복면인.

"당신을 살려줄 방법이 없는 것만은 아닌데…"
"뭐, 뭡니까, 그게? 뭐든지 하겠습니다!"
"역으로 의뢰인을 죽이면 돼. 그러면 나도 곤란할 일이 없어
질 테고, 당신도 목숨을 구할 수 있겠지."
"아이고, 그럼요! 그렇게만 해주신다면 저는 정말 감사하지
요! 당장 의뢰비의 두 배를 드리겠습니다!"

사내에겐 더할 나위 없는 이야기였다. 당장 목숨도 구하고, 자
신의 목숨을 노리는 쥐새끼까지 죽일 수 있으니.
하지만 복면인의 다음 말에, 그는 당황했다.

"해주다니? 당신이 죽여야지."
"네?"
"당신이 직접 죽이라고."
"아, 아니, 그… 예? 제가요?"

복면인은 고개를 끄덕이며 당연하다는 듯 말했다.

"생각해봐. 그는 내가 이 바닥에서 확실한 프로란 걸 믿고 의
뢰를 했어. 근데 내가 삼류 양아치처럼 배신하는 모양새는 좀…
그렇잖아? 그러니까 당신이 죽여야지."

자긍심 높은 살인 청부업자

"제, 제가 어떻게 그걸…"

"그럼 여기서 죽든가."

"예? 아, 아니! 그건 좀…"

"이봐! 상황을 이해하지 못하는 것 같은데, 잘 들어! 이 상황은 내가 아직 당신을 죽이지 않은 상황인 거고, 만약 내가 당신을 죽이기 전에 의뢰인이 먼저 죽어서 돈을 못 받는 상황이 오면 내가 당신을 죽일 필요가 없어지는 거야. 내가 삼류 양아치처럼 칼을 거꾸로 잡는 그런 게 아니라!"

사내의 얼굴이 일그러졌다. 빠져나갈 구멍이 없었다.

"아, 알겠습니다. 일단 살려만 주시면."

"일단이고 뭐고, 무조건 죽여야 해. 당신이 안 죽이면 내가 다시 당신을 죽일 거니까. 보안을 아무리 철저하게 하더라도 막을 수 없을 거야. 나는 이 방면으로 한 번도 실패한 적이 없는 프로거든."

"으으…"

사내는 울상이 되었지만, 어차피 선택권은 없었다.

복면인은 능청스럽게 말했다.

"좋아. 그 대신 시체는 내가 확실하게 처리해줄게. 나는 그 방면에서도 프로니까."

"예에…"

"일단, 당신을 노리고 있는 사람은 두석규라는 작자야."

"두석규?"

"기억이 잘 안 나나? 하긴, 이 일 하면서 만난 타깃들은 대부분 그러더라. 중요한 건 그게 아니고, 그 남자는 현재 폐인처럼 지내느라 외출하는 일이 거의 없다는 거야. 유일하게 나갈 일이 있다면 청부업자를 만나러 가는 일뿐인데. 즉, 당장 내일이라도 인적 없는 곳으로 몰래 불러낼 수 있다는 거지. 어때? 딱 좋지?"

"…"

"ㅎㅎㅎ."

복면인은 사내를 위해 완벽한 계획을 짜주었다. 프로의 솜씨로.

:
:

인적 없는 공원. 식칼을 품고 숨어 있는 중년의 사내가 청심환을 하나 삼켰다.

"후유."

그는 오늘 살인을 저지른다. 어차피 직접적이지만 않았을 뿐, 그동안 살인에 준하는 일들을 많이 행해온 사내였다. 거기에 자신의 목숨을 노린 상대에 대한 증오도 있었다. 그의 준비는 완벽했다.

그가 숨어서 사방을 살피는 사이, 한 사내가 공원 근처로 다가왔다. 주변을 두리번거리는 조심스러운 몸짓이었다.

'두석규!'

사내는 상대를 확인하고 손에 든 식칼에 힘을 주었다.

큰 나무 앞에서 멈춰 선 두석규는 누군가를 기다리는 듯 핸드폰을 바라보았다.
심호흡한 사내는 소리가 나지 않게 자리에서 일어났다. 천천히, 등 뒤에서부터 아주 천천히 두석규를 향해 다가가는데, 아뿔싸!

"뭐, 뭐야!"

우연히 주변을 둘러보던 두석규에게 들키고 말았다.
두 눈이 휘둥그레져 당황하던 두석규는, 사내의 손에 들린 식칼을 확인하고 비명을 질렀다.

혼비백산하여 도망치는 두석규.

"이런, 씨!"

이를 악문 사내가 그 뒤를 쫓았다.

다행히, 뛰자마자 발을 헛디뎌 넘어지는 두석규.
사내는 기회를 놓치지 않고 달려들었다.

"흐이익!"

두석규가 급히 옆으로 구르며 칼을 피하고, 사내가 다시 손을
치켜들었다.
기겁한 두석규는 급히 주변의 돌을 집어 들고, 사내가 다시
덤벼들 때,

픽!

머리를 힘껏 가격했다.
그대로 쓰러지는 사내와 뒷걸음치며 벌떡 일어나는 두석규.
황급히 멀리 도망가려다, 넘어져 움직이질 않는 사내를 보고
는 멈춰 서 숨을 헐떡였다.

⋮

"당연히 모르는 사람이죠! 아, 진짜! 그 미친 사람이 갑자기 식칼을 들고 덤볐다니까요! 그분이 돌아가시게 된 건 저도 정말 죄송하지만, 가만히 있었으면 제가 정신병자한테 맞아 죽게 생겼는데 어떡해요! 저는 어쩔 수 없었다고요!"

두석규는 형사에게 정말 억울한 듯 소리쳤다.
형사는 고개를 끄덕이며 그를 달래주었다.

"예, 예, 목격자도 있고 근처에 CCTV도 확인됐고… 아마 정당방위로 처리될 겁니다."
"그, 그렇죠? 진짜 전 억울하다니까요."
"예. 걱정하지 않으셔도 될 것 같습니다. 그나저나…"

형사는 고개를 흔들며 파일을 살펴보았다.

"이 양반은 정말 이해할 수가 없어요, 참. 갑자기 왜 그랬는지 원. 재산도 많고, 정신적으로 문제가 있던 것도 아니고, 게다가 두석규 씨랑은 아무런 접점도 없고… 왜 그런 무차별 살인을 저지르려 했을까요?"
"미친놈 생각을 제가 어떻게 알겠어요! 모르죠. 뭐, 혹시 사회에 남다른 불만이라도 있었던가."

사내는 고개를 절레절레 흔들었고, 경찰도 어깨를 으쓱하며 파일을 내려놓았다.

"그럼, 수고하셨습니다. 협조에 감사드립니다."
"정말 정당방위로 처리되는 거 맞죠?"
"예, 예."

두석규, 복면인은 여유롭게 경찰서를 나섰다.

그는 역시 프로였다. 세상에 이보다 더 깔끔한 솜씨가 있을까?

자긍심 높은 살인 청부업자

김남우 교수의 무서운 이야기

문창과 김남우 교수의 수업은 재미있다.

가끔은 머리 아픈 수업 내용에서 벗어나, 즉석에서 이야기를 창작해 들려주었기 때문이다, 꼭 오늘처럼.

"뭐? 무서운 이야기를 해달라고?"

"네! 여름이잖아요! 공포물은 어떻게 창작하시는지 궁금해요!"

김남우 교수는 허공을 바라보며 손가락으로 볼을 긁었고, 학생들의 눈은 기대감으로 반짝거렸다.

"한 여자애가 있었어."

"와!"

학생들은 성공이다, 작게 환호하며 집중했다.
김남우 교수는 피식 웃으며 말했다.

"이건 진짜 진짜 무서운 이야기니까 집중하고 들어야 돼."
"네!"

"자, 그 여자애는, 고등학교를 졸업하자마자 작은 회사의 경리로 들어가 일을 했는데, 그 회사에는 모두 남자들뿐이었어. 어느 날! 점심시간에 다 같이 식당에서 밥을 먹고 나오는 길에, 부장과 대리가 복권방에 로또를 사러 들어갔어. 마침 여자애도 지갑에 넣어두고 확인을 안 했던 로또가 생각나 따라 들어갔지. 근데, 이 여자애는 몰랐던 거야. 자기 복권이 일등에 당첨됐다는 걸 말이야."
"엇!"

학생들의 눈이 조금 커졌다. 김남우 교수는 학생들을 한 번 둘러보며 씩 웃어준 뒤, 이어 말했다.

"복권방에는 담배 연기가 가득했고, 스포츠토토를 도박처럼 즐기는 아저씨들 무리가 시끌벅적하게 떠들고 있었어. 여자애는 담배 연기에 살짝 인상을 쓰다가, 늙은 주인에게 당첨 여부를 확인해달라며 일등 로또를 그냥 건네줘버렸어! 늙은 주인은 생각 없이 로또를 스캔하려고 기계에 넣었다가…"

[이, 일등! 로또 일등 당첨!]

"자기도 모르게 크게 소리치고 말았지! 시끄러운 가게 안이 순식간에 조용해졌어. 여자애는 눈이 동그래져서…"

[정말요? 정말 일등이에요?]

"늙은 주인은 넋이 나간 듯 연신 고개를 끄덕거렸지. 손에 그 로또를 꼬옥 쥐고서 말이야. 복권방에 있던 모든 사람들의 눈이 그곳으로 향했지!"

여기까지 말한 김남우 교수는 잠시 이야기를 멈추고, 긴장한 얼굴의 학생들을 하나하나 둘러보았다. 학생들이 의아해하자, 아주 작게 고개를 한 번 끄덕인 뒤 다시 말을 이었다.

"사람들은 축하해줬고, 여자애는 그 자리에서 부장한테 허락을 구해 바로 조퇴하고 당첨금을 찾으러 갔어."
"아…"

학생들이 미간을 살짝 찡그리며 고개를 갸웃했다. 김남우 교수는 슬며시 입꼬리를 올렸다.

"은행으로 간 여자애는 당첨금을 모두 5만 원권 현금으로 바꿨어. 특이한 경우지? 영화처럼 집에서 한번 뿌려보고 싶었다나? 그리고 집으로 가는데, 버릇이 들어서 지하철을 타러 간 거야, 글쎄! 돈도 많으니 택시를 타고 가도 될 텐데 말이야. 하하. 아무튼, 지하철 자리에 앉아 가방을 소중히 품고서 룰루랄라 했는데, 아뿔싸! 지퍼가 터지면서 5만 원권 돈다발이 바닥으로 쏟아진 거야!"

"아!"

"지하철에 있던 사람들 눈이 휘둥그레졌지! 여자애는 얼른 5만 원권 돈다발을 주워 담았어. 주우려고 몸을 숙이다가 또 쏟고, 다시 자세를 가다듬어 숙여 줍고, 담고 담고… 그게 한 다발만 해도 500만 원이거든! 그 지하철 칸 안에 있던 사람들이 모두 그 여자애만 쳐다봤어. 아마 그런 돈다발을 직접 본 건 평생 처음이었을걸? 다행히 여자애는 내릴 역에 도착하기 전에 수습을 끝내고 열차에서 내렸어. 그리고…"

여기까지 말한 김남우 교수는 다시 한 번 말을 멈추고 학생들을 둘러보았다. 그 침묵에, 학생들은 침을 꿀꺽 삼키며 물었다.

"그리고요?"

김남우 교수는 학생들의 집중하는 모습에 작게 고개를 끄덕이고, 다시 이어 말했다.

김남우 교수의 무서운 이야기

"가방을 여미고 무사히 집으로 돌아온 여자애는, 곧장 5만 원권으로 집 안을 도배했어. 침대에 5만 원권을 뿌려놓고 그 위에서 수영을 하고 인증샷을 찍으며 놀았어."

"?"

학생들은 기대감이 빗나간 얼굴이 되었다. 김남우 교수는 살짝 입꼬리를 올리고는,

"그리고 그 인증샷들을, 가장 친한 친구 한 명에게만 보냈어. 로또에 당첨돼서 5만 원권 이불을 덮고 잔다고 자랑했지! 그 친구와는 10년도 넘게 가깝게 지내는 사이였어. 그러자, 곧장 친구는 여자애의 집으로 가겠다고 했지!"

"아!"

여기까지 말한 김남우 교수는 또다시 말을 멈추고 학생들의 얼굴을 살폈다. 잠시 뒤,

"둘이서 함께 돈 위에서 신나게 놀았지! 여자애는 그 자리에서 친구에게 1억 원을 주었고, 친구는 고맙다며 껴안고, 그동안 힘들었던 시절을 얘기하며 밤새도록 울며불며 같은 침대에서 잠들었어. 그렇게 밤이 지나가고… 그날 이후 여자애는 자신의 인생을 즐겼어! 가장 먼저 돈이 없어 못 하던 레저 스포츠들을 즐기러 돌아다녔지!"

"?"

갑작스러운 이야기의 전환에, 학생들의 고개가 살짝 기울었다. 김남우 교수는 그 반응을 무시하며 이야기를 이어나갔다.

"원래 그런 걸 좋아하는 아이였거든. 번지점프, 스카이다이빙, 행글라이더, 스쿠버다이빙… 온갖 레저는 다 즐기고 다녔지. 문제는, 열기구를 체험하러 갔을 때 생겼어. 산을 지나가다가 그만, 열기구의 한쪽 줄이 끊어지고 만 거야! 수습하려고 나선 교관이 실수로 미끄러져 지상으로 떨어져버리고, 얼마 뒤 균형을 잃은 열기구가 산속에 추락하고 말았어!"

"으아…"

"다행히 열기구가 나무에 먼저 걸려서 죽지는 않았지만, 땅바닥으로 떨어지며 기절을 하고 말았지. 깨어났을 땐 이미 산에 어둠이 짙었어. 여자애는 무섭고, 아프고, 또 정말 추웠어. 하늘거리는 얇은 원피스 차림이었는데, 떨어지면서 여기저기 찢겼고, 온몸엔 생채기가 잔뜩이었지. 여자애는 오들오들 떨면서 무작정 걸었어. 산에서 조난당했을 때의 대처법 같은 건 아무것도 몰랐어. 무작정 아래로 내려가면 되겠거니 생각하고 걸었겠지만, 그게 꼭 그렇지만은 않거든?"

"으…"

"꼬박 이틀을 산에서 헤맸어. 거친 산길을 돌아다니다 보니 온몸이 상처투성이가 됐고, 밤이면 추위에 떨며 얼어 죽을까 봐 겁에 질렸지. 허기는 또 어떻고? 이틀 동안 먹은 음식이라곤, 배 고픔을 참지 못해서 막 주워 먹은 이상한 버섯 하나뿐이야. 그걸 먹고 속을 게워내고, 다시 또 허기와 목마름에 지쳐 녹조와 불순 물들이 가득한 고인 물을 떠 마셨다가 헛구역질을 하고…"

"으으으!"

"정말 정신이 오락가락할 때에 기적처럼, 나무로 된 작은 창 고 건물을 발견했어! 인간의 손길이 닿은 그 건물 안으로 들어 가자마자 여자애는 쓰러져 잠들었지. 기운이 없었거든. 그런데 얼마 뒤… 그 산에 버섯을 캐러 온 40대 남자 최 씨가 창고 문을 열었다가 깜짝 놀란 거야! 웬 젊은 아가씨가 창고에 누워 잠들 어 있으니까! 최 씨는 너무 놀라, 그 자리에 멈춰 서 여자애를 관 찰했어. 신발도 없어 맨발이 드러나 있고, 얇은 원피스는 군데군 데 찢겨 맨살을 드러내고 있었지. 침을 꿀꺽 삼킨 최 씨는, 창고 안으로 들어갔어."

"으…"

여기까지 말한 김남우 교수는 또다시 말을 멈추고 학생들의 얼굴을 살폈다. 몇몇 학생들이 인상을 쓰고 있는 게 보였다.

이야기가 또다시 끊기자 학생들은 어서 그다음 이야기를 들 려달라는 듯 교수를 빤히 쳐다보았다. 김남우 교수는 입꼬리를 살짝 들어 올렸다.

"그렇게 최 씨의 도움으로 여자애는 목숨을 구했어! 집으로 돌아온 여자애는 은혜를 갚기 위해 최씨에게 1억을 건넸고, 최 씨는 그 돈으로 산채 비빔밥 장사를 했다는 이야기!"

김남우 교수는 말을 마치며 박수를 '짝!' 쳤다. 학생들은 황당하다는 표정을 지었다.

"엥? 끝이에요?"
"아, 뭐야. 끝난 거예요?"

김남우 교수는 그냥 웃기만 할 뿐 말이 없었다. 학생들은 야유했다.

"아, 뭐예요. 교수님! 무서운 이야기라면서요!"
"맞아! 이게 무슨 무서운 이야기야!"

학생들의 야유에, 김남우 교수는 되물었다.

"무서운 이야기 맞잖아?"
"네?"

학생들이 영문을 모르겠단 얼굴로 미간을 좁히자, 김남우 교수가 무표정하게 되물었다.

"이야기를 들으면서 중간중간, 무슨 상상들을 했어? 앞으로 무슨 일들이 벌어질 거라 상상했지?"

"그야…"

"너희들이 한 그 상상들은 어떻게 떠올리게 된 걸까?"

"…"

"너희들이 상상했던 그 이야기들이, 너희들이 살고 있는 현실이야. 이런 지어낸 이야기가 아니라 진짜 현실. 너희들은 그런 세상에서 살아가고 있는 거야. 정말, 끔찍하게 무서운 이야기 아니야?"

"…"

학생들은 침묵했다. 정말 무서운 이야기가 맞았구나.

나는 정말 끔찍한 새끼다

"아, 맞다! 너 장진주 기억하지? 나 마트 갔다가 만났잖아. 예뻐졌던데?"

"장진주? 장진주?"

귀 뒤에서부터 미친 듯한 열기가 올라왔다.

장진주? 장진주라고? 장진주?

"근처로 이사 왔다더라고. 남우야, 너 갑자기 얼굴이 왜 그래?"

속이 울렁거렸다. 식은땀이 흐르고, 눈앞이 흐릿해졌다. 녀석이 뭐라고 떠드는지 들리지도 않고, 내 심장 뛰는 소리만 들렸다.

마치 20년 전, 그때로 되돌아간 기분이었다.

20년 전의 모든 것들이 생생하게 떠올랐다. 장진주가 서럽게 울던 모습도, 장진주의 어머니가 바닥에 주저앉아 소리 지르며 울던 모습도, 내가 이불을 뒤집어쓰고 겁에 질려 울던 모습도.

20년 전, 내가 장진주의 아버지를 죽였던 그때의 기억들이 말이다.

.
.
.

20년 전. 나는 정말 끔찍한 새끼였다.

그때 난 아파트 옥상에서 바닥을 향해 잡동사니들을 떨어뜨리고 있었다. 도대체 그게 뭐가 재미있었을까? 기억도 나지 않는다. 내가 기억하는 건, 잡동사니 중에 쇠구슬이 존재했었다는 것이다.

내 손을 떠난 쇠구슬은 일직선으로 떨어져 내려, 아파트에서 나오던 한 아저씨의 머리 위를 때렸다.

아저씨는 마치 장난감처럼 그 자리에 픽 쓰러져버렸고, 그 모습을 본 나는 깜짝 놀라, 얼른 집으로 도망쳐 숨었다.

당장에라도 아저씨가 일어나 옥상까지 날 잡으러 올 것만 같았기 때문이다.

그럴 일은 없었다. 아저씨는 다시는 일어나지 못했다.

그때 난 방에 숨어서 아저씨한테 들킬까 봐 걱정이나 하고 있었다. 미친 새끼.

다음 날이 되어서야 모든 걸 알 수 있었다.

장진주가 결석했고, 그 이유가 아버지의 죽음 때문이라는 소문. 게다가 그 아버지는 옥상에서 떨어진 쇠구슬을 맞고 죽었다는 이야기.

나는 믿을 수 없었다. 그 아저씨가 죽었다고? 내가 쇠구슬을 떨어뜨려서 그 아저씨가 죽었다고? 내가 사람을 죽였다고?

학교가 끝나 집으로 돌아와보니, 아파트는 이미 난리가 난 상황이었다. 아주머니가 아파트 입구에 주저앉아 사람들에게 소리를 지르며 오열하고 있었고, 장진주는 그런 아주머니 곁에서 서럽게 울고 있었다.

나는 도망쳤다. 집으로 도망쳤고, 내 방으로 도망쳤고, 이불 속으로 도망쳤다.

너무 겁이 났다. 토악질이 밀려왔고, 온몸이 덜덜 떨렸다. 머릿속에서 장진주와 아주머니의 모습이 떠나질 않았다. 그들이 내가 범인이라는 사실을 알게 되면 어떻게 될까? 그들을 그렇게 슬퍼하게 만든 사람이 나란 걸 알게 되면 어떻게 될까?

두려웠다. 도저히 감당할 수 없을 만큼 두려웠다. 나는 며칠간 입을 굳게 다물고, 횡설수설 거짓말을 하고, 집 밖에 나가지도 않았다.

나는 정말 끔찍한 새끼였다.

며칠 뒤에 장진주네는 이사를 갔고, 그 사건도 쉬쉬하는 사이 점점 잊혀갔다. 그 사건에 대한 조치라고는, 아파트 옥상 문을 잠그는 것 정도였다.

　장진주가 이사를 갔어도, 내 두려움은 가시지 않았다. 나는 평생 죄책감 속에서 살인자로 살아야 한다고 생각했다. 세상 사람들 아무도 모를지라도, 나만은 내가 살인자라는 사실을 알고 있으니까.

　5년, 10년, 20년… 언제 잊어버렸을까? 언제부터 내가 살인자라는 사실을 잊고 편하게 살았을까? 기억이 나지 않는다.

　"아, 맞다! 장진주가 네 이름도 기억하던데? 먼저 말하더라고! 내가 너 아직도 이 동네에 산다고 말해줬지."
　"내, 내 이름을?"

　심장이 덜컹 내려앉았다. 나를 기억하고 있다고? 장진주가 나를 기억한다고?
　왜지? 20년 전에 나를 의심하고 있었나? 그래서 기억하고 있는 걸까? 왜지? 왜 여기로 다시 이사 온 거지? 나를 찾아온 걸까?
　두려웠다. 20년 전처럼 집으로 도망쳐, 이불 속으로 숨고만 싶었다.

·
·
·

똑같다. 20년이 지났지만, 한눈에 알아보겠다. 장진주다.

"저기요! 혹시… 김남우?"
"어, 어?"

마트에서 장바구니를 들고 쇼핑 중이던 장진주가 환하게 웃으며 다가왔다.

"맞구나! 나야, 나! 장진주! 나 기억하지? 우리 같은 아파트에 살았었잖아!"
"어, 어어…"

목에서 바보 같은 목소리가 새어 나왔다. 내가 지금 이렇게 당황하고 있다는 것을 알면 장진주가 이상하게 생각할 것이다. 나는 최대한 반가운 기색을 가장했다.

"바, 반갑다! 장진주! 이야~ 너 진짜 예뻐졌다! 성형했어?"
"성형? 뭐야! 성형은 무슨!"

깔깔거리는 장진주의 모습이 자연스럽다. 그래. 장진주는 아무것도 모른다. 알 리가 없지.

"이야~ 남우 너도 진짜 얼굴이 그대로다! 20년 전이랑."

장진주와 난 오랜만에 만난 절친한 친구처럼 이런저런 이야기를 나눴다. 장진주는 쾌활했고, 에너지가 넘쳐 보였다.

재수 없는 생각이지만, 나는 장진주의 모습에 안심했다. 내 기억 속의 장진주는 항상 서럽게 울고 있었는데, 지금의 밝은 모습을 보니 너무나 다행이란 생각이 들었다.

"남우야, 너 전화번호 좀 줘봐! 나 이사 온 지 얼마 안 돼서 주변에 아는 사람이 별로 없어. 같이 밥 먹을 사람도 없는 거 있지?"

"어, 어? 그래…"

장진주는 나와 번호를 교환한 후, 웃으며 고개를 끄덕였다.

"그래, 앞으로 자주 연락하고 그러자! 어? 같이 밥도 좀 먹고."

"그, 그래…"

장진주는 계속 쇼핑을 하러 떠나기 전, 마지막으로 돌아서며 말했다.

"아참! 너 그거 모르지? 초등학교 때… 내가 너 좋아했던 거!"

"…"

장진주는 얄궂게 웃으며 가버렸다. 나는 그럴 수 없었다. 제자리에 멈춰, 움직일 수가 없었다.

．
．
．

    일요일 점심이 지나 걸려 온 장진주의 전화에 심장이 덜컥 내려앉았다.

    "여보세요? 남우야! 너 바빠?"
    "아… 아니, 괜찮아. 왜?"
    "어, 그러면 나 좀 도와주면 안 될까? 냉장고를 밖에 내놔야 하는데, 엄마랑 나랑 도저히 들 수가 없어서… 좀 도와주면 안 될까? 연락할 사람이 너밖에 없어."
    "…알았어."

    장진주의 부탁이라면.
    옷을 챙겨 입고 집을 나섰다.

．
．
．

    빌라 입구에서 장진주를 기다리며, 나는 약간 두려워졌다. 장진주를 보는 것도 괴로웠는데, 내가 그 어머니를 보고 괜찮을 수 있을까?
    아파트 입구에 주저앉아, 오열하던 아주머니의 모습이 선명하게 떠올랐다.

        나는 정말 끔찍한 새끼다

[우리 남편 살려내! 우리 남편 살려내라고!]

현기증이 날 것처럼 속이 울렁거렸다.

"남우야!"
"아…"

장진주가 환하게 웃으며 내려왔다.

"고마워 고마워! 내가 진짜, 이 동네에서 급할 때 연락할 사람
이 너밖에 없더라!"
"어…"
"가자! 우리 집은 2층이야!"

나는 앞장서는 장진주를 따라 빌라로 들어갔다.
계단을 올라가니, 2층 어느 현관문 밖에 냉장고가 나와 있었다.

"엄마랑 나랑 여기까진 뺐는데… 이걸 가지고 도저히 계단을
내려갈 수가 없더라고."
"어…"

냉장고를 둘러보는 사이, 현관문 안쪽에서 중년 여성의 목소
리가 들려왔다.

"아이고, 왔어요? 고마워라."

나는 심장이 쿵쾅거리는 것을 느끼며 아주머니를 돌아보았다.
내가 인사하기도 전에 먼저 나를 소개하는 장진주.

"엄마, 기억나? 나랑 같은 반이었던 김남우! 우리 아파트에 살
았던 애 있잖아!"

'우리 아파트에 살았던 애'라는 말에, 순간 심장이 멈추는 느
낌이었다.
떨리는 눈동자로 아주머니를 살폈는데,

"어머, 세상에! 계속 이 동네 살았나 봐!"
"네, 네네!"
"다행이네. 우리 진주가 오랜만에 이 동네에 온 거라 혼자 외
로울까 봐 걱정했는데."

아주머니는 사람 좋은 웃음을 띠며 반가워했다. 온전하게 호
감으로 가득 찬 웃음이었다.

"…"

끔찍하다. 나는 정말 끔찍한 새끼다.

:
:

"고마워, 남우야! 너 없었으면 정말 엄마랑 나랑 어쨌을지… 어휴!"

"아니야…"

"밥은? 밥 먹고 갈래?"

"어? 어어, 아니, 먹었어. 괜찮아!"

"그럼 국수? 국수라도 먹어! 엄마! 국수 먹자, 우리!"

"그래, 거실에서 기다려."

"아…"

아주머니가 곧장 주방으로 향했고, 나는 어쩔 수 없이 거실 소파로 가 앉았다.

원래 성격이 이랬던가? 장진주는 소파 옆자리에 앉더니 곧장 떠들어대기 시작했다.

"초등학교 동창 중에 연락하는 사람 있어? 아직도 이 동네 사는 애들 있어? 전에 치열이는 마트에서 만났는데."

나는 어색한 티를 내지 않으려고 애써서 말을 받아주었다. 사실은 새삼, 이렇게 밝은 장진주의 모습이 믿기지 않았다.

지난 20년간 내 상상 속에서 장진주는, 나 때문에 인생이 망가져서 한없이 힘들고 어두운 나날을 보내는 아이였다.

아주머니도 마찬가지다. 매일 밤을 눈물로 지새우며 웃음 한 점 없는 불행한 인생을 살고 있을 줄만 알았는데, 지금 주방에서 콧노래까지 흥얼거리는 아주머니의 모습은 예상 밖이었다.

안심되면서도, 이런 모습에 안심하는 내가 끔찍했다.

"난 그동안 이사를 하도 많이 다녀가지고… 제대로 된 친구가 별로 없어."

"그래?"

"나도 이 동네를 안 떠났으면 좋았을 텐데. 애들이랑 같은 중학교도 갔을 테고…"

일순간 장진주의 얼굴이 어두워졌고, 나는 저절로 장진주의 눈치를 봤다.

장진주는 쓸쓸하게 웃으며 말했다.

"알지? 우리 아빠…"

"어? 어어…"

심장이 쿵쾅거렸다. 귀 뒤에서부터 올라온 열기로 내 얼굴이 새빨개지는 것이 느껴졌다.

"우리 아빠 그렇게 되고 나서 엄마가 좀… 매일같이 동네 돌아다니면서 그랬잖아… 기억하지?"

"아… 어…"

"그래서 우리 삼촌이, 이러다 큰일 나겠다 싶어서 이사시킨 거야… 그래도 엄마가 너무 힘들어해서… 에휴! 아빠 죽고 몇 년 동안은 정말 엄마도, 나도, 너무 힘들었어…"

"…"

나는 도저히, 어떤 말도 꺼낼 수가 없었다. 내 표정이 너무 암울해 보였을까? 장진주가 밝게 웃으며 화제를 돌렸다.

"아, 야야! 지금은 괜찮아! 아빠가 하늘에서 잘 보살펴주고 있는 건지 뭐, 하는 일도 잘 풀리고. 하하하. 아참, 넌 뭐해? 직장 다녀?"

"어? 어어. 그냥 평범한 회사."

"그래? 나도 그냥 평범한 회사…"

쾌활하게 얘기하는 장진주의 모습을 보고 있자니, 심경이 복잡했다.

지금 밝은 모습의 장진주를 보며 내가 느끼는 감정은 어쩌면, 감동에 가까운 기분일지도 몰랐다. 평생 나를 짓누르던 죄책감에서 조금은 구원을 받은 기분 같기도 했다.

나는 정말 끔찍한 새끼다.

:
:

후루룩. 후룩. 후루룩.

나는 아무 말도 하지 않고, 그릇에 머리를 처박고 국수만 먹었다. 젓가락질을 멈추면 말이라도 걸어올까 봐, 게걸스럽게 국수만 먹었다.

"밥 먹었다더니, 배가 많이 고팠나 봐?"

"우, 우움…"

옆자리 장진주가 말을 걸어와도, 나는 제대로 된 대답도 않고 그릇에 다시 고개를 처박았다. 맞은편 아주머니와 눈이 마주칠까 봐 겁이 났다.

"잘 먹네. 더 먹을래?"

"우움, 아, 아뇨! 괜찮습니다!"

아주머니의 질문에 급히 대답한 나는, 덜컥 겁이 났다. 방금 아주머니의 시선을 피했던 내 행동이 부자연스러웠을까? 의심스러웠을까? 어떤 생각이 들게 하였을까?

"아이고, 복스럽게 잘 먹네! 나는 잘 먹는 사람이 좋더라!"

"…"

아주머니는 여전히 호감 가득한 말투로 나를 칭찬했다.

나는 정말 끔찍한 새끼다

"우리 진주가 외로울까 봐 걱정이었는데, 네가 있어서 참 다행이다. 앞으로도 우리 진주랑 친하게 지내줘야 돼."

"엄마! 무슨 유치원생 딸내미 친구 꼬셔? 무슨 멘트야, 그게."

"어머, 그랬니?"

모녀는 깔깔대며 쾌활하게 웃었다.

"…"

나는 국수라서 참 다행이라 생각했다. 국수가 아니었다면 목이 메 제대로 넘길 수가 없었을 것만 같았다.

．
．
．

[네가 우리 아빠 죽였지!]

어, 어?

[김남우! 네가 우리 남편을 죽였구나!]

아아!

[우리 아빠 살려내! 널 내 손으로 죽여버릴 거야!]

[우리 남편 살려내! 우리 남편 대신 네가 죽었어야 해!]

아아아아!

오랜만에 다시 그 꿈을 꿨다. 장진주와 아주머니가 피눈물을 흘리며 내게 달려드는 그 꿈.

예전과 달라진 것이 있다면, 꿈속의 그들이 현실에서처럼 나이를 먹었다는 점이다.

가슴이 터질 것처럼 괴롭다. 어쩔 수 없다. 나는 평생 이 꿈에서 벗어날 수 없다.

⋮

[김 대리! 요즘 얼굴이 왜 이렇게 안 좋아?]

[남우 이 새끼, 너 무슨 고민 있냐?]

[아들! 뭐 안 좋은 일 있어?]

"…"

나를 걱정해주는 사람들에게 대답해줄 말이 없었다.

20년 만에 장진주를 만난 이후, 20년 전의 일이 한시도 머릿속을 떠나질 않았다.

나는 정말 끔찍한 새끼다

만약 20년 전 그날, 내가 솔직하게 고백했다면 어떻게 됐을까?

아주머니와 장진주에게 내가 쇠구슬을 떨어뜨려서 아저씨를 죽였다고 고백했다면?

원망할 사람이 있다는 것이 그때의 그녀들에겐 큰 도움이 됐을 것이다. 누군지도 모를 사람에게 가장을 잃었다는 억울함이나마 없앨 수 있었을 것이다.

나는 마땅히 그렇게 했어야 했다. 그렇지만 나는 정말 끔찍한 새끼였고, 그럴 용기가 없었다.

그녀들의 서러운 울음 앞에 설 자신이 없었고, 우리 가족들에게 미움받을 자신이 없었고, 친구들과 나를 아는 모든 사람들에게 욕을 먹을 자신이 없었다.

그것은 지금도 마찬가지다. 나는 며칠째 장진주와의 만남을 이런저런 핑계로 피했다.

[밥 한번 먹자니까 뭐가 그렇게 바빠~ 우리 엄마가 나랑 친하게 지내라고 한 거 못 들었어? ㅋㅋㅋ]

장진주는 정말로 이 동네에 친구가 없는지, 자주 연락해왔다.

차라리 차갑게 대해서 앞으로 모른 척하고 지낼까도 싶었지만, 내가 장진주에게 감히 그럴 수는 없었다.

나는 장진주를 어떻게 대해야 할지 고민했다. 장진주 몰래 어떻게든 죄를 갚으며 살까? 그런다고 내 죄책감이 덜어질까?

평생 친구로 지내며 죽을 때까지 내 죄책감을 되새기며 살까?

그럼 내가 견딜 수 있을까?

　나는 어떻게 해야 될지 알 수 없었지만, 적어도 20년 전처럼 도망치고 싶지만은 않았다.

．
．
．

　"나 진짜 오랜만에 영화 보는 거야! 얼마 만이야, 정말!"
　"그래?"

　영화관 좌석에 앉아, 기대에 찬 얼굴로 떠드는 장진주를 보며 나는 생각했다.
　장진주에게 내가 해줄 수 있는 일이 있다면, 뭐든지 하자. 그것만이 내가 속죄하는 길이라고, 그렇게 믿자.

．
．
．

　"너 요즘 왜 이렇게 애가… 웃질 않니?"
　"뭐?"

　거실에서 TV를 보는데, 갑자기 엄마가 나를 보며 물었다.

　"요즘 무슨 일 있지? 너 혹시 어디 아프니?"

　　　　　　　　　　　　나는 정말 끔찍한 새끼다

"..."

걱정하는 엄마의 얼굴을 보며, 나는 무슨 말을 꺼내야 할지 단어들을 골랐다.

"그냥… 아니, 내가 뭐가? 그냥, 회사에서 좀 일이 힘들어서 그래."
"그래?"

엄마는 미심쩍은 얼굴로 나를 바라보았지만, 나는 무심한 척 TV로 시선을 돌렸다.
20년 전의 그 사건 이후 내가 다시 편하게 웃기까지 몇 년이 걸렸을까? 지금은 또 몇 년이 걸릴까?

⋮

[남우야! 좀 나와줄 수 있어? 우리 엄마, 지금 술 먹고 난리 나셔!]

늦은 밤, 장진주의 전화를 받고 한달음에 호프집으로 달려갔더니, 바닥에 주저앉아 몸을 가누지 못하는 아주머니와 곁에서 난감해하는 장진주의 모습이 보였다.

"남우야!"

달려온 나를 맞은 장진주에게서도 꽤 술 냄새가 풍겼다.

"아, 정말! 우리 엄만 술도 못 먹으면서…! 좀 도와줘!"
"어어."

장진주와 함께 인사불성의 아주머니를 부축해 술집을 나섰다.
차가운 밤공기 속을 걸으며, 장진주가 미안하다는 듯 말했다.

"원래 우리 엄마가 이렇게 술 먹고 그러는 사람이 아닌데…
미안해, 밤늦게."
"아니야, 괜찮아…"
"1년에 한 번씩 꼭 이런다니까!"

곧, 장진주가 별생각 없이 한 말에 내 걸음이 우뚝 멈추고 말
았다.

"우리 아빠 기일이거든, 오늘이. 꼭 오늘만 되면 이렇게…"

나는 머릿속이 새하얘져 모든 사고가 정지되었다. 차가운 밤
공기가 무색하게, 식은땀이 흘렀다.

"응? 남우야? 왜? 남우야?"
"어… 어?"

　　　　　　　　　나는 정말 끔찍한 새끼다

이상한 얼굴로 나를 바라보는 장진주. 그 얼굴과 마주하자마자, 속이 울렁거렸다.

"왜 그래?"
"아, 아니…"

겨우 억지로 걸음을 옮겼다. 들킬까 봐. 내 어색함을 들켜서, 그걸 보고 장진주가 이상한 생각을 할까 봐 겁이 나서.
나는 정말 끔찍한 새끼다.

⋮
⋮

아주머니를 부축해 빌라 계단을 오르는 내 기분은 처참했다.

"진주 아빠, 그렇게 죽으면 나 혼자 어떻게 살라고!"

집으로 향하는 길, 언젠가부터 아주머니는 오열했고, 아주머니의 한마디 한마디가 나를 처참하게 짓눌렀다. 그녀의 지독한 슬픔이 나 때문이라는 사실에, 온 정신이 무너질 것만 같았다.

"으이구, 엄마 좀!"

오열하는 아주머니를 겨우 침대까지 부축해서 눕힌 후, 장진주는 한숨을 쉬었다.

　장진주는 안타까워하는 얼굴로 잠시 아주머니를 내려다보다가, 나를 돌아보며 미안하다는 듯 미소를 지었다.

　"진짜 고마워. 덕분에 살았어."

　나는 아무 말도 꺼낼 수 없었다. 멍청하게도 고민 끝에 겨우 꺼낸 말이,

　"아직도 잊지 못하셨구나…"

　장진주는 씁쓸한 얼굴로 말했다.

　"어떻게 잊을 수 있겠어? 우리 아빠가 어떻게 죽었는데…"
　"…"

　숨이 막힐 것 같았다. 당장 이곳에서 도망치고 싶었다.

　장진주는 침묵했고, 나도 멀뚱히 서서 침묵했다. 1초 1초가 무거웠고 견디기 힘들었다.

　도망치고 싶은 마음, 외면하고 싶은 마음을 숨긴 채, 그것도 위로랍시고 나는 말했다.

　"어머니가 다 잊으실 수 있기를 바라…"

　　　　　　　　　　　나는 정말 끔찍한 새끼다

순간, 장진주의 얼굴이 천천히 굳어갔다.

"잊어? 다 잊으라고? 어떻게 잊어? 너라면 잊을 수 있겠어?"

날카로워지는 장진주의 목소리에, 나는 당황했다.

"우리 아빠가 어떻게 죽었는데! 그걸 어떻게 잊어!"
"아… 나, 나는 그냥 괴로워하시지 않기를…"
"무슨 상관이야! 괴로워도 기억하는 게 나아! 엄마랑 나는 죽을 때까지 절대 못 잊어!"

눈시울을 붉히며 소리치는 장진주의 모습에, 나는 어떤 말도 꺼낼 수 없었다.

"우리가 20년 만에 왜 여기로 돌아왔을 거라고 생각해? 혹시라도 길 가다가 그놈이 우리 얼굴을 알아볼까 봐! 그러면 그 새끼가 발 뻗고 편하게 자지는 못할 테니까! 그런 심정으로 돌아온 거야! 우리는 절대! 죽어도 못 잊어!"
"…"

눈물을 흘리며 소리치는 장진주의 두 눈이, 나를 꿰뚫어 보는 것만 같았다. 절대 도망만은 치고 싶지 않았지만, 나는 도저히 견딜 수가 없었다.

"나, 나 그만 갈게. 쉬어."

나는 떨리는 몸을 돌려 현관문으로 향했다. 후들거리는 발을 신발에 억지로 구겨 넣고 문을 여는데, 어느새 다가온 장진주가 말했다.

"너 그거 알아? 20년 전에 너희 엄마랑 우리 엄마랑 엄청 싸웠는데…"
"…"

우리 엄마가 아주머니랑? 20년 전에? 왜? 20년 전에 왜?
나는 너무 놀라 그 자리에 굳어버렸다. 그런 나를 담담한 얼굴로 바라보던 장진주가 말했다.

"잘 가."
"…"

현관문이 닫혔지만, 나는 잘 갈 수 없었다. 수없이 많은 생각들로, 움직일 수가 없었다.

:
:

"엄마…"

나는 정말 끔찍한 새끼다

"어, 왜?"

나는 심각한 얼굴로 엄마를 불렀지만, 쉽사리 말을 꺼내지 못했다.

"왜? 무슨 일인데?"

뜸 들이는 나를 이상하다는 듯 쳐다보는 엄마. 나는 힘들게 말을 꺼냈다.

"혹시… 장진주라고 기억해?"
"장진주?"

엄마는 기억이 안 나는 듯했다. 나는 어쩔 수 없이 좀 더 자세하게 이야기했다.

"옛날에 우리 아파트에서… 쇠구슬 맞고 죽은 아저씨 있잖아."
"…"

엄마의 얼굴이 눈에 띄게 굳어갔고, 그 모습은 나를 더욱 불안하게 만들었다.

"그 집 아주머니랑 딸이 근처에 이사 왔어."

"뭐, 뭐?"

엄마의 목소리와 눈동자가 흔들렸다. 나는 결심하고, 물었다.

"엄마… 20년 전에 그 집 아주머니랑 왜 싸웠어?"

"…"

엄마는 대답을 피했다.

"글쎄다. 기억이 잘 안 나는데…"

말끝을 흐리며 주방으로 향하는 엄마. 나는 이를 악물고 그 뒤를 따랐다.

"뭐가 기억이 안 나? 엄마 그집 아주머니랑 싸웠잖아. 왜 싸운 건데?"

"몰라."

"뭐가 몰라! 엄마랑 그 아주머니랑 싸웠잖아! 20년 전에!"

나도 모르게 내 목소리가 높아진 순간, 엄마가 뒤돌아 소리 쳤다.

나는 정말 끔찍한 새끼다

"모른다니까!"

"…"

　나는 엄마의 눈을 똑바로 바라보았다. 그러자 내내 대답을 피하던 엄마가 버럭 화를 냈다.

"그래, 싸웠어! 그 아줌마가, 너를 의심하길래! 네가 옥상에서 놀다가 쇠구슬로 그 집 아저씨를 죽인 거 아니냐고 의심하길래! 그래서 싸웠어! 왜!"

"…"

"자기 아들을 살인자로 의심하는데, 어떤 엄마가 안 싸워! 그래서 싸운 거야!"

　엄마는 소리치고 또 나를 피해, 거실로 향했다.
　나는 주방에서 움직이지 못했다. 끔찍했다. 내가 정말 끔찍해서 미쳐버릴 것 같았다.

"…내가 그랬어."

　나는 거실에 있는 엄마에게 들릴 정도로 크게 말했다. 엄마는 아무 말도 없었다.

"내가 그랬다고."

나는 조금 더 크게 말했다. 엄마는 아무 말도 없었다.

"내가 20년 전 그날! 옥상에서 놀다가 쇠구슬을 떨어뜨렸다고!"

나는 집 안이 떠나가라 소리쳤다. 엄마는 아무 말도 없었다. 나는 돌아봤다. 엄마는 시뻘게진 눈으로 TV만 보고 있었다.
나는 눈물이 나왔다. 엄마에게 달려갔다.

"내가 죽였어! 내가 그날 장진주네 아버지를 죽였다고! 내가 죽였어, 내가!"
"…"

엄마가 나를 돌아보았다. 엄마의 눈에서 눈물이 흘렀다.
나는, 주저앉아 엉엉 울었다.

⋮

"엄마, 나 이제 어떡하지?"
"이미 다 지난 일이야. 아주 오래전 일이잖니. 20년 세월이면 다 잊히고도 남을 일이야."

내가 남몰래 하던 생각을, 엄마가 나 대신 입 밖으로 꺼내주

나는 정말 끔찍한 새끼다

었다.

나는 고개를 흔들며 말했다.

"하나도 안 잊었어. 20년간 하나도 안 잊고 똑똑히 기억하고 있었어… 만약에, 지금이라도 가서 내가 그랬다고 사과하면 용서해줄까?"

"멍청한 소리 하지 마! 이미 다 지난 일이라니까? 가서 고백하면 뭐 할 건데? 뭐가 달라져? 그 사람들도 힘들어지고, 너도 힘들어질 뿐이야! 차라리 아무 말도 안 하고 사는 게 그 사람들을 위한 일이야!"

내 말에 흥분한 엄마는, 역시 내가 남몰래 하던 생각을, 나 대신 입 밖으로 꺼내주었다.

나는 다시 고개를 흔들었다.

"근데… 내가 너무 괴로워. 평생 이 마음으로 살아갈 자신이 없어."

"시간이 지나면 괜찮아질 거라니까!"

엄마는 버럭 소리치더니, 나를 똑바로 바라보며 말했다.

"네가 그랬다고 고백하면? 그럼 어떻게 될 것 같아? 네가 그들의 원망과 분노를 온전히 받아낼 수 있을까? 아버지와 남편의

원수를 그들이 어떻게 대할 것 같아?"

"…"

"사람들이 너를 살인자라고 부르는 건 어때? 네가 견딜 수 있을 것 같아? 네 친구들이, 직장 동료들이, 동네 사람들이 너를 두고 수군거리고 너를 꺼리면!"

"…"

"우리 가족은? 아들이 살인마라고 소문이 나면, 우리 가족이 얼굴을 들고 다닐 수 있겠어? 이번엔 그들이 아닌 우리가 이사를 가야 하겠지!"

"…"

엄마의 말이 모두 맞다. 내가 고백을 한다면, 그렇게 될 것 같았다.

"너는 사람의 원망이란 게 얼마나 무서운지 몰라. 네가 고백을 하는 순간, 그들이 너를 어떻게 할까? 너에게 무슨 말들을 쏟아낼지 상상은 해봤어? 그들이 너를 어떻게 할지 상상은 해봤어? 너는 몰라. 너는 정말… 몰라."

"…"

엄마의 말이 모두 맞다. 구구절절 맞는 말이고, 나는 분명, 엄마 말대로 무엇 하나 견디지 못할 것이다.

하지만 나는, 엄마에게 물을 수밖에 없었다.

나는 정말 끔찍한 새끼다

"엄마, 만약에 있잖아… 20년 전에 죽은 사람이 그 아저씨가 아니라 나였다면 어땠을 것 같아? 엄마는 지금 다, 잊었을 것 같아?"

"…"

엄마는 대답하지 못했다.

．
．
．

며칠 동안 수십 번, 수백 번, 수천 번 고민했다.

이미 내가 저지른 죄를 용서받을 방법은 없었다. 내가 장진주에게 모든 걸 바쳐 잘해주더라도, 갚을 수 없었다. 이제 와 모든 걸 고백하고 용서를 빈다 해도, 그럴 수 없었다.

나는 평생을 죄책감 속에서, 쓰레기인 자신을 자각하며 살아가야 한다. 그게 유일한 벌이다.

나는 너무 끔찍한 새끼다. 너무 끔찍한 새끼라서, 평생을 그렇게 살아갈 용기가 없었다.

결국, 끔찍한 나는 또 한 번 뻔뻔해지고 말았다. 내 이기심으로, 내 죄책감을 덜고자, 여기에 올 수밖에 없었다.

딩동.

[누구세요?]

"나야… 김남우."

현관문이 열리고, 장진주가 놀란 얼굴로 나를 맞아주었다.

"어머? 무슨 일이야, 갑자기?"

나는 굳은 얼굴로 말했다.

"할 말이 있어서… 들어가도 돼?"
"할 말? 뭐야? 들어와."

장진주는 어리둥절한 얼굴로, 나를 집 안으로 들였다. 나는 거실에 있던 아주머니를 발견하고 꾸벅 인사했다.

"남우 왔니?"

웃으며 반가워해주는 아주머니를 본 나는 심장이 쿵쾅거렸다. 나는 곧장 다가가, 그 앞에 무릎을 꿇었다.

"어머?"
"야?"

그들이 놀라 당황할 때, 나는 눈을 질끈 감았다 뜨며, 입을 열었다.

"20년 전에… 저는 아파트 옥상에 있었습니다."
"…"
"…"

아주머니와 장진주의 얼굴이 빠르게 굳는 모습이 보였다. 나는 갈라지는 목소리로 고백을 이었다.

"저는… 아파트 옥상 난간에서…"

나는 눈시울이 붉어지며 목이 메어왔다.

"아, 아래를 바라보며 장난감을… 던지고 있었습니다."
"…"

그녀들의 얼굴이 시뻘게지는 모습이 보였다.
내 목소리는 이제, 울음이 되어 있었다.

"장난감 중에는… 따조가 있었고… 딱지가 있었고… 유리구슬이 있었고…"

그녀들의 몸이 부들부들 떨리는 모습이 보였다. 나는 꽉 막힌 것 같은 목구멍에서, 해야 할 말을 겨우 끄집어냈다.

"쇠구슬이 있었습니다…"

입을 틀어막는 장진주. 그녀의 일그러진 얼굴에서 눈물이 흘러내렸다.

나를 노려보던 아주머니의 시뻘건 눈에서도 눈물이 흘러내렸다.

나는 더 이상의 말은 할 수가 없어, 벌써 사과를 해버렸다.

"죄송합니다… 죄송합니다…"
"…"

흐느끼는 장진주의 모습이 보였다. 당장에라도 쓰러질 것같이 와들거리는 아주머니의 몸이 보였다.

나는 고개를 들어 아주머니의 얼굴을 봐야 한다고 생각했다. 내가 아무리 끔찍한 새끼라도, 여기서까지 도망칠 순 없다고 생각했다.

나는 아주머니의 얼굴을 바라보며, 20년 전에 내가 들었어야 할 그 말들을 기다렸다.

나는 정말 끔찍한 새끼다

하염없이 눈물만 흘리던 아주머니는, 나에게 말했다.

"고맙다…"

"!"

"고맙다… 고맙다…"

아주머니는 나를 보며 그 말만을 되풀이했다. 나는 어린아이
처럼 엉엉 소리 내 울어버렸다.
　　나는 정말, 끔찍한 새끼다.

거짓은 참된 고통을 위하여

[오빠! 우리 집 초인종에 누가 낙서해놨어.]

핸드폰 너머 아내의 목소리는 겁에 질려 있었다. 어디서 도시
괴담 같은 걸 들었겠지.

범죄를 저지를 목적으로, 초인종 주변에 대상의 정보를 체크
해놓는다는 도시 괴담.

"어, 괜찮아. 그거 아무것도 아니니까 너무 걱정하지 마. 무서
우면 오빠 갈 때까지 문단속 잘하고 있어.

[으… 알았어. 무서우니까 일찍 와!]

"어."

아내가 공포에 떠는 것도 이해가 갔다. 얼핏 들으면 정말로

그럴듯한 괴담이니까. 하지만 조금만 생각해봐도, 글쎄?

범행을 위한 표식을 초인종 옆에 해둘 리가 없지 않은가? 어디에든 숨겨둘 수 있는 표식을, 대놓고 초인종 옆에 새겨둘 이유가 없다.

나는 일찍 퇴근해서 겁 많은 아내를 골려줄 생각에 신이 나있었다. 실제로, 초인종 옆의 표식을 보기 전까지 말이다.

[A11 P1 0]

심장이 빠르게 뛰었다. 왜? 어떻게? 이게 어째서 여기에?

누가 내 표식을 알고 있는 걸까?

A11 P1 0. 오전 11시부터 오후 1시까지 빈집.

그것은 10년 전, 내가 빈집털이를 할 때 쓰던 표식이었다.

:

초인종 옆은 아니었다. 내가 그 표식을 숨겨둔 곳은 시각의 사각지대, 숨겨진 위치였다.

그 표식을 쓰기 위해 나는 전단지를 붙이는 아르바이트를 했다. 현관문에 전단지를 붙일 때는 의심받지 않고 표식을 새길 수 있었다.

표식을 새기는 방식은 간단했다. 빈집으로 보이는 집의 벨을 누르는 것이다.

띵동.

[누구세요?]
"이번에 저희가 치킨집을 오픈했는데요."
[네네, 수고하세요. (뚝!)]

누군가 받으면 꽝이다. 하지만 받지 않으면? 다음 날 같은 시간대에 가서 다시 한 번 벨을 누른다. 그다음 날도, 그다음 날도.

평일에 4일 이상 같은 시간에 집을 비운다면? 직업이든 취미 생활이든, 고정적인 스케줄이 있다고 보면 된다. 이런 집이 바로 표식의 대상이다.

표식의 정보는 어떻게 모으는가?

먼저, 현관문 아래에 눈에 띄지 않는 투명 테이프를 얇게 붙여놓고, 이 문이 언제 다시 열리는지 확인한다.

오후 2시에 빈집이던 곳에 테이프를 붙여놓고, 한 시간 뒤에 체크하러 온다. 테이프가 무사하다면 다시 한 시간 뒤에 체크하

거짓은 참된 고통을 위하여

러 온다. 또 무사하다면 한 시간… 다시 한 시간…

이 작업을, 동네를 돌며 모든 후보군의 집에 행한다. 그렇게 며칠간 반복해 데이터를 모으면, 어느 집이 몇 시부터 몇 시까지 빈집인지를 확실히 알 수 있게 된다.

그렇게 알아낸 정보를 나만이 알아볼 수 있는 표식으로 남겼다.

나 혼자서 생각해낸 빈집털이의 방식이었고, 내가 잡히지 않았으니 누구도 몰라야 할 방법이었다.

그런데 어째서 그 표식이 우리 집에 있는 거지? 누가? 어떻게? 나라는 걸 알고 일부러?

장난으로 치부하기엔 건 표식이 너무 정확했다. 오전 11시부터 오후 1시라면, 아내가 요리 학원을 다니느라 집을 비우는 시간이 아닌가?

목덜미가 서늘해졌다.

"오빠, 봐봐! 맞지? 이거 이상하지?"

"어? 어어…"

아내의 질문에, 나는 굳은 얼굴로 고개를 끄덕일 수밖에 없었다. 원래 계획대로 아내를 안심시키고, 그런 건 다 도시 괴담일 뿐이라고 말할 수가 없었다.

"일단은… 지워두자. 찜찜하네."

나는 표식을 빡빡 지웠다. 그때도 나는 이 상황을 필사적으로 이해하려 애썼고, 그 표정이 아내에게 불안감을 심어준 듯했다.

"오, 오빠… 이거 무서운 거야? 경찰에 신고해야 하는 거 아니야?"
"웅? 아… 아니야, 별거 아니야. 그냥 애들이 장난한 거겠지. 인터넷에서는 이런 거 다 도시 괴담이라고 하더라."
"그래?"
"불안하면 집에 들어가 있어. 다른 집에도 이런 표시 있나 보고 올게."
"알았어."

그래, 우연의 일치로 나와 같은 방식을 쓰는 사람이 있다면, 다른 집에도 같은 표식이 남겨져 있겠지.
나는 주변 집을 모두 살펴봤다. 초인종 옆이 아닌, 시야의 사각지대도 꼼꼼히 확인했다.

"…"

아무 데도 없었다. 유일하게 우리 집 초인종에만 표식이 남겨져 있었다.

거짓은 참된 고통을 위하여

정말 우연일까? 우연인데도 그렇게 정확히 맞아떨어질 수 있을까?

그럴 리가 없지. 이건 명백히 나를 노린 표식이다. 왜? 복수? 누가? 어떻게 알고?

평생 누구에게도 말한 적 없고, 게다가 10년 전에 이미 손을 씻었다. 아내를 만난 뒤 새사람으로 다시 태어났단 말이다.

마음이 불안했다. 아내가 내 과거를 알게 된다면… 사랑하는 아내에게 내 추했던 과거를 들키게 된다면, 나는 견딜 수 없을 것이다. 상상만으로도 소름이 돋는다.

며칠은 편안히 잠들지 못할 것 같은 예감이 들었다.

．
．
．

"오빠! 또야! 또 있어!"
"…"

[A11 P2 0]

보란 듯이 초인종 옆에 새겨진 표식. 아내는 공포에 질려 있었다.

"오빠, 나 무서워. 뭐야, 이거?"

나는 침착하게 아내를 달랬다.

"괜찮아. 그냥 동네 애들이 장난한 거야."
"어?"
"어제 보니까, 동네 다른 집에도 있더라고. 동네 꼬마가 장난한 것 같다던데?"
"정말? 에이씨!"

내 말에 아내는 조금 안심한 듯했지만, 나는 그러지 못했다.

목적이 있다. 명백하게 목적이 있는 행위다. 뭘까? 누가 나를 알고, 또 무슨 목적으로 이런 메모를 남긴 걸까?
경고? 복수? 범행 예고? 부정적인 단어가 머릿속을 떠돌았다.
그럴 순 없었다. 이제야 겨우 평범한 삶을 이루어냈는데! 쓰레기 같은 인생에서 벗어났는데!

나는 집 앞에 감시 카메라를 설치하기로 했다.

:
:

"빌어먹을!"

거짓은 참된 고통을 위하여

어떻게? 어떻게 감시 카메라를 무용지물로 만들 수 있지?

프로의 솜씨다. 그는 10년 전의 나처럼 감시 카메라를 피할 능력이 있었고, 동네 사람 누구에게 물어도 인상을 남기지 않을 능력이 있었다.

"오빠… 벌써 며칠째야, 이거? 나 무서워…"

"으음…"

아내에게 더는 동네 꼬마의 짓이라고 속일 수 없었다. 명백히 이상한 장난이었다.

안 그래도 겁이 많던 아내는 호신 용품을 잔뜩 사들였다. 나쁘지 않다고 생각했다.

그러나 보름 동안이나 낙서가 지속되자, 아내는 아예 요리 학원도 끊고선 집에 틀어박혔다. 요리 학원을 갔다 온 그 짧은 사이에 낙서가 새겨졌기 때문이다.

내가 퇴근할 때까지, 아내는 문을 걸어 잠그고 집에만 있기로 했다.

그리고 최대한 일찍 퇴근한 나는, 초인종을 누르지 못하고 굳어버렸다.

[A9 P6 G1]

"…"

실제로 내가 빈집털이를 할 때는 한 번도 사용하지 않았던 표식이다. 하지만, 그게 뭔지 알고는 있었다.

오전 9시부터 오후 6시까지 여자 한 명.

몸이 떨려왔다. 공포심이었다.
범인은, 아내가 요리 학원을 그만둔 첫날에 표식을 바꿨다. 4일간의 확인 절차를 걸치지 않고도 확신하고 새겼다. 우리 집 사정을 꿰뚫고 있다. 어떻게? 누가?

"…아! 여자 한 명!"

이런, 멍청한! 왜 몰랐을까! 그거! 그것밖에 없지 않은가!

떠올라버렸다. 내가 10년 전에 손을 씻게 된 그 사건이, 떠올라버렸다. 온몸이 미친 듯이 떨렸다.

내가 빈집인 줄 알고 들어갔던 집에서, 살인을 저질렀던 그 날처럼.

⋮

여자 한 명이 있었다. 아무도 없어야 할 빈집에, 여자 한 명이

거짓은 참된 고통을 위하여

있었다.

[사, 살려주세요!]

그녀는 내 얼굴을 똑똑히 보았다. 나는 당황했다. 이 동네에서
연이어 빈집을 털고 있는 상황에, 얼굴이 노출되어버렸다.
어떻게 해야 할지 몰라 머리를 맹렬히 굴리는 사이, 내 몸이
먼저 그녀 쪽으로 움직였다.

[오, 오지 마세요! 이러지 마세요! 살려주세요!]

겁에 질린 그녀는 베란다로 들어가 문을 닫았다. 물론 잠금장
치는 내 쪽에 있었다. 나는 간단히 문을 열었고, 그녀에게 달려
들었다.

[꺄아아악!]
[조, 조용히 못 해!]

나는 비명을 지르려는 그녀의 입을 억지로 틀어막았지만, 비
명은 새어 나가고 말았다.

[꺄아악! 꺄아아악!]

순간 머릿속이 새하얘지면서, 그녀의 비명이 밖으로 새면 안된다는 생각밖에 들지 않았다.

그녀의 몸부림이 격해질수록, 핏줄 돋은 내 손에도 힘이 들어갔다. 작은 소리라도 새어 나갈까 봐, 주변에 들릴까 봐, 정신없이 그녀의 목을 압박했다.

뒤늦게 정신을 차렸을 땐 이미 그녀는 죽어 있었다.

나는 도망쳤다. 정신없이 현관문 밖으로 도망쳤다가, 급히 되돌아 집 안으로 들어갔다.

흔적을 지웠다. 숨을 헐떡이며 모든 흔적을 지웠다.

이제야 생각해보니, 그때 지우지 못한 흔적이 남아 있었다. 현관문 구석에 작게 새겨두었던, 내 표식.

매번 범행이 끝나면 지우고 떠났지만, 그날만큼은 그것을 생각할 경황이 없었다.

그것이다. 그날 내가 남겼던 작은 흔적이, 10년이 지나 내 초인종 옆의 흔적으로 돌아왔다.

어떻게? 왜? 어째서?

고작 문밖에 새겨진 작은 표식 하나로 나를 찾아낸다는 게 말이 되나? 나와 연관 지을 수 있을까? 그것 하나로 모든 것을 추리해낼 수 있을까?

그래, 그렇다고 치자. 그럼 왜 10년이나 지난 지금에서야? 무

거짓은 참된 고통을 위하여

슨 목적으로?

"…"

10년 뒤. 경찰에 신고하지 않은 10년. 무엇을 위해? 복수?
10년이 지난 지금에 와서 복수?

"!"

내 아내를 노리는 것인가!

그것밖에 없다! 이 표식을 새긴 사람이, 그 사건의 관계자라
면 그 이유밖에 없다!
10년을 기다린 이유! 나를 죽이는 복수가 아닌, 내가 사랑하
는 사람을 죽이는 복수!

나는 미친 듯이 주머니에서 열쇠를 꺼내어 문을 열었다. 손이
벌벌 떨렸다.

"혜화야! 혜화야!"

열쇠가 열쇠 구멍에 잘 들어가지 않자 안에서 무언가 긁히는
소리가 날 정도로 마구 쑤셔 넣은 다음, 급히 돌렸다.

"혜화야! 혜화야!"

황급히 달려 들어간 그곳에,

"응? 오빠, 왜 그래?"

아내는 무사했다. 그래도 안심되기보다, 불안했다.

어떻게 지키지? 아내를 어떻게 지키지?

아내에게 어떻게 말을 해야 하지? 내가 이제 복수를 당할 테니, 당신이 몸을 사려야 한다고? 왜 복수를 당하는지는 말할 수 없지만, 당신을 죽이는 게 복수라고?

"무슨 일 있어? 갑자기 왜 그래?"

"…아, 아니야. 아니, 저녁에 외식이나 하자고…"

아내만은 안 된다. 내 모든 걸 잃어도, 내 아내만은 안 된다.

살인을 저지르고 폐인처럼 살던 나를 구원해준 내 아내 홍혜화… 그녀는 내 전부다.

고아에 직업도 없던 나를 끝까지 믿어주었다. 나 같은 쓰레기를 인간으로 만들어주었고, 인간답게 살 수 있게 해주었다.

남의 돈에 손 한번 대지 않고, 성실히 일해서 겨우 결혼 자금을 마련했다. 겨우 집을 구하고, 겨우 결혼을 허락받았다.

거짓은 참된 고통을 위하여

드디어 나도 남들처럼 평범한 가정을 이루고, 행복하게 살게 되었는데.

알고 있다. 내가 그랬으니까. 평범한 가정의 평범한 행복을 내가 부쉈으니까.

두렵다. 아내를 잃을까 봐 두려워 미칠 것 같다. 그의 복수는 벌써 이루어지고 있었다.

⋮

언제까지고 일을 하지 않고 아내 곁에 붙어 있을 순 없었다.

창문부터 현관문까지 온갖 보안장치로 도배했다. 아내에게는 집 안 곳곳에 배치된 호신 용품 사용법을 철저하게 가르치고, 거실에는 스마트캠도 달았다. 근무시간에도 틈틈이 아내의 모습을 관찰하고 대화했다.

초인종 옆에는 내 핸드폰 번호를 적어놓았다. 그에게서 연락이 오기를 빌었다. 그리고, 빌었다. 제발 끔찍한 일이 벌어지지 않기만을 빌고 또 빌었다.

⋮

[송정동.]

세 글자. 단 세 글자만 적힌 문자 메시지에 심장이 덜컥 내려앉았다.

10년 전, 내가 그녀를 죽였던 그 동네였다.

내 모든 예상이 사실이었다. 그렇다면, 그의 목적도 예상대로일까?

나는 떨리는 손으로, 통화 버튼을 눌렀다.

"여보세요?"

[…]

"여보세요? 여보세요?"

[…잘 사네.]

"!"

나는 필사적으로 매달렸다.

"자, 잘못했습니다! 정말 잘못했습니다! 일부러… 아니! 다 제가 잘못했습니다! 제가 정말 죽을죄를 지었습니다! 제발 아내만은 살려주세요! 예? 제 아내는 아무런 잘못이 없습니다! 다 제가

거짓은 참된 고통을 위하여

잘못했습니다!"

[…]

내 사과에도 그는 한참 말이 없었다. 그러다 그는 말했다.

[…그래? 그럼 한번 목숨을 걸어봐. 소화전 안에 음료수가 하나 있을 거야. 독이 들었지. 네가 그것을 먹고 죽으면… 네 아내는 살려주겠어.]

"!"

이미 전화가 끊어진 핸드폰을 귀에서 뗄 수 없었다. 죽음. 죽음…

머리가 복잡했다.

아내에게 뭐라고 말해야 한단 말인가?

:
:

결국, 생각나지 않았다. 무슨 말을 해도 아내가 받게 될 슬픔과 충격을 달랠 수 없으리라.

철커덩!

그의 말대로, 소화전 안에 병 음료가 들어 있었다. 어쩔 수 없이, 집어 드는 손이 떨렸다.

"하아…"

생각이 많아지면 힘들어진다. 나도 힘들고, 아내도 힘들어진다. 나는 뚜껑을 돌리고, 단번에 음료를 들이켰다.

꿀꺽꿀꺽 꿀꺽꿀꺽…

눈을 질끈 감고 음료를 목 뒤로 넘겼다. 입안이 예민해졌다. 배 속이 뜨거워질까? 오장육부가 뒤틀릴까? 피를 토할까?

"크, 하아…"

바닥에 주저앉아, 마지막으로 아내의 이름을 불러보았다.

"혜화야…"

나는 절로 눈이 감겼다.

띠리링 띠리링 띠리링.

거짓은 참된 고통을 위하여

"！"

그에게서 전화가 왔다.

"여보세요?"

[…]

"…저는 먹었습니다. 약속을 지켰으니까, 아내만은…"

[다행이다.]

"네?"

[다행이다. 목숨을 걸 만큼 그 여자가 소중하구나. 다행이야. 이젠, 마음 놓고 복수를 할 수 있겠어.]

"뭐? 뭐… 뭐라고! 당신 무슨 소리야!"

[기다려. 너도 내 심정을 느끼게 될 테니.]

"이, 이봐요!"

전화가 끊기며, 내 머릿속 사고도 끊겼다.

무슨 소리지? 마음 놓았다는 게 뭐야? 복수를 한다는 게 뭐야? 나는 독약을 먹었잖아? 왜 그래? 약속은? 무슨 소리야? 안돼! 안 된다고! 그러지 마! 왜! 왜왜왜!

통화가 연결되지 않았다. 나는 미친 듯이 집으로 달렸다.

문을 쾅쾅 두드리고, 열쇠를 꺼냈다.

"혜화야! 혜화야!"

[어~ 오빠?]

아! 무사하다! 나는 얼른 열쇠를 끼워 넣었다.

그런데!

⋮
⋮

"으…"

무슨… 무슨… 무슨 일이… 어…

거짓은 참된 고통을 위하여

"혜, 혜화야!"

나는 벌떡 일어났다. 황급히 주변을 두리번거리니, 옥상이었다.

빌어먹을! 약을 탔구나! 독약이 아니었다고!

나는 당장 계단을 내달렸다. 심장이 미친 듯이 뛰었다. 불안감에 가슴이 터질 것만 같았다.

"혜화야!"

안 돼! 현관문이 열려 있다! 열려 있다!

나는 곧장 집으로 뛰어 들어갔다.

어디야? 어디! 혜화야, 어디야!

"!"

베란다… 베란다! 베란다!

나는 황급히 베란다 커튼을 젖혔다.

"…"

아… 아… 아아… 아아아아…

"으아아아아아아아!"

.
.
.

사내는 폐인이 되어 있었다.
매일 술에 절어 있었다.

매일 울고, 소리치고, 때려 부수고, 증오하고, 후회하고, 자책
하고, 원망했다.
한계에 달한 폐인 생활을 이어가던 사내는, 베란다로 나갔다.

아내가 죽었던 자리를 바라보며 눈물을 흘리던 사내는 난간
위로 올라섰다.

"미안해…"

그것이 사내가 남긴 유언이었다.

.
.
.

"아아아아아아!"

사내가 비명을 지르며 눈을 번쩍 떴다.

거짓은 참된 고통을 위하여

사내는 거친 호흡을 몰아쉬며, 놀라 커진 눈으로 주변을 두리 번거렸다.

그가 있는 곳은 병원 같아 보이는 방의 침대 위였다.

사내의 손이 머리를 더듬었지만, 상처가 없었다. 분명 머리부 터 바닥에 떨어진 기억이 나는데, 어떻게?

"뭐, 뭐야?"

상황을 이해하지 못한 사내의 눈이 흔들릴 때, 낯선 목소리가 들려왔다.

"사랑하는 사람을 잃은 기분이 어때?"

양복 차림의 남자가 방 안에 들어와 있었다. 그는 미소 띤 얼 굴로 말했다.

"난 알지, 그 기분. 네놈 덕분에 말이야."
"!"
"송정동. 네가 죽였잖아?"
"아!"

사내의 눈이 사정없이 흔들렸다.
남자는 차가운 얼굴로 말했다.

"이제 알겠지? 사랑하는 사람을 잃은 고통을 말이야."
"으… 으? 이, 이!"

당황하던 사내의 얼굴이 점점 붉게 달아올랐다.

"네가 혜화를! 네가! 이 새끼야!"

침대에서 벌떡 일어나 달려들려는 사내.

쿠당탕!

다리에 힘이 풀리며 그대로 바닥에 쓰러져버렸다.
사내의 몸은 너무나 허약해져, 뼈만 앙상하게 남아 있었다.

"크… 크윽!"

남자는 웃으며 말했다.

"왜? 몸이 예전 같지 않아? 날렵하게 이 집 저 집 빈집털이하
던 시절 같지 않냐고."
"너, 너 이 새끼!"

남자는 그런 그를 내려다보며 다시 입을 뗐다.

거짓은 참된 고통을 위하여

"아… 너무 행복해. 이날을 얼마나 기다려왔는지 몰라. 너에게 완벽한 복수를 하기 위해서! 내가 겪었던 고통을, 너에게 똑같이 전해주고 싶어서!"

남자의 말에 사내는 눈시울이 붉어져 악을 썼다.

"왜! 왜 혜화야! 나를 죽여야지, 왜 혜화를 죽였어? 이 새끼야!"

남자는 소리 내어 크게 웃었다. 하하하하 크게 웃다가, 물었다.

"혜화가 누군데?"
"뭐, 이 새끼야?"
"아니, 잘 생각해봐. 홍혜화가 누군데?"
"뭐라는 거야. 이 새끼가!"

남자가 차갑게 정색하며 물었다.

"홍혜화가 어떻게 생겼는지 기억나?"
"!"

남자의 말에 사내의 동공이 흔들렸다.

"무, 무슨!"

"기억나냐고. 안 나지? 불과 며칠 전에 죽은 와이프인데… 얼굴이 기억 안 나지? 그렇게 사랑한 사람인데, 전혀 기억 안 나잖아? 안 그래?"

"뭐… 뭐? 무…"

사내는 무어라 반박하려 했지만, 입이 떨어지지 않았다.

기억이 나지 않았다. 사랑하는 아내의 얼굴이 기억이 나지 않았다.

남자는 정말로 즐거운 듯, 너무나 즐거운 나머지 소름이 돋을 것 같은 얼굴로 말했다.

"정말로 너 같은 쓰레기를 사랑해줄 여자가 이 세상에 있을 거라 생각했어? 너 같은 살인마 쓰레기를 믿고, 보듬어주고, 구원해줄 그런 여자가 있을 거라 생각했냐고."

"뭐?"

남자는 눈을 번뜩이며 사내의 귓가에 다가가 말했다.

"홍혜화는 가상현실로 만들어낸 가짜야."

"!"

"너에게 똑같은 고통을 주기 위해서, 내가 만든 가짜라고."

"아, 아니야⋯ 아니야!"

믿을 수 없다는 듯 부들부들 떠는 사내.
남자는 그 귓가에 대고 똑똑히 들려주었다.

"사랑하는 여자를 만나, 정신 차리고 착하게 산다⋯ 번듯한
직업도 구하고, 집도 구하고, 평범한 가정을 꾸리고 산다⋯ 너
같은 쓰레기에게 가능한 일이라 생각했어?"
"아⋯ 아아⋯"

사내는 충격에 할 말을 잃었다. 부정하고 싶어도, 아내의 얼굴
이 전혀 떠오르지 않았다.
남자는 만족스럽게 물었다.

"어때? 내 복수가? 많이 괴로웠어? 자살을 하고 싶을 만큼, 그
렇게나 괴로웠어?"
"으⋯ 으으!"

부들부들 떠는 사내의 얼굴을 보며, 남자는 돌아섰다.

"재밌어! 너무 재밌어! 기대해! 한 번 더 겪게 해줄 테니까!"
"아, 안 돼⋯ 안 돼!"

남자는 웃으며 방을 나갔다.

:

침대에 묶여 있는 사내의 눈은 두려움에 질려 있었다.

지금도, 사랑하는 아내를 잃은 고통이 잊히지 않고 있었다. 가상현실이란 걸 알고도 그랬다.

그런데 그것을 또다시? 누군가를 사랑하고, 그 사람이 소중해지고, 행복해지는 과정을 다시 겪고… 그것을 모두 잃는 경험을 또 겪어야 한다고?

너무나 두려웠다.

"혜화야…"

사내의 눈에서 눈물이 흘렀다. 가상 인물이란 걸 알아도, 이름을 부르는 것만으로 저절로 눈물이 흘렀다.

얼굴도 전혀 떠오르지 않지만, 홍혜화란 이름 석 자만으로도 눈물이 흘렀다.

이런 사랑을 겪어보고 나니까, 평범한 가정의 행복을 겪어보고 나니까, 사내는 자신이 얼마나 끔찍한 일을 저질렀는지 비로소 마음속 깊이 와닿았다.

사내는 그동안 빈집털이범으로 저질렀던 죄들을 후회했다.

왜 자신은 빈집털이 따위를 했을까? 남의 가정의 평범한 행복들을 왜 그렇게 짓밟았을까?

거기다가 살인까지!

시간을 되돌릴 수만 있다면, 모든 죄를 씻어내고 싶었다.

송정동에서의 그날로 돌아가고만 싶었다. 내 손으로 죽였던 그녀를, 그 남자에게 되돌려주고 싶었다. 용서를 빌고 싶었다.

그럴 수만 있다면 얼마나 좋을까?

그날 그 집에 들어가지 않았다면, 그녀를 죽이지 않았다면…

"!"

일순간, 울먹이던 사내의 얼굴이 굳어갔다. 천천히, 조금씩, 굳어갔다.

"…"

어떤 사실, 어떤 사실에 사내의 눈동자가 떨렸다.

"기억이 나지 않아… 내가 죽인 그 여자의 얼굴이 기억이 나지 않아…"

마치, 홍혜화의 얼굴처럼.

:

"난 죽이지 않았어! 난 죽이지 않았다고!"

침대에 묶인 사내는, 미친 듯이 소리를 질렀다. 온몸으로 악을 쓰며 발악했다.

그러자 곧, 문이 열리며 남자가 나타났다. 사내는 더 크게 발광했다.

"이, 이 새끼! 너 이 새끼!"

남자는 사내에게로 다가가 그를 가만히 내려다보았다.

"…"

"네가 조작했지! 내 기억을 조작했어! 이 씹새끼! 나를 살인범으로 만들어서 복수니 뭐니 떠들어대고!"

남자는 나른한 얼굴로 입맛을 다셨다.

"아, 이런. 재밌었는데. 쩝…"
"야, 이 씨발 새끼야!"

남자는 발광하는 사내를 내려다보며 빙긋 웃었다.

거짓은 참된 고통을 위하여

"아쉽네요. 눈치챌 줄이야… 당신은 폐기해야겠군요."
"이… 이 씨발 새끼야!"

발버둥 치는 사내를 내려다보며, 남자는 주사기를 꺼냈다.
무심한 얼굴로, 사내의 목에 주사기를 꽂는 남자.

"이, 이 씨발!"
"편안히 잠드시길! 이번엔 정말로 독약이랍니다. 하하하."

사내의 얼굴이 달아올랐다. 경직된 근육의 핏줄이 돋아났다.

"너! 너… 이 씹새끼! 너, 이이익! 이 새끼…"

이를 악문 사내의 붉게 충혈된 눈이, 부들부들 떨리는 부릅뜬
그 눈이, 점점 힘이 풀리며 색을 잃어갔다.

"…"

사내는 죽었다. 죽어서도 억울함에 눈을 감지 못할 얼굴로.

⋮
⋮

[저기… 이해가 안 가네요.]

[무엇이 말입니까?]

[첫 번째 복수는 이해됩니다… 똑같은 고통을 느끼게 하는 거요. 그런데, 어차피 마지막에 죽이실 거였는데… 어째서 그의 기억을 지우신 거죠? 자기가 죽인 사람의 얼굴을 기억하지 못하게 하시다니?]

[마지막 죽는 순간까지도 고통을 주기 위해서입니다.]

[네?]

[자신은 아무런 죄도 없는데, 지금 억울하게 고통을 받는 것이다! 이렇게 죽는 게 억울해서 미칠 것 같다! 그런 심정을 느끼게 하고 싶었습니다.]

[아!]

[자신의 죄를 뉘우치고 편안한 안식을 맞이한다? 절대 허락할 수 없습니다… 마지막 죽는 순간까지도 고통을! 1초의 틈도 허락하지 않는 고통을 주고 싶었습니다. 그것이 제 복수입니다.]

거짓은 참된 고통을 위하여

시공간을 넘어, 사람도 죽일 수 있는 마음

"의지만으로 사람을 죽일 수 있다는 거 알아?"

사내의 말은 소년을 실망케 했다.

소년이 그를 어렵게 찾아온 건 살인을 부탁하고 싶어서였지,
이렇게 뜬구름 잡는 이야기를 듣고 싶어서가 아니었다.

"데스노트 알지? 그런 것처럼 네 손을 더럽히지 않고 멀리서
사람을 죽일 수 있어."

"…"

소년은 의자에서 일어났다. 더는 볼일이 없었다.

"네가 정말로 간절하다면, 지푸라기라도 잡는 심정으로 내 얘

기를 들어봐야 하지 않을까?"

"…"

사내의 말은 소년을 떠나지 못하게 했다.

소년이 다시 자리에 앉자, 사내는 빙긋 웃으며 새하얀 종 하나를 꺼내 들었다.

"이 종은 사람의 살의를 형상화할 수 있어. 그것은 시공간을 뛰어넘어 대상의 머리를 터트리지. 어쩌면 너도 뉴스에서 본 적이 있으려나? 미제 사건들…"

"아!"

"물론 간단하지는 않아. 우선은 대상을 정말로 죽이고 싶다는 강력한 마음이 있어야 해! 만약 그런 의지도 없이 어설픈 살의로 이 종을 흔들었다간, 역으로 본인이 목숨을 잃게 돼. 어때? 너는 그런 의지를 확실히 갖고 있다고 자신해? 정말 진심으로 죽이고 싶은 마음이 있어?"

사내의 질문에 소년의 눈이 뜨거워졌다. 소년은 이를 악물고 대답했다.

"제 목숨을 바쳐서라도 그 새끼를 죽이고 싶어요!"

"…"

시공간을 넘어, 사람도 죽일 수 있는 마음

사내의 얼굴이 착잡해졌다. 도대체 무슨 원한이 있길래 이 어린아이가 사람을 죽이고 싶어 한단 말인가?

"무슨 일인지 물어봐도 될까?"
"…"

소년은 굳은 얼굴로 한참을 침묵하다가, 어렵게 입을 열었다.

"우리 누나는 지적장애인이에요…"
"…"
"똑똑하진 못해도 착했어요. 자기도 배고픈데 하루 종일 안 먹고 아껴두었던 빵을 저한테 건네던 누나였어요. 누굴 만나도 헤실헤실 웃으며 좋아하던 착한 누나였어요."
"음…"
"부모님 돌아가시고, 내가 우리 누나 평생 지켜주겠다고 약속했어요. 그랬는데… 그러지 못했어요!"

소년의 눈시울이 붉어졌다.

"사람 좋아하던 우리 누나한테, 누구한테나 착했던 우리 누나한테, 그 새끼가 접근했어요. 자기 집에 가서 친구 하자고… 그 개 같은 새끼가 우리 누날 강간했다고요!"
"으음…"

"우리 누나한테 그랬대요. 말하면 네 동생 죽여버릴 거라고! 집에 가서 아픈 티 내지 말라고!"

소년의 눈에서 눈물이 흘러내렸다.

"바보 같은 우리 누나는 아무 말도 못 했어요. 그렇게 괴로운데도 나 죽을까 봐, 진짜로 내가 죽을까 봐! 매일같이 그 새끼한테 불려가서 당했어요. 그 사람 좋아하던 우리 누나가, 언젠가부터 다른 사람들이랑 눈도 못 마주쳤어요!"

"…"

"우리 집은 부모님도 없고 만만하니까, 나중에는 그 새끼가 아예 우리 누나를 데려가서 성매매도 시켰어요! 뭐라고 한 줄 알아요? 장애인이라 반값만 받는 거라고! 먼저 임신시키기 게임이라고! 당첨되면 우리 누나 팔겠다고! 그 개 같은 새끼가 그랬다고요!"

"저, 저런 씹새끼가!"

"우리 누나가 싫다고 하면 때리고! 말 안 듣는다고 때리고! 감금해놓고 하루 종일 때리고! 그렇게 사람 취급도 안 하고 그러다가! 그러다가 우리 누나가 죽었어요! 그 새끼가 우리 누날 죽였다고요!"

"아…"

"그런데 그 새끼가 뭐라는 줄 알아요? 실수였대요! 우리 누나가 계단에서 미끄러졌대요! 자기가 우리 누나랑 사귀던 사이였

시공간을 넘어, 사람도 죽일 수 있는 마음

대요! 그런데… 그런데! 그런데!"

엉망진창으로 일그러진 소년의 얼굴이 마구 떨렸다.

"그 새끼가 무죄래요… 무죄라잖아요… 우리 누나가 유혹했대요… 우리 누나가 돈 벌고 싶어서 그랬대요… 으윽…"
"…"

사내는 할 말을 잃었다.

"그 새끼, 내 손으로 죽이려 했는데… 그러지 못했어요. 내가 너무 약해서! 내가 형편없이 약해서, 그 새끼를 한 대도 때려보지 못하고!"
"허…"

그제야 사내의 눈에, 소년의 몸에 남아 있는 상처와 구타의 흔적이 보였다.

"그 새끼가 자기한테 고마워하래요. 네 병신 누나는 평생 여자로 살아보지도 못할 거였는데 자기 덕분에 잘 놀다 갔다고! 자기보고 고맙다고 절을 할 거래요!"
"이, 이런!"

그는 인정했다. 소년의 살인 의지는 확고했다.

"그래, 내가 너라도 그 새끼는 꼭 죽이고 싶을 거다."

사내는 진지한 얼굴로 소년을 바라보았다.

"하지만 간단하지가 않아… 아까 말했지? 역으로 네 목숨이 위험할 수도 있다고. 이 종은 결국, 마음의 싸움이거든. 네가 그 새끼를 죽이고 싶어 하는 마음과 그 새끼가 살고 싶어 하는 마음의 싸움 말이야."
"저는 정말 그 새끼를 죽이고 싶다고요!"

소년이 눈에 불을 켜고 말하자, 사내는 소년을 진정시켰다.

"네가 진심인 거 다 알아. 하지만 그 새끼가 살고 싶어 하는 마음도 너만큼 강력할 거야. 오히려 그런 새끼들일수록 더 악착같지. 게다가 더 큰 문제는… 이게 개인전이 아니라는 거야."
"무슨 말이에요?"

사내는 안타깝다는 얼굴로 작게 한숨을 내쉬었다.

"사람의 마음이란 건 복잡하고 관계적이라… 그런 새끼의 목숨도 누군가에겐 소중하다는 거지. 가령 그 새끼의 부모님이나

시공간을 넘어. 사람도 죽일 수 있는 마음

친구들 같은… 그 새끼가 죽는 걸 원하지 않는 사람이 주변에 많을수록 네가 불리해."

"하지만!"

"너는 어때? 너처럼 그 새끼가 죽기를 원하는 사람이 네 주변에 많니? 너는 네 편을 많이 가지고 있어?"

소년의 얼굴이 일그러졌다.

"없어요… 우리 할머니뿐이에요… 동네 사람들도, 어른들도, 경찰들도! 이 더러운 세상에 제 편은 없다고요!"

"아…"

사내는 탄식을 하며 고개를 흔들었다.

"그렇다면 안 돼. 종을 흔들어봤자 너만 개죽음당할 뿐이야. 고슴도치도 제 자식은 예뻐한다고, 그 새끼의 부모는 분명 그 새끼가 죽는 걸 원하지 않을 거라고. 그것만으로도 네가 질 거야."

소년의 얼굴이 절망적으로 변했다. 사내는 미안해졌다.

"네 사정은 안타깝지만… 네 편이 너무 없구나. 솔직히 말하면 나도 네 얘기를 듣고 그 새끼를 죽이고 싶었지만… 그래도 안 될 거야. 미안하다. 괜한 기대를 하게 했구나."

"..."

소년은 힘없이 고개를 숙였다. 그것이 사내를 더 미안하게 했다.

"엇!"

소년의 손이 번개처럼 종을 낚아채 갔다.
놀란 사내가 말릴 새도 없이, 소년은 힘껏 종을 흔들었다.

쩽!

"아, 안 돼!"

소년의 눈이 하얗게 뒤집어지더니, 바닥으로 쓰러졌다.
사내는 급히 종을 빼앗아 들며 빌었다.

제발! 그 새끼가 살기를 바라는 사람들이 없기를! 부모에게 버림받고, 친구들에게 미움받는 새끼이기를!

하지만, 사내는 탄식했다.

"아."

시공간을 넘어, 사람도 죽일 수 있는 마음

종을 통해 전해지는 그 새끼의 편은 모두 다섯 명이었다. 다섯이나 되는 사람들이 그 새끼의 죽음을 원치 않았다.

사내는 쓰러진 소년을 안타까운 얼굴로 바라보았다.

왜 이 불쌍한 소년이 죽어야 하는가? 왜 그 쓰레기 같은 새끼가 아닌 이 불쌍한 남매가 목숨을 잃어야 하는가?

"하아…"

안타까운 마음에 한숨을 내쉰 사내는, 차마 소년의 머리가 터지는 걸 볼 수 없어 눈을 감았다.

"으… 아저씨?"

"!"

소년의 정신이 돌아왔다.

"어, 어떻게?"

"그 새끼… 그 새끼 죽었어요?"

놀란 얼굴의 사내가 곧, 눈을 부릅떴다.

"그, 그래! 그 새끼가 죽었구나! 그 새끼가 죽었어!"

"아… 아아!"

격정에 사로잡힌 소년이 눈물을 흘렸다. 서럽게 눈물을 쏟아내며 누이의 이름을 불렀다.

"…"

사내는 복잡한 얼굴로 그 모습을 바라보았다. 소년이 마음껏 울도록 내버려두었다. 소년의 마음에 상처가 아무는 날이 오기를 바라며.

후에 소년은 물었다.

"그런데 왜 제가 아닌 그 새끼가 죽게 된 거죠? 그 새끼의 편이 더 많았다고 했잖아요?"
"…"

사내는 먼 곳을 바라보며 운을 띄웠다.

"마음이란 것은 참 복잡하단다. 만져지지도 않고 보이지도 않지만, 참 복잡한 것이란다…"
"예?"
"그 새끼를 살리고 싶어 한 사람은 다섯 명이었지. 하지만, 그 새끼가 죽었으면 좋겠다고 생각한 사람은 수백 명이 넘었어."
"네? 그런 사람들이 있었다고요?"

사내는 먼 곳을 바라보았다.

"아주 많았단다. 저런 새끼는 죽었으면 좋겠다고 생각했던 사
람들이, 아주 많았단다."
"그들이 누군데요?"
"그들은 지금도 보고 있단다. 그래, 보고 있지."

사내는 먼 곳을 바라보았다. 사내는, 당신을 바라보았다.

자랑하고 싶어 미치겠어

[대국민 오디션 〈울트라 스타K〉! 마지막 결승전 진출자는! 예, 그렇습니다, 김소녀 양입니다!]

[와!]

"좋았어!"

태어나 처음으로 문자 투표를 해봤다.

〈울트라 스타K〉. 거짓말 좀 보태서 전 국민이 다 보고 있다고 할 정도로 인기 절정의 오디션 프로그램이다.

그곳에서 참가자 김소녀를 보았다. 처음엔 긴가민가했다. 하지만 회를 거듭할수록 확신하게 되었다. 그 김소녀가 맞았다.

그녀는 정말 대단했다. 첫 등장부터 강력한 우승 후보로 점쳐졌고, 오디션 중반을 넘어서부터는 사실상 우승이 확정되었단

평을 들었다.

그녀의 팬카페 회원 수는 순식간에 100만 명을 넘어섰고, 일거수일투족이 뉴스거리가 되었으며, 프로그램이 끝나기도 전인데 벌써 CF 계약들이 완료되어 있다는 소문들이 돌았다.

김소녀는 데뷔도 하기 전에 최고의 인기 스타였다.

그녀가 유명해질수록, 대단해질수록, 모두의 사랑을 받게 될수록, 나는 희열에 떨었다. 하루하루가 짜릿했다.

불만투성이였던 내 삶은, 그녀가 그 김소녀인 것을 확신하게 된 이후부터 몹시 즐거워졌다.

김소녀. 그녀는 내가 반년 전 강간했던 그 김소녀였으니까.

⋮

"어제 김소녀 봤냐? 와~ 진짜, 완전 예쁘지 않냐?"

"아야야, 노래 부르면서 중간에 윙크하는 거 봤지? 크~ 완전 죽음이야! 나 어제 온종일 돌려 봤잖아!"

친구들과의 술자리, 온통 김소녀 얘기뿐이다.

"아~ 진짜 김소녀랑 악수 한번 해보고 싶다. 그럼 평생 손 안 닦을 텐데."

"악수는 무슨! 그냥 멀리서 실제로 보기라도 해봤으면 좋겠다."

고작 악수? 흐흐. 나는 너희들이 상상도 못 하는 일들을 다 해봤는데 말이야.

나는 이 순간이 정말정말정말 기분 좋다. 좋은 대학, 좋은 직업, 좋은 집안, 여자 친구.
항상 나보다 잘났다고 떠드는 이놈들의 머리 꼭대기에 올라와 있는 듯한 이 우월한 기분! 구름 위를 걷는 기분이란 이런 것일까? 이런 것이 행복일까? 하하하.

"야야, 특히 김소녀 피부가 완전 장난 아니지 않냐? 완전히 아기 피부야!"

이 말에는 도저히 참을 수 없어 그만, 끼어들고 말았다.

"김소녀? 피부 좋지~ 피부 참 좋아~ 암, 좋지~~ 흐흐흐흐."
"이 새끼는 갑자기 왜 변태처럼 실실 웃으대?"
"김소녀 피부 정말 좋다고~ 으하하하."

아~ 이 짜릿함! 이 감정이 요즘의 나를 살게 한다. 황홀해!

자랑하고 싶어 미치겠어

．
．
．

　매일매일 정말 일하러 나가기가 싫었다. 바로 이 김 부장 때문에.

　"아~ 진짜, 도대체 몇 번을 말해야 알아듣냐! 돌대가리야? 든
게 없어? 아유, 너 같은 걸 데리고 일을 한다, 일을 해!"
　"죄송합니다…"

　그동안 김 부장의 이 잔소리를 들으며 속으로 얼마나 욕을 했
던가. 미안하다, 김 부장. 내가 사과하지. 하하하.

　"저~ 부장님, 이번 결승전에도 김소녀 보러 직접 방청 가십니
까?"
　"응? 당연하지! 인마, 내가 김소녀 팬카페 부매니저인데 당연
히 가야지!"

　김소녀 이름 한마디에 아주 함박웃음이로구나!

　"김소녀, 직접 보니까 어때요?"
　"진짜 예뻐! 준결승 무대 올라가기 전에, 우리 김소녀 님이 팬
클럽 쪽으로 손을 흔들어줬다니까? 완전 부럽지?"
　"와~ 정말 좋으셨겠네요~ 흐흐흐흐."

나는 다른 걸 흔들어줬는데 말이야? 하하하하.

"난 우리 김소녀 님이 얼굴도 예쁘지만, 마음이 순수해서 좋아! 아직 첫키스도 못 해봤다잖아!"

푸하핫! 아~ 이건 도저히 참을 수 없다. 뭐, 첫키스도 못 해봤다고? 푸하하하하! 아이고, 김소녀야~

"아이고~ 그럼요~ 남자 손도 못 잡아봤을걸요~ 김소녀는."
"그렇지? 그렇지? 아이고~ 이제 오디션 끝나면, 남자 연예인들이 마구 대시해댈 텐데, 우리 순진한 김소녀 님, 어쩌지."

어쩌긴, 김 부장! 이미 내가 다 잘~ 가르쳐놓았답니다! 남자를 어떻게 대해야 하는지 확실하게 알 거요~ ㅎㅎㅎㅎ!

．
．
．

[대국민 오디션 〈울트라 스타K〉! 대망의 우승자는! 예, 김소녀 양입니다!]
[우아아아!]

"어머머머! 여보, 역시 김소녀가 우승했어!"
"당연한 거지! 아이고~ 쟤네 부모는 좋겠네~ 딸 잘 둬서 팔

자랑하고 싶어 미치겠어

자 피겠어! 저런 딸을 하나 낳았어야 했는데!"

저런 딸이요? 만약 그날 김소녀가 임신을 했었다면, 아버지 소원대로 그런 손녀가 태어났을 수도 있었을 텐데. 하하하.

"안 되면 저런 며느리라도 있었으면 좋았을 것을… 넌 여자 친구 없냐?"
"예, 뭐… 없네요."
"넌 어떻게 된 애가 연애 한번 안 하냐? 김소녀는 바라지도 않는다, 김소녀 발끝만 닮은 여자애라도 좋으니 한 번만 데려와 봐라."
"흐흐흐. 김소녀는 왜 안 돼요? 김소녀 정도야 뭐, 저도 얼마든지…"
"웃기고 있네, 자식이! 네까짓 놈이 무슨 김소녀를, 뭐 인마?"

하하하, 아버지! 아버지가 평생 무시하시던 저까짓 놈이, 그 김소녀를 발아래 깔아봤답니다! 마음대로 가지고 놀아봤단 말입니다~ 하하하하하.

:
:

"와~ 대박! 김소녀, 이번에 영화 주연 한다던데? 그것도 공 감독 영화야!"

"뭐야? 지금도 드라마 찍는다고 바쁘잖아! 영화까지 한다고?"

"와~ 김소녀, 진짜 바쁘겠다~ 남자 만날 시간도 없겠는데?"

그래서 내가 선견지명을 발휘해 미리 남자 경험을 시켜줬단다, 얘들아! 흐흐흐흐!

"김소녀, 진짜 어디까지 올라가는 거야? 이미 톱클래스 아냐?"

"지금 드라마도 벌써 중국에서 대박 났다잖아!"

"야야야, 들어봐. 이건 소문인데… 중국에서 김소녀한테 가슴 윗부분까지만 노출해주면 100억을 준다고 했다더라."

"우아~ 100억? 하긴~ 김소녀 가슴이면 그 정도 값을 해야지~"

으하하하. 내가 100억짜리 가슴을 물고 빨았구나! 흐흐흐흐!

술자리가 너무 즐겁다. 그냥 애들이 떠드는 얘기만 듣고 있어도 입이 씰룩쌜룩 웃음이 나온다.

아~ 진짜 미치겠다! 자랑하고 싶어 미치겠어! 너희들이 그렇게 선망하는 그 김소녀의 가슴이 어떻게 생겼는지! 엉덩이가 어떻게 생겼는지! 어떤 소리를 내는지!

아~ 도저히 참을 수 없어! 한마디만 해야겠다.

"야~ 너희 김소녀 너무 좋아하지 마! 김소녀 별거 아냐!"

"이건 무슨 개소리야? 김소녀가 뭐 별거 아니야! 완전 대세 구먼!"

"지금 김소녀 머리카락 한 가닥이 중고나라에서 10만 원에 거래되고 있는 판국에 무슨!"

오~ 그럼 다른 털은? 몇 가닥 뽑아둘 걸 그랬나~ 흐흐!

"그래 봤자 김소녀 개도 그냥 여자일 뿐이야. 그냥 여자."

"아니거든! 김소녀는 여신이거든!"

"아~ 이 새끼, 너 김소녀 안티냐? 어디 감히 신성한 김소녀 님을!"

아이고~ 얘들아! 너희들을 정말 어떡하니! 아~ 정말 말해주고 싶어서 미치겠구나!

:
:

"아~ 김소녀 단발머리 한 거 진짜 예뻐! 아~ 김소녀."

"진짜 김소녀, 딱 한 번만 보고 싶다! 한 번만 보면 소원이 없 겠다…"

아, 정말 미칠 것 같다! 아~ 진짜! 너희가 말하는 그 김소녀를 내가 어쨌는지 아니!

"김소녀 몸매, 진짜 와…"
"야, 이번에 화보에서 몸매 진짜…"

너희들이 찬양하는 그 김소녀랑 내가 잤다고! 아, 미치겠네 진짜! 자랑하고 싶어죽겠어!

"야, 장배우가 이번에 김소녀랑 키스했잖아! 와~ 그 새끼 진짜 무슨 복이냐?"
"걔는 출연료 받으면 안 돼! 아~ 진짜 부럽다."

아, 진짜 미치겠어! 아우, 답답해! 그 김소녀를, 응? 키스뿐만이 아니라, 내가! 응! 아~ 미치겠네!

"야, 솔직히 김소녀랑 한 번… 잘 수만 있다면 난 내일 당장 죽어도 좋아! 히히히."
"야! 네까짓 놈 목숨 100개를 줘도 못 자!"

아~ 미치겠네, 진짜! 아~ 진짜!

"아~ 근데 나도 진짜 김소녀 같은 애랑 한 번만 자보고 싶다!"
"나도 나도!"

자랑하고 싶어 미치겠어

"아서라, 새끼들아! 꿈도 못 꿀 얘기들 하고 있네. 큭크크크. 너희들은 다시 태어나도 안 돼!"

아~ 정말 도저히 참을 수 없어! 아~ 진짜 도저히 참을 수 없어! 진짜 더는 못 참아!

"야, 얘들아. 나 사실… 그 김소녀랑 자봤어. 히히히히."
"뭐라고?"
"얘 뭐라는 거냐?"
"나 사실 김소녀랑 자봤다고… 으히히히."
"돌아이 자식이, 지금 무슨 헛소리야? 술 취했으면 그냥 잠이나 자!"
"아~ 새끼, 방금 꿈꿨냐? 푸하하하!"
"나 진짜 자봤다니까? 내가 김소녀 가슴도 주무르고 엉덩이도 주무르고 다~ 해봤다니까!"
"이 새끼가, 진짜! 너 그러다 김소녀 팬클럽한테 돌 맞아 뒈져!"
"아, 답답하네! 진짜라니까!"
"네가 무슨 김소녀를, 짜샤! 네까짓 게 어떻게 김소녀랑 자!"

아~ 미치겠네, 진짜!

"진짜라니까! 작년에! 우리 동네 놀이터에서! 어! 밤에 걔가

지나가는 거 내가 숨어 있다가 덮쳐서! 어!"

"어, 그래?"
"말했네?"
"말했어."
"말했다."
"말했군."
"말했어."
"말했지?"

"뭐, 뭐야?"

"말했구나."
"말했니?"
"말했어."
"말했다."
"말했어."
"말했다!"
"말했군."

"뭐야. 엄마? 아빠? 부장님? 대리님? 너, 너희들… 뭐야! 이게
뭐야! 이게 뭐야!"

자랑하고 싶어 미치겠어

아!

"헉! 허억…허억…허억…"

뭐야, 어디? 아! 아아! 여, 여기는! 그렇다면 나는!

[피의자 이범인. 가상현실 테스트를 종료합니다.]

아… 씨발!

:
:

"존경하는 재판장님, 피고인 이범인의 가상현실 자백 파일을 증거로 제출합니다."

저 빌어먹을 놈의 검사 새끼!

"흠흠. 영상 감시관? 이 가상현실 속에서 조작된 기억의 주입이나, 강압적인 자백 요구 상황이 있었습니까?"
"감시 결과 기억의 조작이나 강압적인 상황은 전혀 없었고, 100퍼센트 피의자의 자의로, 자발적인 자백이 이루어진 걸 확인했습니다!"
"좋아요. 증거 인정합니다."

망할 망할 망할 망할 망할!

"본 법정은 피의자 이범인에게 징역 8년을 선고합니다."

뭐? 8년?

"자, 잠깐! 왜 8년이나 됩니까! 내가 무슨 슈퍼스타 김소녀를 강간한 것도 아니고, 고작 저런 애를 그냥 강간한 건데!"
"저 씨발 새끼가!"
"여보! 참아요! 여보!"

흥! 너희가 그렇게 째려보든 말든! 대한민국에서 성폭행 형량이 무슨 8년씩이나 되냐고!

"저딴 새끼가 왜 고작 8년입니까! 우리 딸이 지금 어떤데! 저 딴 새끼의 형이 왜 고작 8년밖에 안 됩니까!"
"뭐요, 아저씨! 8년이 얼마나 긴데! 이봐요, 아저씨! 군대도 2년이에요, 아저씨!"
"야, 이 씨발 새끼야!"

흥! 내가 진짜 슈퍼스타 김소녀를 강간한 거면 억울하지나 않지! 고작 저런 년을 강간하고 8년? 하!

자랑하고 싶어 미치겠어

응? 아! 그러면 그렇지~ 정정하려나 보네? 재판장이 다시 말하는군. 맞아, 아직 망치도 안 두들겼지?

"법을 바꿀 수 없어, 8년을 선고할 수밖에 없었습니다. 본 법정은 피고인 이범인에게 징역 8년을 선고합니다… 추가로!
피고인 이범인에게 '가상현실 지옥'에서의 8천 년 봉사를 선고합니다."

"뭐?"

땅. 땅. 땅.

죽음을 앞둔 노인의 친자 확인

"두렵군요…"

노인의 표정은 어렵다. 정말 말 그대로 두려운 것인지, 혹은
그냥 하는 말인지, 얼굴만 봐서는 알 수가 없다.
　하지만 나는 노인이 정말로 두려워하고 있다고 판단했다.

병원 침대에 누워 죽을 날만 기다리고 있었기 때문에? 아니다.
내가 그에게 가져다줄 한 장의 서류 때문이었다.

"친자 확인 결과가 나왔습니다."
"…"

노인은 내 손에 들린 서류를 뚫어져라 바라보았지만, 선뜻 손

을 내밀지는 않았다.

나도 서류를 내밀지 않았다.

지독한 약물치료로 비쩍 마른 노인의 몰골에 자꾸만 행동이 조심스러워졌다.

심부름센터 일을 하면서 수많은 고객을 만났지만, 죽음을 앞둔 고객은 처음이었다.

죽기 전에 친자 확인 검사를 하는 사람의 심정은 어떨까?

나는 노인의 사연이 궁금했다. 당장 서류를 건네고 돌아가면 그만인 것을, 이렇게 기다리는 것이 그 증거였다.

그걸 아는지, 노인은 마침 입을 열었다.

"궁금하십니까? 이런 죽기 직전의 늙은이가 왜 친자 확인을 하는지."

"솔직히 그렇습니다."

노인은 얼핏 웃음 같은 걸 보이더니, 이렇게 말했다.

"죽을 때가 되니까 이런 생각이 듭디다. 죽기 전이라면 알아도 괜찮지 않을까?"

무슨 일인지 모르지만, 나는 고개를 끄덕였다. 죽기 전이라면 뭐든 괜찮지 않겠는가?

"40년 전에… 애 엄마는 성폭행으로 생긴 아이를 낳을 순 없다며, 아이를 지우려 했습니다."

"아!"

"누구의 애인지 확신할 수 없다는 이유였지요… 저는 반대했습니다. 적어도 당신의 아이인 건 확실하니 꼭 낳아야 한다고 설득했습니다. 그렇게 아들이 태어나고 지난 40년간… 저는 철석같이 그 아이를 제 아이라 믿었습니다. 아닐 수도 있다는 생각이 떠오를 때마다, 그런 생각을 해선 안 된다며 스스로를 다잡았습니다."

나는 단숨에 노인이 안타까워졌다. 그의 40년이 어땠을지 눈앞에 저절로 그려졌다.

"하지만 힘들었습니다… 커갈수록 저를 닮지 않는 아이를 볼 때마다, 가슴속에서 불쑥불쑥 악마가 나타나 속삭였습니다. 저애는 네 아들이 아니라고! 너는 헛짓을 하고 있다고!"

"…"

"그래도 저는 저를 다잡았습니다. 엄마를 많이 닮아서 그럴 것이다, 혈액형도 엄마를 따른 것이다, 찾아보면 어디 하나라도 나를 닮았을 것이다… 그런 마음으로 아이를 사랑했습니다. 일부러 제 것과 똑같은 옷과 신발을 선물하고, 헤어스타일도 똑같이 맞췄습니다. 누굴 만나더라도 아들 사진을 보여주면서 내 아들이라며 자랑하고 다녔습니다. 저는 그렇게 제 안에 있는 악마를

죽음을 앞둔 노인의 친자 확인

죽이고, 40년간 그 애가 제 아들이라 믿고 살아왔습니다."

점점 격해지는 노인의 목소리엔, 지난 40년의 세월이 고스란히 녹아 있었다.

"그런데 죽을 때가 되니, 이런 생각이 들었습니다. 죽기 전에는 확인해봐도 괜찮지 않을까?"

"…"

"이런 제가 쓰레기인 겁니까? 이제 와서 그걸 확인하려는 제가 나쁜 아버지인 겁니까?"

"아! 아니, 아니요. 아닙니다. 저라도… 음…"

나는 무슨 말을 해야 할지 알 수 없었다. 어떤 말도 쉽게 꺼낼 수가 없었다.

그사이 노인은 고개를 흔들었다.

"결과는 상관없습니다. 만약 내 친자가 아니라고 해도, 그게 무슨 상관이겠습니까?"

"예. 예, 그렇죠. 예."

"저는 다만… 궁금할 뿐입니다. TV 드라마의 결말이 궁금하듯이, 야구 경기의 결과가 궁금하듯이, 그렇게 궁금할 뿐입니다. 그 서류 안의 결과는 제게 아무런 영향도 주지 않을 겁니다. 이대로 확인하지 않아도 상관없습니다. 저는 단지, 단순한 호기심을 채우고 싶을 뿐입니다."

노인은 스스로에게 변명이라도 하듯이 주절거렸다. 나는 그런 노인을 보며 크게 호응했다.

"예, 그렇죠. 이 서류를 확인한다고 아들을 배신하는 게 아닙니다. 손가락질당할 행동도 아니고요. 그냥 단순히 궁금증을 풀어보는, 대수롭지 않은 일일 뿐입니다."
"…"

노인은 입을 다물고 서류를 바라보았다. 나는 더 말하지 않고 가만히 기다려주었다.
노인의 얼굴에서 나는 노인의 첫말을 떠올렸다. 두렵다. 노인은 지금 두렵다.

"…"

곧, 노인은 나를 바라보며 말했다.

"저 대신 좀… 봐주시겠습니까? 제 눈은 지금, 글자 하나도 제대로 읽지 못할 지경입니다."
"…예, 알겠습니다."

죽음을 앞둔 노인의 친자 확인

나는 노인 대신 서류 봉투를 열었다. 급하게 확인하진 않았다. 나로서도 떨리는 일이었다.

노인의 시선은 내게 집중되어 있었다.

내가 담배꽁초와 머리카락이 담긴 지퍼백을 꺼내어 옆에 두는 모습, 서류만 빼내고 봉투를 내려놓는 모습, 친자 확인서를 한 장 한 장 넘기며 확인하는 모습을, 노인은 숨도 안 쉬는 것처럼 뚫어지게 바라보았다.

"…"

나는 곧, 입꼬리를 올렸다.

"99.9퍼센트입니다."

"그건?"

"선생님의 친자식이 맞습니다."

"아! 아… 아아아아!"

노인의 눈시울이 순식간에 붉어졌다. 금세 눈물을 흘리며, 누구에게 하는 것인지 모를 감사 인사를 연신 되뇌었다.

"감사합니다… 감사합니다… 감사합니다… "

나는 축하드린다는 말을 하려다, 말았다. 당연한 일이니까. 노인의 40년 세월에 걸맞는 당연한 결과였을 뿐이니까.

그 대신, 고개 숙여 인사드렸다.

"그럼 전… 쉬십시오."

"아! 고맙습니다!"

나는 빙긋 웃어 보이며, 발을 돌려 병실을 나섰다.

손에 서류를 들고서.

"…"

나는 서류를 잘게 찢으며 생각했다.

이게 잘하는 짓일까? 일개 심부름센터의 직원이 해도 될 행위였을까? 옳은 행동이었을까? 진실을 알려주는 게 맞았을까?

판단할 순 없었지만, 후회는 없었다. 노인의 40년 세월은 보답받아야만 했다. 비록 그 보답이 거짓일지라도…

하지만 서류를 찢어버린 건 후회해야 했다. 그날 저녁, 노인이 내게 전화한 것이다.

나는 거짓말을 들킬까 봐 두근거렸지만, 다행히도 서류를 다시 확인해보자는 말은 아니었다.

죽음을 앞둔 노인의 친자 확인

[…부탁드립니다.]

"예예. 얼마든지요."

노인은 아들에게 친자 확인서를 보여주길 원했다. 그렇다면 아들에게 상황을 설명해야 하리라. 노인이 임종을 앞두고 있으니 그도 내 거짓말에 맞춰주겠지.

나는 새로 발급한 서류를 들고, 노인이 말해준 주소로 찾아가 벨을 눌렀다.
문을 열고 나온 사내는 확실히, 노인과 닮지 않아서 나를 쓸쓸하게 했다.

"김남우 씨?"
"예. 무슨 일이시죠?"
"아버님께서 이걸 전해달라고 하셨습니다."
"네?"

그는 어리둥절한 얼굴로 서류를 열어보더니, 얼굴이 딱딱하게 굳었다.

"야! 너 이 새끼! 뭐 하는 새끼야! 이걸 왜 검사했어, 이 새끼야!"

"허락 없이 검사한 건 죄송합니다만, 아버님의 요청으로…"

나는 변명을 끝낼 수 없었다. 그의 입에서 나온 다음 말이 나를 멍청하게 만들었다.

"누가 아버지래! 그 강간범 새끼가 왜 내 아버지야!"

일순, 머리가 돌아가지 않았다. 무슨 소리지? 무슨 소리야? 무슨 말이야?

"그 미친 새끼! 평생 우리 가족을 괴롭히더니, 이따위 짓거리를 해? 어딨어, 그 새끼! 어? 어딨냐고! 이젠 진짜 죽여버릴 거야, 그 새끼!"

"무슨 일인데 그러니?"
"왜 그러냐?"

그의 등 뒤로 노부부가 다가왔다. 가족. 완벽한 가족.

그럼 병실의 노인은? 내게 했던 그 말들은? 그 눈물은? 40년 전의 성폭행범은 그럼?

"아… 아아!"

죽음을 앞둔 노인의 친자 확인

내가 무슨 짓을 저지른 걸까? 40년간 미친 망상에 사로잡혀 있던 사이코에게, 나는 뭐라고 말을 해주었단 말인가?

서둘러 병실에 찾아갔으나, 그는 이미 죽어 있었다.

내 덕택에, 역시 자신의 친아들이 맞았다는 증명을 받고서, 자신의 인생이 옳았다는 증명을 받고서, 편안한 안식에 들어 있었다.

어마어마한 죄책감이 나를 감쌌다. 나는 후회했다. 내가 만약 진실을 말했다면. 적어도 그랬다면…

사이코패스 죽이기

[엄지손가락 연쇄살인의 네 번째 희생자가 발생했습니다. 네 번째 피해자 최 모 양도 다른 피해자들처럼 왼쪽 엄지손가락이 절단된 채로 발견되었는데, 이번에도 역시 엄지손가락 자리에 조화가 꽂혀 있었습니다. 그 살해 수법 역시 다른 세 건의 사건과 똑같아, 경찰은 같은 범인의 소행으로…]

최무정은 홀로 자신의 방 침대에 걸터앉아, 딸과 함께 찍은 사진을 바라보고 있었다. 밝게 미소 지으며 팔짱을 낀 딸과, 그런 딸에게 한쪽 팔을 붙잡히고도 무뚝뚝해 보이는 본인의 모습.

[최 기자, 딸아이 일은 정말 유감이야. 딴 사람도 아니고, 최 기자 딸이 연쇄살인 피해자가 될 줄은 정말! 휴, 힘내게. 근데… 이런 말 하기는 좀 그렇지만, 인터뷰는 언제쯤 가능할까? 내가 계속 이 사건 취

연예부 전문 기자 최무정 기자. 그의 딸이 서울을 떠들썩하게 만든 엄지손가락 살인 사건의 네 번째 피해자가 되고 말았다.

최무정은 사진 속 딸의 얼굴을 엄지손가락으로 한 번 쓸었다. 딸의 죽음이 믿기지 않는 얼굴이었다.

그렇다. 최무정은 도저히 믿을 수가 없었다. 정말 조금도 이해할 수 없었다.

왜? 왜 내 딸이? 어째서? 어떻게?

최무정은, 허리를 숙여 침대 밑에서 작은 상자 하나를 꺼냈다.

그는 상자를 무릎 위에 올린 뒤 뚜껑을 열어보고는 작게 고개를 흔들었다. 역시, 이해할 수가 없었다.

상자 안에 엄지손가락은 세 개밖에 없는데 말이다.

엄지손가락 연쇄살인의 진범인 최무정. 그는 사건의 네 번째 피해자가 자신의 딸이란 것이 도무지 이해되지 않았다.

최무정은 잘린 엄지손가락들을 바라보며 생각을 정리했다.

누군가 내가 범인이란 것을 알아냈다. 그 누군가는 법의 심판 대신 다른 선택을 했다. 내게 가족을 잃은 아픔을 똑같이 안겨주려 했다. 그게 누굴까? 아마, 이 엄지손가락들의 주인과 연관되어 있을 것이다.

생각을 정리한 최무정은 상자를 닫아 침대 밑에 넣고, 핸드폰을 꺼내 동료에게 전화를 걸었다.

"김 기자."

[어, 최 기자! 좀 어때? 괜찮아졌어?]

"엄지손가락 연쇄살인 사건에 대해 조사한 것들, 모조리 준비해줘. 나도… 그 사건을 취재해야겠으니까."

최무정의 눈이 차갑게 가라앉았다.

:
:

"후."

작게 숨을 고른 최무정은 자신이 걸어온 높은 계단들을 돌아보았다. 경사진 산동네에서도 제일 높은 곳. 아무렇게나 시멘트를 바른 계단에서부터 가난이 느껴졌다.

군데군데 녹이 슨 파란 철문 앞에서 수첩을 꺼내 확인하는 최무정.

첫 번째 피해자 장진주. 할아버지와 단둘이 삶.

사이코패스 죽이기

최 기자는 낡은 철문을 바라보다, 전선이 노출된 둥근 벨을 눌렀다.

빽!

큰 기계음이 울리고 잠시 뒤,

"뉘시오?"

백발의 노인이 끼이익 철문을 열었다.

"안녕하십니까? 최무정 기자라고 합니다."

최무정은 인사를 하며 노인의 얼굴에 집중했다. 중요한 순간이었다. 자신을 본 노인이 어떤 표정을 짓는지, 미세한 표정 변화를 잡아야만 했다. 과연 이 노인이 내 딸을 죽였을까?

"…"

한데, 긴 세월을 보낸 노인의 얼굴은 무심했다. 숨소리가 들리지 않았다면, 동상이라 해도 믿을 만큼의 정적이었다.

"인터뷰 안 합니다."

노인은 그대로 돌아섰다. 그때, 최무정의 입이 열렸다.

"제 딸이… 이번에 네 번째로 엄지손가락이 잘렸습니다."

멈칫하며 다시 돌아선 노인은, 가만히 최무정을 바라보았다.

"…들어오시구려."

.
.
.

허름한 방 안에서 노인과 마주 앉은 최무정. 쿨피스가 담긴 컵을 만지작거리며 주변을 둘러보았다. 살림살이가 별로 없는 방은 모든 것이 옛날 느낌을 풍겼다. 손잡이가 어긋난 서랍장, 브라운관 TV, 전기장판 위에 펼쳐진 솜이불, 해진 벽지. 그 모든 것이 눈앞의 노인을 닮아 있었다. 노인과 함께 늙었고, 노인과 함께 이곳에서 생을 마감할 것 같았다.

"그래, 나도 뉴스를 보았지. 네 번째 희생자가 중학생이라더니… 쯧."

노인의 얼굴은 안타까운 빛을 띠고 있었다. 최무정은 작게 고개를 끄덕였다.

"예… 제 딸입니다."

"그 염병할 놈을 잡아 죽여야 하는데…백번 죽여도 모자랄 놈을… 어휴."

노인은 분노했지만, 한숨을 내쉬는 모습이 무기력해 보였다. 최무정은 가만히 그 모습을 살피다가, 노인에게 물었다.

"손녀분의 사건에 대해… 얼마나 알고 계십니까? 그날 진주 양이 어쩌다, 어떻게 살해당했는지, 혹 뭔가 신경 쓰이는 일이 있었다던지…"

"그건 왜?"

노인은 인상을 찌푸렸다. 최무정은 담담히 답했다.

"저는 그놈을 잡을 생각입니다. 제 딸을 죽인 범인을, 제 손으로 잡을 생각입니다. 뭐든지 좋으니, 알려주십시오."

"…"

노인은 최무정의 얼굴을 가만히 바라보다가, 고개를 끄덕거리며 무겁게 입을 열었다.

"그날 저녁… 진주는 레슨을 받으러 가는 길이었어."

"레슨이요?"

"보컬 레슨… 비싼 레슨이었지. 내가 돈이 있었으면 보탰을 텐데, 그러지도 못하고…"

"예에…"

"우리 진주는 가수가 꿈이었거든. 정말 노래를 잘했어. 이런 집에서 태어나지만 않았어도, 분명 TV에 나오는 가수가 되어 있었을 거야… 목소리가 정말로 예뻤거든."

"…"

최무정은 그날 밤을 회상했다. 살려달라며 울먹이던 여자아이의 목소리를 떠올렸다.

"잠깐만."

노인은 서랍장 위에서 카세트 플레이어를 가져와, 재생 버튼을 눌렀다.

여자아이의 노랫소리가 녹음되어 있었다.

"어때? 정말 잘 부르지?"

노인의 눈시울이 붉어졌다.

"…네."

"내가 해줄 수 있는 게 없어서… 살아 있을 때 아무것도 못 해

사이코패스 죽이기

줘서, 내가 그게 너무 미안해… 부모 없이 힘들게 자란 우리 진주, 아무것도 못 해보고, 새벽부터 일어나 온종일 여기저기서 일만 하다가 그렇게 갔어… 남들처럼 놀지도 못하고 하고 싶은 것도 못 해보고, 그렇게 갔네. 불쌍해서 어떡하나? 내가 참 미안해서 어떡하나…"

"…"

최무정은 노래가 나오는 카세트에 눈을 고정한 채 침묵했다. 노래가 끝난 뒤에도 얼마간.

"…혹시, 다른 단서는 없으신 건가요?"
"으음… 그래, 없네…"
"알겠습니다… 감사합니다. 다음에 또 들르겠습니다."

최무정은 자리를 털고 일어났다. 이 노인은 아니라고 판단했다. 자신의 딸을 죽이기에는 노인은 너무 허약했다.

"그래… 잘되길 바라네…"

노인은 굳이 일어나 배웅하지 않았고, 최무정도 가볍게 묵례 후 방문을 열고 나섰다.

끼이익.

녹슨 철문을 열고 밖으로 나간 최무정. 그는 문을 닫지 않고 우뚝 멈춰 서 마당을 바라보았다.

그의 시선 끝에, 쇠로 된 아령이 보였다. 최근에도 사용한 것처럼 깨끗한 상태의 아령이.

"…"

최무정은 묘한 표정을 지으며, 천천히 철문을 닫았다.

:
:

[정상영업합니다!]

최무정은 국밥집 앞에 커다랗게 붙은 현수막을 보고 있었다. 두 번째 희생자, 홍혜화의 부모가 운영하는 식당이었다.

외동딸을 잃은 부부였다. 최무정은 이 부부가 가게 문을 닫고 두문불출할 줄 알았는데, 그렇지 않아서 조금 의외였다.

최무정이 가게 문을 열고 들어서자, 중년 여성이 반갑게 맞이했다.

"어서 오세요!"

식당에 다른 손님은 없었다. 최무정이 한쪽 식탁에 자리 잡자 곧바로 물과 컵을 가져다주었다.

"뭐 드릴까요?"
"…"

최무정은 여자가 자신의 얼굴을 편안하게 바라보는 것을 확인했다. 그리고 주변을 두리번거리다, 오픈형 주방에 있는 중년 남성과 눈이 마주쳤고, 같은 느낌을 받았다. 그는 주문 대신에, 이렇게 말했다.

"엄지손가락 살인 사건의…"

순식간에 표정이 굳는 부부. 곧바로 주방에서 큰 소리가 나왔다.

"염병할 엄지손가락 살인! 도대체 언제까지 이 지랄이야! 딸내미 뒈진 집이라고 아주 가게가 다 망하겠네!"

여자도 차가운 얼굴로 말했다.

"형사님인지 기자님인지 모르겠지만, 저희는 더 드릴 말씀도 없고요. 식사하실 거 아니면 그냥 나가주세요."

최무정은 말없이, 품에서 사진 한 장을 꺼냈다.

"이번에 살해당한 네 번째 희생자가… 제 딸입니다."

움찔하고 놀란 두 부부는 서로를 한 번 바라보았다.

.
.
.

"크!"

남자가 소주 한 잔을 입안에 털어 넣고 인상을 찌푸렸다. 맞
은편의 최무정이 곧장 그의 빈 잔에 술을 따랐다.

둘은 손님 없는 식당에서 국밥 한 그릇을 놓고 앉아 술잔을
기울이고 있었다.

"선생네 딸은 이제 중학생이었다면서? 쩝. 우리 딸은 그래도
28살이었는데. 안타깝게 됐네…"

"죽음에 나이가 무슨 상관입니까? 다 불쌍하지요."

"그래… 그렇지, 불쌍하지. 우리 딸, 당신 딸…"

최무정의 얼굴은 안타까움을 연기했지만, 그의 눈은 차갑게
가라앉아 남성을 관찰하고 있었다.

자연스럽게 소주 한 잔을 털어 넣고 국밥을 몇 번 떠먹는 최

무정.

그는 그 모습을 보며 히죽 웃었다.

"맛있지? 아마 못해도 한국에서 다섯 손가락 안에는 들 거야."

"예. 정말 맛있습니다."

"그럼! 방송국에서 촬영하자고 몇 번이나 찾아왔었는데! 우리 어머니 때부터 딴생각 안 하고 2대째 지켜온 맛이라고, 이게! 이제 우리 혜화가 이어받았으면 3대째 이어지는 맛이었는데… 그렇게 국밥집은 하기 싫다고 하더니, 죽을 건 뭐람? 아니, 하기 싫으면 하기 싫은 거지, 죽을 건 뭐람?"

그가 슬프게 웃었다.

"기어이 결혼 날짜까지 다 잡아놓고 그렇게 갔네그래. 그렇게 갈 줄 알았으면 싸우지나 말 것을 그랬어. 결혼 누구랑 하면 뭐 어떻다고… 국밥집 안 하면 뭐 어떻다고…"

"…"

최무정은 할 말이 없어 다시 국밥을 떠먹었다. 정말로 맛있었다.

눈시울이 붉어진 남자는 또 한 번 소주 한 잔을 털어 넣고 물었다.

"그래, 선생이 범인을 잡아보겠다고? 그런데 우리도 뭐 아는 게 없어. 그 새끼가 워낙 쥐새끼 같은 새끼라, 뭐 남겨놓은 게 있어야지!"

이를 빠드득 가는 남자의 눈빛이 살벌했다. 최무정은 그 눈빛이 자신을 향하고 있지는 않다고 생각했지만, 확실한 건 없었다.

"기자라니 뭐, 다른 정보가 있을지는 모르겠지만… 경찰도 못 잡은 걸 우리가 어떻게 잡겠어? 쩝…"
"예…"
"사실, 우리 딸 남자 친구 놈이 경찰이거든? 근데 모른대! 몰라서 너무 죄송하대! 울면서 그러더라고… 몰라서 너무 죄송하다고…"
"흠…"

최무정은 죽은 딸의 남자 친구가 경찰이라는 말을 듣고 생각에 잠겼다.

탕! 탕! 탕!

"?"

갑자기 주방 쪽에서 들려오는 소리에 최무정의 고개가 돌아

　　　　　　　　　　　　　　사이코패스 죽이기

갔다. 큰 중식도를 내려치며 고기를 잘라내는 여자.

그 모습을 보며 최무정은 문득, 생각했다.

딸의 시체에서 엄지손가락을 그처럼 매끄럽게 잘라내려면, 최소한 저런 솜씨가 필요하지 않을까?

.
.
.

최무정은 주소가 적힌 쪽지를 바라보며 눈앞의 빌라를 확인했다.

4층 건물. 세 번째 희생자, 송서선의 집이 4층이었다.

엘리베이터가 없는 건물이라 계단으로 오르는 최무정.

툭!

"어이쿠! 죄송합니다."

계단에서 급하게 내려오던 사내와 3층에서 가볍게 부딪혔다.

"아닙니다."

짧게 고개를 흔들며 지나치는 최무정.

계단 아래로 내려가던 사내는 순간, 멈춰 서서 위를 올려다보았다.

:

4층 송서선의 집 앞에 선 최무정은 위쪽 옥상으로 가는 계단을 힐끔 보고, 벨을 눌렀다.

땡동!

"송희선 씨 계십니까?"
"네, 누구세요?"

조금 앳된 목소리가 들리며, 여학생이 현관문을 열었다. 한데,

"!"

최무정의 얼굴을 보자마자 눈이 커지며 동요하는 여학생.
최무정의 눈빛이 빛났다. 유족 중에서 처음으로 반응이 있었다.

"학생? 혹시 저를 아는…"

최무정이 눈매를 좁히던 그때,

"혹시! 최무정 씨 아니십니까!"
"!"

사이코패스 죽이기

뒤에서 들려오는 목소리에 최무정의 고개가 돌아갔다. 아까 3층에서 지나쳤던 사내였다.

"맞군요! 희선아! 내가 아까 말했던 그분이야! 알지?"
"으, 으응, 오빠."

사내는 자연스럽게 최무정의 곁으로 다가와 자신을 소개했다.

"엄지손가락 살인마에게 살해당한 최여주 양의 아버지 되시죠? 저는 두 번째 피해자 홍혜화의 약혼자, 김남우라고 합니다."
"아…"

상황을 파악하고 있던 최무정의 입에서 작게 탄성이 터졌다. 이 사내가 그 경찰이구나.

김남우는 넉살 좋은 웃음으로 송희선을 가리키며 말했다.

"실은, 제가 경찰인데… 범인을 잡기 위해 유족분들을 찾아다니고 있었거든요. 안 그래도 최무정 씨도 곧 찾아뵐 작정이었는데, 여기서 이렇게 뵙네요."
"아, 그렇습니까?"
"네. 아까 희선이랑도 최무정 씨 이야기를 했는데. 하하하! 거참, 신기합니다."
"네…"

최무정의 표정이 묘해졌다. 송희선의 얼굴을 힐끔 보니, 무언가 꺼림칙한 느낌이 들었다.

"근데 최무정 씨가 이곳에는 어쩐 일로? 아, 괜찮으시면 들어가서 얘기하실까요? 희선아?"
"네, 들어오세요."
"아. 예."

마치 김남우가 집주인인 것처럼 인도하여, 셋은 집 안으로 들어섰다.

김남우와 최무정이 방바닥에 앉자마자,

"커피 드릴까요? 드릴게요."

송희선이 부엌 쪽으로 이동했다. 그 뒷모습을 좇는 두 사내. 김남우가 씁쓸하게 말했다.

"어릴 때 부모님을 잃고 언니랑 힘들게 살던 아이인데… 유일한 혈육인 언니가 그렇게 되어서 참…"
"예에…"
"그 빌어먹을 새끼는 왜 죽여도 이렇게 착하고 불쌍한 사람들만 죽였을까요?"

사이코패스 죽이기

최무정은 김남우의 물음에 대해 깊이 생각했다. 뼈가 있는 질문일까? 그냥 하는 말일까?

"그러게 말입니다."
"어휴. 듣자 하니, 최무정 씨도 홀로 딸을 애지중지 키우셨다던데, 얼마나 슬프셨을지 짐작하기도 어렵네요. 정말 슬프셨죠?"
"예… 힘들었습니다."

최무정은 눈앞의 사내를 보며 직감에 가까운 느낌이 들었다. 이자가 내 딸의 죽음과 연관되어 있을 것 같다고.
그때, 김남우가 궁금하다는 표정을 지었다.

"근데, 여기는 무슨 일로?"
"아, 저도 개인적으로 범인을 좀 잡아보려고… 제 직업이 기자인지라, 혹 단서가 될 만한 것들을 모아서 정리를 좀 해볼까 싶어서 말입니다."
"아! 그렇습니까? 이거 반갑네요. 저와 똑같은 목적이셨다니."

김남우가 미소 지을 때, 송희선이 커피를 가져와 최무정에게 내밀었다.

"여기…"
"아, 고맙습니다."

"희선아. 내 것은?"

"오빠는 아까 마셨잖아요."

송희선은 작게 웃으며 김남우 옆에 앉았다. 한데, 입을 자주 열지는 않았다.

최무정은 가만히 송희선을 관찰하고 말을 걸어보았지만, 그다지 반응을 읽어낼 순 없었다.

대화 대부분이 김남우의 주도로 이루어졌기에 더 그랬다.

"희선이한테 듣기로, 언니가 살해당하기 전에 방송국을 갔었다고 하더군요."

"그렇습니까? 그런데 그게 왜?"

"저는 그 부분을 이상하게 생각한 것이, 살해당한 송서선 씨의 주머니에서 찢어진 아이돌 사인이 발견됐거든요? 그게 이상했단 말입니다, 저는. 범인이 그걸 찢을 이유가 없는데, 그럼 송서선 씨가 왜 그 사인을 찢었을까요? 희선이에게 주려고 방송국에서 힘들게 구했다던 사인을 말입니다."

"이상하긴 하군요."

"그래서 저는 혹시⋯ 죽기 직전에 송서선 씨가 찢지 않았을까, 하고 생각했습니다. 그럼 왜 찢었을까? 무엇 때문에? 범인이 아이돌이라서? 푸하! 그럴 리가 없겠죠. 근데, 제가 알기로 우리 혜화도, 죽기 전 같은 방송국에 들렀던 적이 있거든요. 예능 작가로 일하는 친구를 보러 말입니다."

"…"

"알고 보니, 장진주 양도 오디션을 보러 방송국에 갔던 적이 있더군요. 처음으로 희생자들 간의 연결 고리가 생긴 거죠."

"아! 대단하군요."

최무정은 겉으로 태연함을 표했지만, 속으로는 매우 놀랐다. 연예부 기자인 그가 희생자를 물색했던 곳이 바로 그 방송국이었다.

"그 부분을 집중적으로 파보고 있습니다. 그래서 말인데 혹시, 따님도 방송국에 들렀던 적이 있습니까? 아! 너무 당연한 질문이겠네요. 아버지가 연예부 기자이신데. 하하하."

"…"

최무정의 눈빛이 가라앉았다. 눈앞의 사내가 말 속에 어떤 의도를 담고 있는지 파악하기 위해 맹렬하게 머리를 굴렸다. 일부러 말해주는 걸까? 아니면, 그저 자신의 착각인 걸까?

"물론, 아직은 실마리도 못 잡고 있습니다."

"예… 그렇습니까. 안타깝군요."

"기자님께서도 뭔가 정보를 알아내면 제게 알려주시길 바랍니다. 제 연락처입니다."

"아, 예…"

최무정은 김남우와 명함을 교환하면서 생각했다.

이 사내의 두개골을 열어보고 싶다. 지금 속으로 무슨 생각을 하고 있을까?

⋮

참 공교로운 타이밍이라고 생각했다.

딱딱하게 얼굴이 굳은 최무정이 택배 상자 안에 들어 있는 엄지손가락을 보고 있었다.

"…"

딸의 엄지손가락이었다. 설마 이런 식으로 딸의 엄지손가락을 되찾게 될 줄은 몰랐다. 그것도 자신이 마지막 유족까지 모두 찾아본 이후에, 김남우라는 경찰과 만난 이후에 곧바로.

김남우의 얼굴을 떠올리던 최무정은, 택배 상자에 적힌 주소에 시선을 고정했다.

보내는 주소가 그대로 적혀 있다는 것은 대놓고 찾아오라는 말이 아닌가?

그는 마다하지 않았다. 그는, 살인할 때 쓰던 칼을 챙겨 집을 나섰다.

사이코패스 죽이기

　　　　·
　　　　·
　　　　·

　주소지를 찾아가 보니, 시내 외곽의 버려진 집이었다. 하얀 페인트칠이 말라 떨어진 시멘트 벽의 1층 건물.

　안에 무엇이 기다리고 있을지 몰랐지만, 최무정은 직진했다. 문은 긴장감 없이 열렸고, 문 너머에도 별다른 건 없었다. 다만,

　"!"

　벽면에 최무정의 시선을 끄는 것들이 붙어 있었다. 딸의 사진들.

　음식 앞에서 찍은 사진, 친구와 장난을 치는 사진, 예쁘게 꾸미고 찍은 셀카, 최무정과 찍은 사진, 생일 파티에서 찍은 사진, 놀이공원에서 찍은 사진 등 행복해 보이는 딸의 사진들이 벽면에 쭉 붙어 있었다.

　최무정이 사진을 보며 천천히 벽면을 따라 걷고 있는데, 어느 순간 사진이 변했다.

　"…"

　첫 번째 희생자 장진주의 사진들이었다. 노래를 부르는 모습, 기타를 치는 모습, 작곡하는 모습, 할아버지와 웃는 모습 등.

행복해 보이는 장진주의 사진들 다음으로, 두 번째 희생자 홍혜화의 사진들이 이어졌다.

쑥스러워하는 부모님의 팔짱을 끼고 찍은 사진, 김남우와 찍은 사진, 제빵을 하는 사진, 어릴 적 국밥집에서 솥을 휘젓는 사진, 프러포즈를 받았던 날의 사진 속 표정에는 행복감이 가득했다.

그다음은 송서선이었다. 여동생 송희선과 영화를 보러 간 사진, 뽀뽀하며 장난치는 사진, 가위를 들고 머리를 잘라주는 사진, 어릴 적 부모님과 찍은 가족사진.

벽을 따라 돌며 모든 사진을 보고 난 뒤, 최무정은 편지를 하나 발견했다.

[아빠에게.]

"…"

놀란 최무정은 천천히 편지를 열었다.
편지 속 내용을 확인한 그의 눈이 흔들렸다.

[아빠, 나야. 아빠가 이 편지를 읽을 때쯤이면 난 이미 죽었겠지? 미안해.

아빠 방을 청소하다가, 아빠가 뉴스에 나오는 연쇄살인범이란 사실을 알게 되었어.

어떻게 해야 할지 모르겠더라. 그렇게 좋은 아빠가 그렇게 나쁜 사람일 수 있다는 게 이상했어.

그래서 난 아빠가 죽인 사람들이 전부 나쁜 사람이라고 생각했어. 천하의 나쁜 사람들이라서 아빠가 죽였다고 생각하고 싶었어.

근데 아니더라. 그 사람들 다 찾아봤는데 아니더라.

죽어선 안 될 사람들이었어. 착한 사람들, 열심히 사는 사람들, 행복해져야 하는 사람들이었어.

나 정말 많이 울었어. 너무 미안해서 정말 많이 울었어. 아빠가 저지른 죄를 내가 사죄해야 한다고 생각했어.

아빠가 내 죽음을 보고, 아빠가 저지른 잘못이 얼마나 큰 잘못인지 깨달으면 좋겠어.

아빠가 그들의 마음을 이해할 수 있다면… 그 언니들의 인생이 얼마나 소중했는지 깨달을 수 있다면… 그럴 수 있다면 좋겠어.

늦더라도 아빠가 잘못을 뉘우치면 좋겠어. 다시는 살인을 하지 않으면 좋겠어. 그게 내 마지막 소원이야.

미안해, 아빠.]

"자살이라고?"

최무정은 그 자리에 못 박힌 듯 한참 동안 움직이질 못했다.

그로서는 전혀, 생각지도 못했던 결론이었다.

⋮

   최무정의 방.

   침대 위에 사진들이 널려 있었다. 딸의 사진은 물론이고, 자신이 죽였던 여인들의 사진까지.

   반성과 사죄. 딸의 편지를 몇 번이고 다시 읽던 최무정의 머릿속에는 이 생각밖에 떠오르지 않았다.

   장진주의 아름다웠을 인생을 떠올려보았다. 백발노인을 찾아갔던 그날을 떠올려보았다.

   홍혜화의 인생을, 국밥을 놓고 홍혜화의 아버지와 술잔을 나누던 그날을 떠올려보았다. 송서선을, 송희선을, 김남우를.

   머릿속이 복잡해진 최무정은 상상했다. 딸이 무슨 표정으로 무슨 말을 하는지. 자신에게 무어라 말을 하는지.

   "…"

   무언가를 결심한 듯, 최무정은 핸드폰을 들어 112를 눌렀다.

"여보세요? 자수하려고 합니다."

.
.
.

[엄지손가락 연쇄살인마의 정체가 밝혀졌습니다! 놀랍게도 자신의 딸마저 살해한 그는…]

최무정은 유족들의 방문을 기다렸다. 그들의 화를 받아낼 준비를 하고 있었다.

한데, 며칠간 유족들의 방문은 없었다. 경찰에서 막는 것도 아니었는데 왜?

그의 의문은 김남우가 찾아왔을 때 밝혀졌다.

"갑시다."

김남우를 따라 현장검증을 가던 중에 최무정은 정신을 잃었다. 다시 눈을 떴을 때는,

"정신이 드나?"

낯선 지하실에서 유족들에게 둘러싸여 있었다.

"…"

최무정은 그들의 표정을 보고 단번에 상황을 파악했다. 법의 심판이 아니라, 직접 죽이고 싶었겠지.

받아들인다는 듯, 묶인 의자에서 발버둥조차 치지 않는 최무정.

정면에 있던 김남우가 물었다.

"하나만 묻자. 왜 자수를 했나?"

최무정은 잠깐, 머릿속으로 대답을 찾았다. 자신도 답을 정확히 모르는 질문이었다.

"그냥, 해야 할 일 같았습니다."
"그냥?"

김남우가 인상을 찌푸렸고, 옆에 있던 국밥집 사내도 버럭 화를 냈다.

"이 개새끼! 더 기다릴 것 없어! 바로 죽이자고!"

그의 곁에 선 중년 여성도 커다란 중식도를 들어 올렸다.

근처의 백발노인도 왜소한 체격에 어울리지 않는 쇠파이프를 꽉 쥐고 있었고, 그 옆의 송희선은 언니의 미용 가위를 쥐고서 눈물을 흘리고 있었다.

모두가 복수의 순간을 기다리고 있었다. 한데, 김남우가 제지했다.

"아닙니다, 장인어른, 아직 확실하지 않아요."

김남우는 다시 최무정에게 물었다.

"너도 딸을 잃고 나니, 우리들의 심정이 이해가 됐나?"

최무정은 아니라고 할 순 없었다. 그가 할 수 있는 말이라고는,

"미안합니다. 내가 당신들을 진작 알았다면… 절대 그녀들을 죽이지 않았을 텐데 말입니다."
"저 씹새끼! 저걸 말이라고!"

유족들의 입에서 욕설이 터졌다. 그러나 최무정은 진지한 얼굴로 말을 이었다.

"내가 그녀들을 알았다면, 그녀들을 죽이지 않았을 텐데 말입니다. 나는 그녀들을 몰랐고, 죽였습니다. 지금 나는 그녀들을 압니다. 그래서 후회합니다. 미안합니다."
"…"

최무정의 말은 솔직하게 들렸다. 어이가 없더라도, 솔직해 보였다.

복잡한 얼굴로 최무정의 표정을 살피던 김남우가 말했다.

"당신이 범인인 건 송서선 양이 죽었을 때 이미 알았어. 그녀에게 사인을 얻어다준 사람을 따라가다 보니 당신이 나오더군."

"뭐?"

최무정의 눈동자가 흔들렸다. 이미 알고 있었다고?

"한데, 난 당신을 경찰에 넘기고 싶지 않았어. 그건 이분들도 마찬가지였지. 그럼 어떻게 할까? 어떻게 해야 최고의 복수가 될까?"

"무, 무슨?"

"당신 딸."

차가운 김남우의 얼굴을 보며 두 눈을 부릅뜨는 최무정.

"그래, 맞아. 내가 당신 딸을 죽였어."

"!"

흔들리는 최무정. 딸은 자살한 게 아니었나?

"당신의 살인을 흉내 냈지. 그래야 당신이 우리를 찾아올 테니까. 그래야 당신이 죽인 그녀들이 얼마나 소중한 사람들이었는지 알게 될 테니까."

"왜!"

"당신에게도 감정이 있기를 바랐어."

"뭐?"

이를 악무는 김남우. 주변의 그들도 모두 같은 표정이었다.

"당신 사이코패스잖아? 당신에게 감정이 없다면 어떡하지? 제 죽음에도 무덤덤하면 어떡하지? 그건 절대 참을 수 없어! 세상에서 가장 커다란 고통 속에서 죽어야 해, 너는!"

"!"

"네 딸을 죽였을 때만 해도 불안했어. 딸의 죽음에도 아무렇지 않아 하는 것처럼 보였으니까. 딸의 고백 편지를 보고도 아무렇지 않아 한다면? 그랬다면 널 죽이는 의미를 잃었을 거야."

"…"

"하지만 너도 감정이 있었어. 설마 자수까지 할 줄은 몰랐지."

"…"

김남우는 스마트폰을 꺼내 동영상 하나를 재생했다.

"너도 괴로워할 줄 알지? 그럼 봐야지. 네 딸이 어떻게 죽었는지. 잘 봐. 네 딸은 너 때문에 죽은 거야."

최무정의 두 눈이 사정없이 흔들렸다.

동영상이 재생되는 동안, 최무정의 몸이 부들부들 떨렸고 눈에선 눈물이 흘렀다.

동영상이 끝나자, 김남우가 말했다.

"네 딸과 약속했어. 그 대신 너는 살려주기로… 나는 너를 죽이지 않아. 하지만 저분들은…"

김남우는 뒤로 물러서며, 그때까지 대기하고 있던 이들을 향해 말했다.

"이젠, 안심하셔도 됩니다. 고통을 느낄 줄 아는 놈입니다."

이날을 기다려온 사람들이 고개를 끄덕이며 최무정에게로 다가갔다. 진정한 복수를 위하여.

버려버린 시간에도 부산물이 남는다

"이쪽으로 따라오게."
"예! 알겠습니다!"

신입 사원 김남우는 출근 첫날부터 군기가 바짝 들어 있었다.
보잘것없는 자신이 이런 대기업에 취직했단 게 아직도 믿기
지 않았다. 죽으라면 죽는시늉까지 해야겠다고 각오를 다지고
있었는데,

"이 방일세."
"예?"

상사가 문을 연 곳은 일반적인 사무실과는 거리가 멀었다.
책상은커녕 의자 하나 없이, 정중앙에 위치한 낮은 밥상 하나

가 전부였다. 벽에는 노란 부적이 하나씩 붙어 있었고, 창문도 검은 종이로 가려져 있었다.

"앞으로 자네가 일할 곳일세."
"네? 여기서요?"

김남우는 당황했다. 이런 곳에서 무슨 일을 한단 말인가? 방 바닥에 앉아 인형 눈알이나 붙이면 딱 좋을 방에서.

"저어, 여기서 무슨 일을 하는 겁니까?"
"흠."

상사가 조금 곤란한 듯한 얼굴을 했다. 뭔가 말하기를 꺼리는 그 모습이 김남우를 불안하게 했다.
상사는 우선 경고했다.

"꼭 비밀을 지켜줘야 하네. 만약 소문이 새어 나갈 경우에는 본 회사의 이미지 피해를 고려해 수백억의 보상을 요구하게 될 지도 모르네. 흠흠. 자네가 앞으로 여기서 할 일은…"

상사의 거창한 말에 김남우는 긴장했다.

"자네는 앞으로 이곳에서 분신사바를 하면 되네."

　　　　　버려버린 시간에도 부산물이 남는다

"네?"

김남우는 잘못 들은 건가 싶어 귀를 의심했다. 하지만 상사의
표정은 진지했다.

"어떤 영혼을 불러내는 것이 자네의 일일세."
"예? 영혼이요?"
"아, 분신사바로 영혼을 불러내는 것 말일세! 분신사바 모르
나?"
"예? 아, 분신사바를 알긴 아는데… 아니, 이게 무슨?"
"스펙도 없는 자네가 우리 회사에 뽑힌 이유가 뭐라고 생각하
나? 자네가 잘 통하기 때문일세. 무속인의 추천으로 자네가 이
일에 가장 적합하다고 판단한 거지."

김남우는 할 말을 잃었다. 무슨 대기업에서 분신사바 직원을
뽑는단 말인가?

"실로 막중한 임무일세!"

아무리 봐도 장난은 아닌 듯한 분위기에 김남우의 얼굴이 어
두워졌다. 어쩐지… 자신이 이런 대기업에 입사할 수 있었던 이
유는 따로 있었던 것이다. 실망스러웠다. 온종일 회사에서 분신
사바나 해야 한다니?

상사가 김남우의 그 표정을 읽었다.

"흠! 다시 한 번 말하지만, 이 일은 아주 막중한 임무일세! 자네가 불러와야 할 영혼이 누구인지 아는가?"

"누구입니까?"

"선대 회장님일세!"

"아!"

이 기업의 선대 회장 두석규라면 김남우도 알고 있는 유명인이었다. 그는 맨손으로 시작해서 국내 최고의 대기업을 세운 대단한 능력자였다.

"그분의 경영 능력은 정말 대단하셨지. 솔직히 말하자면, 지금 이 회사의 어느 누구도 따라갈 수가 없다네. 그분이 돌아가시자마자 우리 회사가 크게 기울기 시작했는데… 그때 그분의 영혼이 나타나셨네. 회사가 나아갈 방향과 정책을 모두 지시해주셨고, 그 덕에 우리 회사는 다시 일어설 수 있었지. 그때부터 우리는 회장님을 이런 방식으로 모셔서 고견을 듣고자 한다네."

"아, 예…"

정말 믿기지 않는 이야기였지만, 상사는 사뭇 진지했다. 상사는 김남우에게 단단히 일렀다.

버려버린 시간에도 부산물이 남는다

"진심으로 최선을 다해서 분신사바를 하게. 절대 장난처럼 생각하거나 허투루 하면 안 돼! 만약, 자네가 회장님의 영혼을 불러낼 수만 있다면… 연봉이 최소한 세 배는 오를걸세."

"세, 세 배요?"

김남우의 동공이 확장됐다. 지금도 자신에게는 과분한 연봉이었다. 그런데 세 배라니?

"최선을 다하겠습니다!"

．
．
．

"분신사바 분신사바… 분신사바 분신사바…"

밥상 앞에 정좌한 김남우가 눈을 감고 막대기를 돌리고 있었다. 두석규 회장이 애용하던 곰방대였다.

한참 동안 집중해서 분신사바를 하던 김남우는 곧,

"분신사바 분신사바… 에라이!"

곰방대를 내팽개치고 뒤로 드러누웠다.

벌써 며칠간 이러고만 있었다. 아침에 출근해서 아무도 없는 이 방에 홀로 틀어박혀, 온종일 분신사바만 하다가 퇴근.

다른 사원들과의 접점도 전혀 없었고, 점심마저 방으로 따로 배달되었다. 이건 아무리 봐도 회사 생활이라고 말할 수가 없었다.

차라리 성과라도 좀 있었으면… 그러면 열심히라도 해볼 텐데, 지금은 이게 정말 가능한 일인지 의문만 들었다. 고급스럽게 제본된 분신사바 매뉴얼을 보며 그대로 따라 하고는 있지만, 당연히 어떤 반응도 끌어내지 못했다.

결국, 최근 들어서는 방바닥에 드러눕는 시간만 늘었다. 어차피 부정 탄다고 감시 카메라 같은 것도 설치하지 않았고, 온종일 찾아오는 이도 없었으니, 그냥 이렇게 농땡이를 피워도 아무도 알 수 없었다.

"어휴. 이게 편하게 돈을 버는 건가, 아니면 병신같이 돈을 버는 건가?"

멍하니 천장을 바라보던 김남우는 어느새, 단잠에 빠져들었다.

[근무시간에 잠을 자면 쓰나!]

누워 있는 김남우의 머리맡에 한 노인이 나타났다.

[헉!]

버려버린 시간에도 부산물이 남는다

벌떡 일어난 김남우는 눈앞의 노인이 두석규 회장임을 단번에 알아보았다. 분신사바 매뉴얼에서 본 얼굴 그대로였다.

[이, 이게 꿈이야 생시야?]

김남우는 자신의 볼을 꼬집어보려 했지만, 그 전에 두석규가 먼저 말했다.

[멍청한 놈! 당연히 꿈이지.]
[아! 예에…]

김남우는 멋쩍어졌다. 혀를 찬 두석규는 그대로 돌아서며 말했다.

[괜히 회사 월급만 축내지 말고 가라, 가!]
[예? 아, 회장님! 회장님!]

"헉!"

벌떡 깨어나는 김남우.
너무도 생생한 꿈의 내용을 떠올리다가, 다급하게 곰방대를 집어 들었다.

"분신사바 분신사바 분신사바 분신사바…"

물론 이후에 별다른 반응은 없었지만, 그래도 그날은 처음으로 상사에게 할 말이 있었다.

"꿈에 회장님이 나타나셨습니다! 그, 저한테 월급을 축내지 말라고…"
"오! 정말인가!"

상사는 김남우의 예상보다 더 크게 기뻐했다.

"아주 훌륭해! 이제부터 꿈에서 회장님을 만나게 되면 싹싹 빌게! 제발 좀 도와달라고 말이야. 그게 자네가 할 일이야."
"아, 예!"
"최선을 다하게! 공짜로 주는 월급이 아니니까!"

말하지 않아도 김남우는 최선을 다할 생각이었다. 처음으로, 제대로 된 일을 하고 있다는 기분이 들었던 것이다.

다음 날, 분신사바 중에 잠든 김남우는 또 꿈을 꾸었다.

[이 자식이 계속 월급을 축내네? 가서 복사기라도 돌려!]
[아? 아! 아이고, 회장님! 제발 도와주십시오!]

김남우는 얼른 두석규 앞에 무릎을 꿇었다.

[뭘 도와줘, 이놈아?]
[제발 이렇게 부탁드립니다! 회사를 위해서 나서주십시오!]
[됐어. 귀찮아! 자지 말고 가서 일이나 해라!]

두석규가 또 돌아섰다. 그 모습에 화들짝 놀란 김남우가 다짜고짜 두석규의 바짓가랑이를 붙잡고 늘어졌다.

[아이고, 제발 부탁드립니다! 회장님이 도와주시지 않으면 제가 실직당합니다! 불쌍한 청춘 하나 구제해주시는 셈 치고 제발!]
[이놈이? 놔라! 이놈아!]

잠깐의 실랑이 뒤에, 두석규가 못 이기는 척 말했다.

[네가 그렇게까지 원한다면, 어쩔 수 없지.]
[예? 그럼?]
[눈 감아.]

김남우가 얼른 눈을 감는 그 순간, 김남우의 세상이 완전히 아득해졌다.

"헉!"

잠에서 깨어난 김남우는 깜짝 놀랐다.

"어, 어어? 여, 여긴?"

중역들이 모인 회의실의 상석에 자신이 앉아 있는 게 아닌가? 눈이 휘둥그레진 김남우는 주변을 두리번거렸다. 자신은 분명 그 방에서 잠이 들었는데 왜 여기에? 그것도 손에 곰방대까지 든 거만한 자세로.

곧바로 상사가 김남우에게 다가왔다.

"이런! 가셨나? 너무 빠르군. 수고했네."
"예?"

상사는 어리둥절한 얼굴의 김남우를 회의실 밖으로 데려가 설명했다.

"자네가 회장님을 불러오는 데 성공하여, 회장님이 자네 몸을 한 시간 정도 썼네."
"예? 제 몸을요?"

상상도 못 했던 이야기에 깜짝 놀라는 김남우. 그건 영화에서나 보던 빙의가 아닌가? 사실이라면 너무나 꺼림칙한 일이었다.

버려버린 시간에도 부산물이 남는다

"자네는 이제 우리 회사에 대체 불가능한 인재가 됐어. 우리 기업에서 가장 중요한 직원이지. 연봉 인상해야 하니까 따라오게."

"예? 아, 예…"

대체 불가능한 인재? 대체 불가능한 인재! 그 단어는 마법처럼 김남우의 가슴을 두근거리게 했다.

이 어마어마한 대기업에서 가장 중요한 직원이 자신이라니?

어느새 꺼림칙함이 사라진 김남우의 표정은 썩, 기분이 괜찮아 보였다.

다음 날, 김남우는 또 분신사바를 하다가 잠이 들었다.

꿈에서 두석규를 만나 부탁을 했고, 다시 정신을 차렸을 땐 처음 보는 사무실의 소파에 앉아 있었다.

"아? 아, 아!"

"음? 아버님은 가셨나? 그만 나가보게."

"아. 넵!"

김남우는 회장실이라 적힌 방을 황급히 빠져나왔다.

비서의 안내에 따라 다시 분신사바의 방으로 돌아온 김남우. 방문이 닫히자마자 김남우는 고개를 흔들었다.

"휴. 이거 참."

아무래도 쉽게 적응이 될 것 같지 않았다.
그래도 할 만한 일이었다. 힘든 일도 아니고, 연봉도 좋고, 회사의 누구도 대체할 수 없는 일이었으니까.

이후로도 김남우는 계속해서 회장을 소환했는데 어느 날 문득, 날이 갈수록 점점 그 시간이 길어진다는 사실을 깨달았다.
급기야는 아침에 출근해서 잠이 들었다가, 퇴근할 때쯤 제정신으로 돌아오게 되었다. 김남우는 점점 위화감을 느꼈다.

"이걸 일이라고 봐도 되는 건가?"

어차피 남들과 똑같은 시간 동안 근무하니까 일이라고 생각해도 되겠지만, 그게 자기 정신이 아니라는 게 영 찜찜했다. 하루를 빼앗긴 느낌까지 들 정도였다.

결정적으로 어느 날,

"윽! 뭐야? 으… 머리야… 으…"

김남우가 깨어난 곳이 회사가 아니었다. 술집이었다.

버려버린 시간에도 부산물이 남는다

"왜 여기에? 우욱…"

테이블과 바닥에는 다 마신 고급 양주병들이 나뒹굴고 있었다. 보기만 해도 취기가 올라올 만큼 많은 양이었다.

김남우가 숙취에 머리를 부여잡고 있는데, 근처에 있던 중년의 사내가 김남우를 살피다가 손을 내저었다.

"뭐야? 두석규 형님 가셨어? 휴. 됐다. 너는 집에 가봐라!"
"아, 예…"

김남우는 사내에게 택시비를 받아 집으로 향했다. 김남우는 무척 혼란스러웠다.

술을 마시다니. 그건 업무가 아니지 않나? 두석규 회장이 내 몸을 빌려서 멋대로 놀고 있는 것 아닌가?

아무래도 이건 아닌 것 같았다. 김남우는 다음 날, 꿈속에서 만난 두석규에게 따졌다.

[회장님! 어제는 왜 술을 마신 겁니까?]
[사업하다 보면 그런 자리도 필요한 거야.]
[예? 아무리 그래도 그건 좀…]
[뭐가 어때서 그래? 넌 평생 못 먹어볼 비싼 술도 먹어봤으니 좋은 거 아니야?]

[예? 아니, 전 그냥 숙취만 느꼈습니다!]

[깼을 때 한잔하지 그랬어.]

[…]

어이가 없는 말에 김남우의 얼굴이 구겨졌는데, 되레 두석규는 혀를 차며 나무랐다.

[네 연봉이 얼마라고 했지? 네 수준에 받을 수 있는 금액이야? 네 스펙으로 우리 대기업 입사가 가능했을까?]

[그건…]

[받은 만큼은 일을 해야지! 그게 성실한 직장인의 자세야. 오히려 행운이라고 해야 하지 않나? 출근해서 자고 일어나면 근무가 다 끝나 있으니, 그보다 더 좋은 직장이 어딨어? 남들은 꿈에나 그리는 직장일 거다.]

[…]

[자, 그만 일해야 하니까 눈 감아.]

김남우는 인상을 찌푸렸지만, 당장 반박할 말을 찾지 못해 눈을 감았다.

일정을 마치고 퇴근하는 길, 김남우는 회의감이 들었다. 두석규의 말이 맞는 것 같으면서도 한편으로는 허탈했다.

직업이란 무엇일까? 내가 모르는 사이에 하는 일도 내 일이라고 할 수 있나? 월급만 받을 수 있으면 되는 건가? 남들도 다 그

버려버린 시간에도 부산물이 남는다

렇게 사나?

시간을 팔아 돈을 버는 기계, 그것이 김남우가 느끼는 자신의 모습이었다. 남들도 그럴까?

고민은 깊어졌지만, 그렇다고 무작정 대기업을 그만둘 수도 없었다. 일단은 견뎌보는 수밖에.

그 이후, 술에 취해서 깨어나는 일이 잦아졌다. 거기까지는 넘어갈 수 있었지만, 어느 날⋯

김남우는 깨어나자마자 기겁했다.

"으허억!"

낯선 호텔의 침대 위, 자신이 발가벗은 여인과 함께 누워 있는 게 아닌가.

허둥지둥 호텔에서 도망친 김남우. 아무리 생각해도 이건 아니었다.

두석규 회장이 업무를 본다는 핑계로, 내 몸을 빌려서 즐기고 있구나!

김남우는 당장 회사로 달려가서 두석규와 접촉했다.

[이게 뭡니까, 이게!]

[뭐가?]

[아니, 지금 장난합니까? 그 여자는 무슨! 그! 그!]

[조금 놀랐나? 그냥 기분 전환 좀 한 걸로 호들갑은.]

느긋한 두석규를 보며 김남우는 폭발했다.

[이익! 미친 거 아닙니까? 남의 몸으로 무슨 짓거릴 하고 다니는
거야, 진짜!]

그러자 두석규의 다음 말은 김남우를 움찔하게 했다.

[연봉 10억을 주지.]

[!]

[연봉 10억에다가 주 5일 근무, 6시 칼퇴근. 연차 맘대로 쓰고 여름
휴가는 보름. 어때? 이 정도 조건이면 되나?]

[…]

[직급도 특수 기획팀 팀장으로 올려줄 테니 명함 하나 파. 퇴근한
뒤에는 대기업 팀장의 인생을 즐기라고. 휴일에는 여가 생활도 하고,
좋은 집도 사고. 여행도 다니고. 어때? 오늘 하루 집에 가서 잘 생각
해보라고.]

두석규는 자신만만하게 돌아섰고, 꿈에서 깬 김남우는 멍한

버려버린 시간에도 부산물이 남는다

얼굴로 얼마간 방바닥에 누워 있었다.

집으로 돌아가서도 김남우는 잠들기 직전까지 계속 생각했다. 어떻게 해야 할까? 장단점을 살펴보았다.

장점은 어마어마한 연봉과 넉넉한 여가 시간. 업무 스트레스가 없고, 대인 관계 스트레스도 없다. 근무시간엔 잠들어 있기 때문에 지겨움을 느낄 일도 없다. 어딜 가든 자랑스럽게 자신을 소개할 수 있다.

그렇다면 단점은? 두석규 회장이 내 몸으로 무슨 짓을 할지 모른다는 불안감. 숙취나 원나이트 스탠드의 불쾌감. 일적으로 성취감과 보람을 찾을 수 없다는 것. 제대로 된 경력도 쌓을 수 없고, 꿈도 없다.

현실에 타협하고 편하게 사느냐, 내 삶을 주도하는 인간으로 사느냐.

"…"

김남우는 자신의 마음이 이미 정해져 있음을 인정하며 잠들었다.

다음 날,

[조건을 받아들이겠습니다.]

[그럴 줄 알았지. 그럼, 내가 다 처리해놓을 테니 눈 감아.]

그날부터 김남우는 팀장이 되었다.

두석규는 6시 칼퇴근을 정확하게 지켜주었고, 그렇다면 김남우는 더 이상 신경을 쓰지 않기로 마음먹었다.

출근해서 분신사바를 하다가 잠들고, 깨어나면 바로 퇴근. 그것이 김남우의 규칙적인 일상이 되었다. 게다가 통장에 찍히는 고액 월급은 그런 생활에 익숙해지는 데 큰 도움이 되었다.

비싼 음식을 먹고, 사고 싶은 물건을 사고, 주변인들에게도 베풀고, 여유롭고 만족스러운 생활이었다. 삶의 질이 달라진 것을 확실하게 느꼈다.

마음에 걸렸던 여자 문제도, 일단은 해결되었다.

[걱정하지 말고 마음대로 연애도 하고 해라. 나는 오직 근무시간에만 네 몸을 빌려 쓸 테니까.]

그게 믿을 만한 이야기인지는 몰라도, 어쨌든 김남우는 사랑하는 여자를 만나 연애도 시작했다.

근무시간은 그냥 내 인생에서 삭제하는 시간이다, 그렇게 생각하고 아예 관심을 끊어버렸다.

버려버린 시간에도 부산물이 남는다

남들에게 물어보니 다들 비슷하게 살고 있었다. 보편적인 인간들의 직장 생활이라는 것이 다 거기서 거기였다. 그러면 됐다 싶었다.

　그 생활이 10년. 김남우는 하품을 하며 출근하고, 퇴근할 땐 콧노래를 부르며 핸드폰 전원을 켰다.

　고급 외제차를 타고 넓은 집으로 돌아가면 사랑하는 아내와 아이가 기다리고 있었다. 저녁은 주로 유명한 음식점을 찾아다녔고, 주말마다 국내외로 가족 여행을 떠났다. 피겨와 레고, 자전거, 드럼, 각종 취미 생활을 즐기며 이런저런 모임에 나가 사람들도 만났다.

　사람들의 이야기를 들어보면, 삶이 너무 고되다. 힘들어도 일을 해야 하고, 더러워도 비위를 맞춰야 하고, 매일 똑같이 굴러가는 하루의 지겨움을 견뎌야 했다. 심지어 하고 싶은 일을 하고 산다는 사람들도 그랬다.

　자신은 편하고, 건강하고, 스트레스나 걱정거리도 없다. 지겨울 일도 없다. 미래에 하고 싶은 일이나 목표도 없지만, 김남우는 지금 행복하다고 자신 있게 말할 수 있었다.

　10년 전의 결정은 정말 평생을 통틀어 가장 탁월한 결정이었다고 장담할 수 있었다.

　회사에서 잘리기 전까진 말이다.

　[안 되겠어. 네 몸이 너무 늙었어. 젊은 애로 새로 바꿔야겠어.]

[예? 바꾼다고요? 저는 대체 불가능한 게 아니었습니까?]

[무슨 소리야? 우리나라에 널린 게 젊은 취업자들이야. 그중에 너 같은 애 하나 없을까.]

김남우는 필사적으로 매달렸지만, 두석규는 원래 결정을 번복하는 일이 없었다.

퇴사 후, 10년간 분신사바밖에 한 게 없는 김남우는 막막했다. 이걸 경력으로 어딘가에 재취업할 수도 없는 일이었으니.

그나마 다행인 건 모아둔 재산이 많다는 점이었다. 이전과 같은 씀씀이로 살 순 없겠지만, 적당히 살만 했다.

이왕 이렇게 된 거, 김남우는 여유를 가지고 푹 쉬기로 했다. 그동안의 생활과 큰 차이는 없었지만, 혼자서 24시간을 온전히 보낸다는 게 나름 신선하기는 했다.

김남우는 긍정적으로 생각하기로 했다. 인제 자신도 주도적인 삶을 살 기회가 찾아왔다고 생각했다. 자신은 아직 젊었고, 하고 싶은 일도 많았다.

"좋아! 나도 이제 남들처럼 꿈을 좇으며 살아보자!"

뜻밖의 해방감과 자유가 김남우를 찾아왔다.

그러나 그 자유는 길지 않았다.

버려버린 시간에도 부산물이 남는다

아이를 안은 여인들이 하나둘씩, 김남우를 찾아오기 시작했
으니까.

"이런 데서 살림을 차리고 있었어?"
"요즘 왜 생활비를 안 줘!"

김남우는 말문이 막혔다. 그들이 들이미는 친자 확인서를 보
면서.

내 아이라고 해야 할까, 내 아이가 아니라고 해야 할까.

친절한 아가씨의 운수 좋은 날

"아이고, 염병! 어디다 떨어뜨린 거야?"

늦은 밤. 한 노인이 아파트 단지 내의 화단을 뒤지고 있었다. 퇴근 후 집으로 향하던 홍혜화가 노인에게 말을 걸었다.

"할아버지, 뭐 찾으세요? 도와드릴까요?"
"어? 어어! 손가락만 한 크기의 나무로 된 명패 같은 건데, 이 게 통 보이질 않네요."

홍혜화는 스마트폰 조명 어플을 켜서 어두운 화단을 비추었다. 5분 정도 지났을까.

"아! 혹시 이건가요?"

홍혜화가 작은 나무토막을 건네자, 노인은 환하게 웃으며 홍혜화를 칭찬했다.

"맞네, 맞아! 아이고, 고마워요. 아가씨가 참 친절하네! 요즘 사람 같지 않아!"
"아니에요."

민망한 듯 인사하며 아파트 안으로 들어가는 홍혜화.
남겨진 노인은 복잡한 얼굴로 명패를 바라보며 흙을 털어냈다.

:
:

이른 아침의 출근길.

홍혜화는 아침을 편의점 삼각 김밥으로 때우는 편이었다.
평소대로 전주비빔 삼각 김밥 하나를 집어 들고 계산대로 향했는데,

"당첨되셨네요."
"네?"

바코드를 찍던 아르바이트생이 상품권을 꺼냈다.

"1만 원 상품 교환권에 당첨되셨습니다."
"네? 정말요? 어머, 세상에!"

홍혜화의 얼굴이 환해졌다.

"감사합니다!"
"축하드려요."

홍혜화는 상품 교환권과 삼각 김밥을 받아들고 기쁜 마음으로 편의점을 나섰다. 자신은 이런 행운이 별로 없는 줄 알았는데 웬일일까.

"오늘은 왠지 느낌이 좋은데?"

그녀의 그 예감은 회사에서도 이어졌다.

"홍 대리. 오늘 저녁에 소개팅 안 할래?"
"예? 소개팅이요?"

부장이 보여준 핸드폰 화면에는 꽤 잘생긴 사람이 있었다.

"정말 괜찮은 녀석이거든? 오늘 한번 만나볼래?"
"네? 이렇게 갑자기요?"

친절한 아가씨의 운수 좋은 날

"한번 만나봐. 오늘은 집에 일찍 보내줄게. 홍 대리네 동네에서 보면 돼."

"음…"

홍혜화는 굳이 거절하지 않았다. 솔직히 가슴이 두근거렸다. 소개팅은 정말 오랜만이었고, 얼핏 보았던 남자의 모습도 맘에 들었다.

받은 연락처로 문자를 몇 번 주고받다 보니 느낌도 괜찮았다.

그녀는 괜히 웃음이 나왔다.

"오늘은 정말 좋은 일만 있으려나?"

　　　　　　　　　　　　．
　　　　　　　　　　　　．
　　　　　　　　　　　　．

"으, 이 옷도 별로야! 진짜 입을 옷이 없네."

거울 앞에 선 홍혜화가 울상을 지었다. 소개팅에 입고 나갈 옷이 통 마음에 들지 않았다.

사실, 옷이 문제가 아니라고 생각했다.

"나는 왜 이렇게 통뼈로 태어난 거야, 정말!"

다이어트를 열심히 해도 뼈 자체가 통뼈라 옷 태가 잘 나지 않았다.

그녀는 그냥 옷차림에 힘을 좀 빼기로 했다. 괜히 여성스럽게 차려입어봤자 태도 안 나니.

시간을 확인하고 조금 일찍 집을 나서는 홍혜화. 아파트 단지를 나서는데, A전자 유니폼에 목장갑을 낀 사내가 다가와 말을 걸었다.

"안녕하세요. 이번에 저희 A전자에서 공기청정기를 새로 출시하면서 아파트마다 하나씩 돌리고 있습니다. 받아 가시고 이웃에 소문 좀 많이 내주세요."

"네? 저한테요?"

"예."

홍혜화의 눈이 휘둥그레졌다. 갑자기 이런 행운이?

"경비실에 맡겨놨으니까 찾아가시면 됩니다. 제가 조금 바빠서 그럼."

사내가 바쁜 걸음으로 돌아서자, 홍혜화가 그 등에 대고 얼른 고개를 숙였다.

"감사합니다!"

"예, 소문 많이 내주세요."

홍혜화의 입이 귀에 걸렸다. 안 그래도 미세 먼지 때문에 걱정이었는데 공기청정기를 공짜로 얻다니.

"살다 보니 이런 날도 있네! 오늘 왜 이렇게 운이 좋지?"

싱글벙글하며 경비실로 향하는 홍혜화.

"안녕하세요!"

그녀의 인사에 창문을 연 경비 할아버지가 웃으며 대답했다.

"어. 203호 아가씨. 외출해?"
"예. 근데 저기 혹시, 공기청정기…"
"알아, 알아. 나중에 아가씨 올 때 내가 들여다 줄게."
"아, 감사합니다! 그럼 이따 뵐게요."

홍혜화는 밝은 얼굴로 아파트를 나섰다.

∙
∙
∙

"하아…"

카페 화장실의 거울 앞에 선 홍혜화가 깊은 한숨을 내쉬었다.

"세상에, 실물이 너무 잘생긴 거 아니야?"

소개팅남은 잘생겨도 너무 잘생겼다. 하물며 목소리마저 완벽했다.

그녀는 주눅이 들 지경이었다. 부장님은 뭘 믿고 저렇게 잘난 남자를 소개해준 걸까? 말로는 성격까지 좋다던데, 정말 부담스러웠다.

"에휴. 밥만 먹고 헤어지겠구나."

그녀는 마음을 비우고 화장실을 나섰다.

"죄송해요. 기다리셨죠."

약간은 어색한 미소를 띠며 자리에 앉는 홍혜화.

한데, 그녀가 앉자마자 소개팅남이 급하게 말했다.

"정말 죄송한데, 제가 지금 급하게 회사에 가봐야 할 것 같습니다."

"네? 아, 네…"

친절한 아가씨의 운수 좋은 날

홍혜화는 속으로 한숨을 내쉬었다. 뻔한 결말이구나.

"그런데 저… 혜화 씨가 마음에 듭니다. 혜화 씨와 알아가고 싶습니다."
"네?"
"혹시 혜화 씨도 제가 싫지 않으시다면, 이번 주말에 정식으로 데이트를 신청하고 싶습니다."
"아… 네?"

홍혜화는 당황했지만, 데이트 신청은 받아들였다.

소개팅남과 헤어진 뒤, 홍혜화는 믿기지 않는다는 듯 자꾸만 실실 웃어댔다.

"내가 마음에 든다고? 진짜로?"

그녀는 너무 기분이 좋았다. 온종일 그랬다.

"오늘은 정말 뭘 해도 되는 날이구나."

홍혜화는 싱글벙글 웃으며 경쾌한 발걸음을 옮겼다.
게다가 저 멀리 경비실이 보이자 공기청정기가 생각나면서 더 즐거워졌다.

그때 울리는 핸드폰, 부장이었다.

"예. 부장님!"

홍혜화는 덕분에 소개팅이 잘되었다고 말하려 했지만, 그보다 먼저 들려오는 외침.

[승진 축하해. 홍 대리!]

"네?"

홍혜화의 눈이 똥그래졌다. 갑자기 무슨 승진?

[이번에 회장님이 비서실을 신설하는데, 홍 대리가 거기 팀장으로 가게 됐어!]

"제가요?"

[나중에 한턱내야 한다! 홍 팀장! 하하하.]

"세상에!"

정말인지 몇 번이나 확인하고 나서야 통화를 끝낸 홍혜화. 입이 귀에 걸렸다.

"오늘 도대체 왜 이래? 꿈이야, 뭐야?"

그녀의 인생을 통틀어 오늘만큼 좋았던 날이 없었다. 어찌나 좋은지, 두려울 지경이었다.

"평생의 운을 오늘 다 써버린 거 아니야?"

그녀는 너무 기분이 좋아서 한 농담이었겠지만, 그것이 꼭 농담만은 아니었다.

그녀가 웃으며 횡단보도를 건너려던 그때,

쿵!

브레이크가 고장 난 자동차가 그녀에게 돌진했다.

.
.
.

홍혜화는 넋 나간 얼굴로 자신의 시체를 내려다보았다.
그녀의 곁으로 노인이 다가왔다. 전날 밤, 아파트 앞에서 그녀가 명패를 찾아주었던 그 노인이었다.

홍혜화는 본능적으로 그 노인이 저승사자라는 것을 느꼈다.

[제가 죽은 건가요?]
[그래.]

눈물이 주르륵 흐르는 홍혜화. 왜 이렇게 좋은 날 죽는단 말인가? 이러려고 그렇게 좋았단 말인가?

너무 억울했다. 평생 나쁜 일 한 번 해본 적 없는데. 평생 남에게 피해 주지 않고 착하게 살았는데, 왜!

그 마음을 아는지, 노인이 안타까워하며 말했다.

[어제 내 명패를 찾아줘서 고마웠어. 원래는 어제 아가씨를 데려가야 했는데 그러질 못했어. 아가씨가 너무 친절해서 말이야. 내가 하루를 더 주었어.]

홍혜화는 하염없이 울었다. 차라리 어제 죽이지. 이렇게 행복한 하루를 주지 말고 어제 죽이지…

저승사자는 그녀의 어깨를 토닥이며 위로했다.

[잘 살았어. 아가씨 참 잘 살았어.]

그 말이 그녀에게 위로가 되지 않는 듯했다.

하지만 저승사자는 보여주었다. 그녀가 얼마나 잘 살았는지.

[아!]

일순간, 주변 풍경이 바뀌었다.

오늘 아침, 그녀가 삼각 김밥을 샀던 그 편의점이었다.

[여긴…]

편의점 안, 아르바이트생이 냉장 식품 판매대 앞에 서서 상품을 새로 채워 넣는 중이었다. 그때, 삼각 김밥을 들고 황당해하는 아르바이트생.

"이게 뭐야? 당첨이 다 보이잖아, 이거?"

그가 다른 삼각 김밥들을 살펴보고 있는데, 딸랑 문이 열리며 오늘 아침의 홍혜화가 들어왔다.

자신의 모습을 내려다보며 움찔하는 홍혜화의 영혼.

"안녕하세요!"
"예. 어서 오세요!"

인사하며 돌아보는 아르바이트생의 생각이, 홍혜화의 영혼에
들려왔다.

[매일 기분 좋게 인사해주는 분이네.]

손에 든 삼각 김밥 중, 당첨인 것들을 가장 앞으로 옮겨놓는
아르바이트생.

[아!]

홍혜화의 눈빛이 흔들렸다.

"당첨되셨네요."
"네?"
"1만 원 상품 교환권에 당첨되셨습니다."
"네? 정말요? 어머, 세상에! 감사합니다!"
"축하드려요."
"예. 감사해요! 좋은 하루 되세요!"
"안녕히 가세요."

홍혜화가 편의점을 나서자, 무표정하던 아르바이트생의 얼굴
에 잠깐 미소가 떠올랐다.

친절한 아가씨의 운수 좋은 날

"오늘도 좋은 하루."

[…]

다시 상품을 정리하러 가는 아르바이트생의 모습. 일순간, 또 한 번 주변 풍경이 바뀌었다.

오늘 저녁, 그녀가 소개팅하러 외출하다가 A전자 사내를 만났던 단지 내였다.

경비실 앞에서 경비 할아버지가 A전자 사내와 대화 중이었다.

"부녀회장님은 언제 오시죠? 시간이 없는데."
"에이, 꼭 부녀회장 줘야 하나? 거기 말고… 내가 홍보 확실하게 해줄 사람 하나 추천해드릴게. 203호 아가씨인데… 어? 마침 저기 오네!"

[아!]

사내를 홍혜화에게 보내고 급히 경비실 안으로 들어가는 할아버지. 흐뭇한 얼굴로 공기청정기 박스를 두드리며 말했다.

"경비를 사람 취급도 안 해주는 부녀회장을 왜 줘? 매일 기분

좋게 인사해주는 친절한 아가씨 줘야지."

[…]

경비실 창문 밖으로 홍혜화가 오는 모습을 바라보는 할아버지의 모습. 일순간, 또 한 번 주변 풍경이 바뀌었다.

오늘 저녁, 그녀가 소개팅했던 카페 안이었다.

"저 화장실 좀 갔다 올게요."
"예. 그러세요."

홍혜화가 화장실에 가자 혼자 남은 소개팅남. 그는 정말로 회사에서 급한 전화를 받았다.

"알겠습니다. 일단 가겠습니다."

남자가 전화를 끊자, 주변에 있던 아르바이트생이 남자를 향해 다가왔다.

[아!]

홍혜화의 기억 속에도 있는 여자였다.

그녀는 소개팅남에게 다짜고짜 말했다.

"저 여자분 진짜 좋은 분이에요!"
"예?"
"며칠 전에 제가 저분에게 음료를 쏟았어요. 너무 놀라서 머릿속이 새하얘졌는데, 괜찮다고 해주시는 거예요. 저 당황하지 말라고 웃으면서요. 저 이 일 하면서 그렇게 친절한 사람은 처음 봤어요. 진짜 저 울었어요. 정말 좋은 분이에요."
"아, 예…"

아르바이트생이 돌아가고, 소개팅남의 표정이 묘해졌다.
곧 홍혜화가 화장실에서 돌아오자 소개팅남이 말했다.

"저 혜화 씨가 마음에 듭니다. 혜화 씨를 알아가고 싶습니다."
"네?"
"혹시 혜화 씨도 제가 싫지 않으시다면, 이번 주말에 정식으로 데이트를 신청하고 싶습니다."

홍혜화의 영혼이 멀리 아르바이트생을 바라보았다. 그녀는 소개팅 중인 홍혜화만큼이나 긴장하고 있었다.

[…]

홍혜화의 소개팅이 잘 풀리자 함께 웃는 알바생의 모습. 일순간, 또 한 번 주변 풍경이 바뀌었다.

오늘 회사의 회의실이었다.
회장이 부장을 향해 말했다.

"김 부장. 자네 부서에 전화를 굉장히 친절하게 받는 직원이 있던데?"
"예? 아, 홍 대리 말씀이신가요?"
"그래, 홍 대리. 우리 어머니도 참 칭찬을 많이 했어. 그 직원이 비서팀장으로 가면 잘할 것 같은데. 자네 생각은 어떤가?"
"네? 아, 예! 맡겨주시면 정말 잘할 겁니다!"

[…]
[잘 살았어. 아가씨 참 잘 살았어.]

홍혜화의 눈시울이 붉어졌다. 이번엔 저승사자의 말이 그녀에게 와닿았다.

[이제 가지.]
[…네.]

저승사자의 손을 잡은 그녀의 정신이 새하얀 빛이 되어 사라

친절한 아가씨의 운수 좋은 날

졌다.

                                 :
                                 :
                                 :

　홍혜화는 커다란 강 앞에서 홀로 깨어났다. 멀리서 나룻배가
그녀를 향해 다가오고 있었다.
　이 강을 건너면 저승이구나. 그녀는 조금 허탈했지만 받아들
이기로 했다.

　뱃사공이 노를 젓는 소리가 점점 가까이 들려오더니 곧, 뱃머
리가 뭍에 닿았다.
　힘없이 일어난 홍혜화가 배를 향해 가는데,

　[어? 너 혹시?]

　나이 많은 뱃사공이 홍혜화를 보며 반가워했다.

　[맞구나! 학생!]
　[예?]
　[나 기억 안 나? 아 왜, 205번 버스! 학생 학원 다닐 때 맨날 내 버
스 탔잖아!]
　[아? 아!]

홍혜화는 학창 시절에 매일 타던 버스와 그 기사의 얼굴을 떠올렸다.

[생전에는 시내버스를 운행하고, 죽어서는 저승 배를 운행하는 신세라니! 웃기지 않아? 하하하.]

뱃사공은 아련한 기억을 떠올리는 듯했다.

[버스 운전할 때는 정말 힘들었지. 그래도 그때 학생이 항상 안녕하세요, 고생하시네요, 좋은 하루 되세요, 친절하게 인사해준 게 얼마나 힘이 됐는지 몰라. 학생은 몰랐겠지만 내겐 정말 큰 힘이 됐어.]
[아, 예…]

홍혜화는 조금 민망해졌다.

[아니, 근데 왜 이렇게 일찍 왔어!]
[…]

뱃사공이 미간을 찌푸리며 갈등했다.

[에라, 모르겠다! 오늘 영업 종료다!]
[예?]
[여기다 신발만 벗어두고 돌아가! 나머진 내가 책임질게!]

　　　　　　　　　　친절한 아가씨의 운수 좋은 날

[네?]

뱃사공은 웃으며 손을 내밀었다.

[좋은 하⋯ 아니, 좋은 평생 보내, 학생!]

.
.
.

"숨 쉰다! 살았어! 이 아가씨 살았어!"

세 남자의 하우스 포커

중식당의 식사 방. 세 명의 사내가 둥근 식탁을 중심으로 둘러앉아 있다.

거친 콧수염이 인상적인, 번쩍대는 잠바 차림의 덩치 큰 사내. 그는 의자에 푹 기대앉아 늘어진 자세로 말했다.

"크흠! 타이밍 한번 기가 막히군."

사각 뿔테 안경이 인상적인, 양복 차림의 마른 사내. 그가 안절부절못하는 불안한 몸짓으로 말했다.

"도대체 언제까지 있는 답니까? 지금 걸린 돈이 얼만데!"

세 남자의 하우스 포커

오랫동안 씻지 않은 듯, 눌러 쓴 모자와 관리 안 된 수염이 인상적인 사내. 그는 차분한 어조로 말했다.

"하우스의 생리에 대해 잘 모르시는 모양이군요."

야구 모자 사내는 말을 하며, 식탁 중앙에 놓인 탕수육을 하나 집어 먹었다. 맛은 그닥인지, 마치 고무를 씹는 듯 계속 질경거렸다.

둥근 식탁 위에는 커다란 탕수육 접시가 정중앙을 넓게 차지하고 있었고, 세 사내들의 앞에는 각각 개인 접시가 놓여 있었다.

그 개인 접시 아래에, 포커 카드 패가 숨겨져 있었다. 그리고 중앙의 넓은 탕수육 접시 아래에는, 9천만 원이 넘는 베팅금이 숨겨져 있었다.

몇 분 전. 셋은 마치 드라마처럼, 한 판의 게임에 모든 도박 자금을 올인해버렸다. 단 한 판의 게임으로, 셋 중 하나는 9천만 원이 넘는 돈을 따가는 것이었다.

그런데 하필 그때, 하우스에 경찰이 들이닥쳤다. 그들은 미처 자신들의 패를 공개하기도 전에, 중식당 손님으로 위장하고 때를 기다려야만 했다.

:
:
:

야구 모자 사내가 하우스의 생리를 잘 안다는 듯 말을 이었다.

"어차피 잡혀갈 일은 없으니 걱정하지 않아도 됩니다. 이곳을 찾아온 경찰의 목적은 돈이고, 하우스 주인도 그것을 잘 압니다. 단지, 지금은 그 둘이 뭐랄까, 일종의 기 싸움을 하고 있는 겁니다."
"기 싸움?"

콧수염 사내가 물었다. 야구 모자 사내는 담배를 꺼내 한 대 물고, 자연스럽게 콧수염 사내에게도 한 대 내밀며 말했다.

"하우스 주인이 증거가 남지 않을 화법으로 떡값을 제안하면, 경찰은 모르쇠로 이 방 저 방을 찔러보며 떡값을 올리려 하죠. 그럼 하우스 주인은 곤란을 표하며 떡값을 조절할 테고… 시간이 좀 걸리는 것을 보니, 그 경찰이 제법 욕심이 많은가 봅니다. 욕심이 많으면 체하는데… 쯧."

야구 모자 사내는 콧수염 사내에 이어 양복 사내에게도 담배를 내밀었지만, 양복 사내는 손을 들어 거절했다.

"담배 안 피웁니다."
"쯧. 차라리 담배를 피우시지. 도박보단."
"크흘흘!"

세 남자의 하우스 포커

야구 모자 사내와 콧수염 사내가 실없이 웃었지만, 양복 사내의 얼굴엔 여유가 없었다. 그는 저들의 여유가 이해되지 않았다. 판돈으로 처넣은 몇천의 돈이, 저들에겐 크지 않은 돈인 걸까? 그게 아니면, 그만큼 자신들의 패에 자신이 있다는 것일까? 양복 사내는 자기도 모르게 퉁명스러운 목소리로 말했다.

"이러다가 만약, 저 경찰이 습격이라도 하면 어떻게 되는 겁니까? 판돈도 다 압수당할 텐데, 이렇게 한가롭게 있어도 됩니까?"

야구 모자 사내가 그럴 일은 절대 없을 거라며 손사래를 쳤다. 콧수염 사내도 그것은 걱정하지 않는 듯, 의자에 푹 파묻혀 담배 연기만 뻐끔뻐끔 뿜어댔다.

양복 사내는, 그 둘이 여유로울수록 불안해졌다. 초조함이 얼굴에 다 티가 났다. 도박에서 초조함을 들키는 것은 필패의 지름길이라는 걸 알고 있지만, 어차피 모든 돈을 올인한 뒤였고, 모든 패가 나뉜 뒤였다.

"그럼, 이러고 기다릴 게 아니라, 패라도 좀 몰래 까 보고 승부를 내야 할 것 아닙니까?"

양복 사내의 다급한 말에, 콧수염 사내가 고개를 저었다.

"안 되지. 돈 잃은 놈이 화가 나서, 갑자기 밖에 나가 경찰한테

다 일러버리면 어쩌려고? 경찰이 갈 때까진 기다리쇼! 거참, 형씨 패 좋은 거 드셨나 보네?"

"으으음…"

양복 사내는 콧수염 사내의 말에 반박하지 않았다. 콧수염 사내는 담배를 앞 접시에 비벼 끄더니, 몸을 앞으로 기울이며 둘에게 물었다.

"그나저나, 형씨들은 이 도박 군자금을 어디서 모았수? 아이고, 나는 여기 담근 3천이 내 전 재산이라, 이 판을 잃으면 거지가 되게 생겼는데."

너스레를 떠는 그의 질문에 양복 사내는 대답할 마음이 없었지만, 야구 모자 사내는 받아주었다. 한데, 그 대답이 둘의 관심을 끌었다.

"딸 팔아서 번 돈입니다."
"잉? 딸을 팔아?"
"?"

"딸이 죽었는데… 이건 그 합의금이랍시고 받아온 돈이지요."
"아이고, 저런!"

콧수염 사내가 얼른 자세를 고쳐 잡으며 안쓰러움을 표시했고, 양복 사내도 으흠 소리를 흘렸다. 곧, 양복 사내가 조금은 질책하는 어투로 물었다.

"딸의 그… 합의금으로 도박을 하시는 겁니까?"

콧수염 사내가 두둔하듯 야구 모자 사내 대신 대답했다.

"그러는 형씨는 뭔 돈으로 하쇼? 도박 자금에, 되는 돈 안 되는 돈이 따로 있나?"
"으흠…"

하긴, 양복 사내는 본인도 할 말이 없던 터라 입을 다물었다. 본인도 소중한 퇴직금을 다 때려 넣고 있는 마당이었다.
그때 빙그레 웃고만 있던 야구 모자 사내가, 심심풀이 얘깃거리라도 풀어놓듯이 입을 열었다.

"내 딸이 어떻게 죽었는지 아십니까? 자살일 거라고는 하는데, 글쎄요? 이게 자살인지 자살이 아닌지, 저는 이해가 잘…"
"자살도 합의금이 나오나?"

콧수염 사내가 궁금하다는 듯이 되물으며 얘기를 들을 자세를 취했고, 양복 사내도 야구 모자 사내를 바라보았다.

야구 모자 사내는 모자를 벗어 머리를 쓸어 넘기고는 다시 모자를 눌러쓴 뒤, 조금은 굳은 표정으로 이야기를 시작했다.

"저는 전혀 몰랐는데, 제 딸이 왕따였더군요. 왜 몰랐는지… 일만 한다고 딸에겐 관심도 없었죠. 그렇게 돈을 벌어서 뭐 한다고 그리 일에만 목매달았는지."

"어이구, 형씨…"

"그 학교 애들 중에, 특히 우리 딸을 괴롭히던 애들이 둘 있었는데, 그 애들이 우리 딸을 학교 옥상 난간 밖으로 거꾸로 매달아놓은 겁니다. 상상이 되십니까? 번지점프처럼, 발목에 줄을 묶어서 대롱대롱 매달아놓은 것이지요."

"저런 저런 염병할 년들!"

흥분하는 콧수염과 달리, 양복 사내의 얼굴은 조금씩, 굳어 갔다.

"저는 지금도 궁금합니다. 경찰 말로는 그 애들이 수업을 받으러 들어간 사이에, 우리 딸이 스스로 발을 흔들어 줄을 끊고 추락했다는데… 그럼 이게 자살입니까? 아니면 그 애들이 죽인 겁니까?"

"그야 당연히 그 염병할 년들이 죽인 거지!"

"한데, 경찰은 아니라고 하더란 말입니다. 그 애들은 직접적인 살인 의도가 없어, 살인범이 아니라는 거죠. 자살일 가능성이 높고, 그게 아니더라도 사고사라는 겁니다. 살해당한 게 아니라."

"염병! 그런 게 어딨어!"

콧수염 사내는 자기 일처럼 씩씩대며 흥분했다. 반면, 양복 사내의 얼굴은 점점 더 굳어갔다.

"저는 생각했습니다. 그렇다면 왜 우리 딸은 스스로 발버둥을 치다가 바닥으로 떨어진 걸까? 더 이상은, 견디지 못했던 걸까? 그러다 저는, 병원에서 딸이 죽기 전 마지막으로 남겼다는 말 한마디를 전해 듣게 되었습니다. '사진을 지워달라'란 말을요."

양복 사내의 얼굴이 창백해졌다.

"저는 궁금했죠. 사진을 지워달라? 그게 무슨 말일까? 그러다가 저는 알게 되었습니다. 그 두 애들이 우리 딸을 옥상에 매달아놓은 게 이번이 처음이 아니라는 것을 말이죠. 그리고… 그냥 매달아놓은 것도 아니란 것을 말이죠."

"그냥이 아니면?"

"항상, 치마와 팬티를 모두 벗겨서 매달아놓았다더군요."

"이, 이런 쳐 죽일! 이런 미친 쌍년들이 다 있나!"

눈이 왕방울만 해져 화를 내는 콧수염 사내와 달리, 양복 사내는 온몸을 부들부들 떨었다. 그런 그를 서늘히 바라보며 야구 모자 사내가 말했다.

"저는 선생이 이 이야기를 들으면, 당장에 이 방을 뛰쳐나갈 줄 알았습니다. 그 접시 밑의 패가 어지간히도 좋은가 봅니다? 아직도 그 자리에 앉아 있는 걸 보니 말입니다."
"그… 그!"

벌벌 떨며 말을 제대로 잇지 못하는 양복 사내. 콧수염 사내가 의아하다는 듯이 물었다.

"형씨! 왜 그러쇼?"
"그… 그!"

대답은 야구 모자 사내가 해주었다.

"옥상에서 추락한 제 아이를, 가장 먼저 발견한 사람이 바로, 저 선생이십니다."
"뭐야! 저 형씨가!"
"그, 그!"

양복 사내의 눈빛이 사정없이 흔들렸고, 야구 모자 사내는 피식 웃으며 이야기를 계속했다.

세 남자의 하우스 포커

"선생이 학교를 그만두는 바람에, 찾기가 쉽지 않으리라 생각했습니다. 한데, 여기서 만날 줄이야? 사람의 인연이란 참 신기하지 않습니까?"

"그…"

"선생께서 신고를 해주어, 우리 애가 병원까지 이송된 건 좋은데 말입니다. 그건 참 고마운데 말입니다… 한 가지, 의문이 들더군요."

"…"

양복 사내가 침을 꿀꺽 삼키며 불안한 표정을 지을 때, 갑자기 방문이 살짝 열리며 하우스 주인이 고개를 내밀었다.

"됐습니다."

하우스 주인은 짧게 말하고 곧장 문을 닫았다. 콧수염 사내가 야구 모자 사내에게 질문을 하며 자연스럽게 탕수육 그릇을 바닥으로 치웠다.

"한 가지 의문이라니, 그게 뭐요?"

탕수육 그릇이 치워진 자리에는 돈다발 뭉치가 한가득 있었다. 총 9천만 원이었다. 부들거리던 양복 사내의 시선이 그 돈다발로 이동했다.

야구 모자 사내가 콧수염 사내를 향해 말하며 본인 앞의 접시를 치웠고, 콧수염 사내도 본인 접시를 치워 카드 패들을 드러내며 야구 모자 사내의 이야기를 들었다.

"병원으로 이송된 우리 딸이, 치마와 팬티를 모두 입고 있었다는 겁니다. 그 옷은 과연, 누가 입힌 걸까요?"
"아니, 그럼 누가 옥상에서 떨어진 애한테 가서 굳이 치마랑 팬티를 입혀줬다는 건가? 그게 누구요?"

야구 모자 사내는 시선을 돌려 양복 사내를 바라보았고, 그 시선을 좇아 콧수염 사내도 양복 사내를 돌아보았다.
양복 사내는 벌벌 떨면서 아무 말도 못 하고 겨우 입만 뻐끔거렸다. 그때 야구 모자 사내가 손짓으로 그의 앞 접시를 가리키며 어깨를 으쓱했다.
양복 사내는 퍼뜩 정신을 차린 것인지 아니면 아직도 정신이 나간 것인지, 앞 접시를 옆으로 빼서 카드 패를 드러냈고, 이로써 세 사내의 카드 패가 모두 공개됐다.

야구 모자 사내는, 같은 무늬 다섯 장의 플러시를 노리는 듯한, 클로버 무늬 네 장 바닥패.
콧수염 사내는, 7번 카드 두 장의 원 페어 바닥패.
양복 사내는, 야구 모자 사내처럼 플러시를 노리는 듯한, 하트 무늬 네 장 바닥패.

세 사내 모두 아직 확인하지 않은 마지막 한 장의 패가 바닥에 뒤집힌 상태로 있었는데, 야구 모자 사내가 자연스럽게 그 패를 집어 들었다. 그걸 보고 콧수염 사내도 본인의 것을 가져가서, 손에 든 카드와 겹쳐놓고 천천히 내리며 패를 쪼았다.

야구 모자 사내는 본인의 마지막 카드 패를 확인하고 한 번 웃은 뒤, 양복 사내에게 물었다.

"굳이 마지막 패를 확인하지 않으시는 걸 보니, 이미 하트 플러시를 완성하셨겠지요? 그러니까 자신 있게 3천만 원을 올인하셨을 테고."
"…"

아직도 혼란스러운 상태의 양복 사내는 뭐라 대답도 못 하고 흔들리는 동공을 보였다. 그때, 콧수염 사내가,

"염병!"

바닥에 카드 패를 탁 내려치며 입으로 후! 화를 내뿜었다.

"7봉으로 말랐네! 염병! 풀 하우스만 떴어도 무조건 내 건데!"

씩씩대며 괴로워하던 콧수염 사내가 곧 한숨을 푹 쉬더니, 들

던 이야기라도 마저 듣자는 듯 야구 모자 사내 쪽으로 고개를
돌렸다.

"에효! 그러니까, 형씨 생각엔 그 치마랑 팬티를 입힌 사람이
이 형씨란 말이오?"

그가 고갯짓으로 양복 사내를 가리키자, 야구 모자 사내가 직
접적으로 물었다.

"선생이시죠? 가장 먼저 우리 딸을 발견하고, 딸에게 옷을 입
힌 사람이."
"그… 그!"
"아마, 학교의 평판을 생각해야 했겠지요. 치마랑 팬티가 벗
겨진 학생이 옥상에서 추락사한 게, 학교 평판에 좋을 리 없을
테니 말입니다. 한데 제 입장에서는 조금… 아쉬운 판단이었습
니다, 선생."
"아, 아니, 난…"
"그걸 입힐 시간에, 한시라도 바삐 병원으로 이송해줬으면 했
는데… 조금 아쉬운 건 어쩔 수 없군요, 선생."
"아, 아니… 나, 난…"

부들부들 떠는 양복 사내에게, 콧수염 사내가 오히려 더 윽박
질렀다.

"자, 잠깐만! 팬티랑 치마를 다시 입혔다는 건, 그 급박한 상황에 팬티랑 치마를 가지러 옥상까지 올라갔다 왔다는 거 아냐! 형씨 미친 거 아니야?"

"아, 아닙니다! 나, 난 바로 119에 신고를 한…"

양복 사내는 확고하게 부인하지 못하고 벌벌 떨었다. 한데 야구 모자 사내가 갑자기, 화제를 전환해 카드 이야기를 했다.

"선생의 패는 하트 K 플러시겠지요? 만약 선생이 하트 A 플러시라면 제가 무조건 졌을 겁니다. 한데, 다행히도 이거 참."

야구 모자 사내는 마지막으로 확인했던 본인의 패를 선뜻 테이블 위로 오픈했다. 그러자 양복 사내가 눈을 부릅떴다.

하트 A 카드였다.

야구 모자 사내는 손가락으로 톡톡, 이미 공개된 본인의 카드 네 장을 두들기며 시선을 집중시켰는데, 그 손끝은 클로버 A 카드를 가리키고 있었다.

"저는 클로버 A 플러시입니다. 아쉽겠습니다, 선생."

"으… 으…"

양복 사내의 얼굴이 처참하게 일그러졌다. 한데 그때, 야구 모자 사내가 뜻밖의 제안을 했다.

"선생. 저는 아직, 콜을 받지 않았습니다. 만약 선생이 제 요구를 한 가지 들어주신다면… 저는 죽겠습니다."
"!"
"뭐, 뭐?"

양복 사내와 콧수염 사내가 깜짝 놀라 눈을 동그랗게 떴다. 여기서 그냥 죽는다는 건, 양복 사내에게 판돈 9천만 원을 안겨준다는 말이나 마찬가지였다.

그들이 놀라거나 말거나, 야구 모자 사내는 다시 이야기를 시작했다.

"저는 딸이 마지막으로 남겼다는 그 말이 마음에 걸렸습니다. '사진을 지워달라'… 그 사진이란 게 뭔지 안 봐도 뻔했습니다. 벗겨진 채 매달린 딸의 모습을 찍은 사진을 말하는 거겠죠."
"염병! 그년들이 사진까지 찍은 거군!"

콧수염 사내가 다시 씩씩댔고, 야구 모자 사내는 쓸쓸하게 웃으며 고개를 끄덕거렸다

세 남자의 하우스 포커

"네, 그렇게 생각한 저도 가장 먼저 그 두 아이를 찾아갔습니다. 한데, 자신들은 절대 사진을 찍지 않았다더군요. 눈물을 흘리며 죄송하다고 빌면서도, 사진만은 결코 찍지 않았다는 겁니다. 두 분이라면 그 말을 믿을 수 있었겠습니까?"

"그년들 말을 어떻게 믿어!"

"저는… 믿었습니다. 펑펑 울면서 절대 사진만은 안 찍었다고 말하는 그 얼굴이… 진실을 말하는 것 같더군요. 그래서 저는… 믿었습니다."

콧수염 사내의 얼굴이 답답함에 씰룩거렸다.

"어이쿠! 형씨 속도 좋아! 그년들 우는 거, 미안해서 우는 거 아니야! 다 연기야, 연기! 으이구! 이 형씨 속도 좋네, 속도 좋아!"

야구 모자 사내는 그냥 한 번 웃더니, 곧 양복 사내의 눈을 똑바로 노려보며 정색하고 물었다.

"제가 묻고 싶은 건 그겁니다. 혹시… 선생이 제 딸의 사진을 찍었습니까?"

"!"

"이, 이 형씨가!"

"만약, 선생께서 제 딸의 사진을 가지고 계신다면… 지금 제가 보는 앞에서 지워주십시오. 그렇게 해주신다면, 저는 이 게임에서 죽겠습니다."

"!"

양복 사내의 눈동자가 사정없이 흔들렸다.

방 안에 침묵과 함께 긴장감이 흘렀고, 콧수염 사내도 둘의 얼굴을 번갈아 바라보며 마른침을 꿀꺽 삼켰다.

양복 사내의 안색이 극심하게 어두워졌다. 그의 불안한 시선이 테이블 위의 돈다발로 향했다가, 야구 모자 사내의 얼굴로 향했다가, 야구 모자 사내의 카드 패로 향했다가, 이리저리 어지럽게 움직였다.

그러고는 한참 만에 떨리는 음성으로 물었다.

"다, 당신은 아직 패를 다 공개하지 않았어. 당신이 정말은, 플러시를 완성하지 못했을 수도 있잖아?"

야구 모자 사내는 어깨를 으쓱하며 손에 든 패 두 장을 바닥에 덮어놓았다.

"그렇다면, 게임을 계속해서 이 패를 확인해보시던가요."

"…"

양복 사내는 그 패를 보며 갈등했다. 흔들리는 눈에 땀이 흘

세 남자의 하우스 포커

러 들어가 닦아내야 할 정도로, 극심하게 갈등했다.

야구 모자 사내는 아무래도 좋다는 듯, 여유로운 태도였다. 그 모습이 더더욱 양복 사내를 불안하게 만들었다.

한참 동안 끙끙대며 고민하던 양복 사내는 결국 두 눈을 질끈 감으며 말했다.

"사진을… 사진을 지우겠소…"
"아!"

야구 모자 사내는, 그 시인을 들으며 탄식 같은 한숨을 내뱉었다. 그 사진이, 정말로 선생에게 있었던 것이다. 그는 밀려오는 딸의 생각에, 두 눈을 감을 수밖에 없었다.

양복 사내는 내키지 않아 하는 얼굴로 주머니에서 핸드폰을 꺼내 들었다. 한데,

드르륵!

방문이 활짝 열리며, 경찰이 들이닥쳤다.

"뭐, 뭐야? 무슨!"

경찰은 곧장, 양복 사내에게로 가서 그를 제압했다.

"뭐, 뭐야! 뭐야!"

양복 사내가 당황한 사이, 자리에서 일어난 콧수염 사내가 다가와 그의 손에서 핸드폰을 빼앗아 들었다. 곧이어, 번쩍대는 잠바 안에서 수갑을 꺼내 양복 사내의 팔목에 채우는 콧수염 사내.

"뭐, 뭐야!"

양복 사내는 믿을 수 없다는 듯 눈을 부릅떴다. 콧수염 사내는 경멸하는 시선으로,

"이런 것도 선생이라고!"

중얼거리며 핸드폰을 확인했다. 한데, 화면 속 사진을 보던 콧수염 사내의 얼굴이 부들부들 떨렸다.

"이… 이… 이 씹새끼가!"

잡아먹을 듯한 눈빛으로 양복 사내를 노려보는 콧수염 사내. 그 기세에 양복 사내가 겁에 질렸다.
이상함을 느끼고, 사진을 확인하러 다가오는 야구 모자 사내.

"…"

세 남자의 하우스 포커

사진은 건물 아래에서 옥상에 매달린 딸을 찍은 사진이 아니었다. 바닥에 추락해서 죽어가는 딸을 찍은 사진이 아니었다.

옥상 난간 바로 위에서, 찍지 말라며 발버둥 치는 딸의 모습을 근접 촬영한 사진들이었다.

구해주기는커녕, 협박하기 위해 찍어놓은 듯한 악의가 담긴 사진들.

야구 모자 사내의 얼굴이 차갑게 굳었다. 그는 감정이 사라진 듯한 어투로 물었다.

"선생. 혹시 내 딸이 죽은 이유가… 선생 때문입니까?"
"아… 아, 아닙니다! 나, 난 구해주려고 했는데… 이, 일단 왕따의 증거를 찍어놔야 하기 때문에! 어어, 맞아, 증거용으로 찍어야 하니까! 난 정말 바로 구해주려고 했어! 떨어진 건 내 잘못이 아니라, 자기가 발버둥을 치다가! 어!"

정신없이 변명을 토해내는 양복 사내의 얼굴을, 야구 모자 사내가 아무 말 없이 싸늘하게 쳐다만 보았다.
그 눈빛에 압도당한 양복 사내는, 부들부들 떨면서 저자세로 빌었다.

"자, 잘못했습니다! 절대 나쁜 의도가 아니었습니다! 난 단지… 아니, 제가 다 잘못했습니다. 잘못했습니다…"

콧수염 사내가 그를 경멸 어린 시선으로 쳐다보다가, 옆의 경찰들에게 말했다.

"끌고 가!"
"저, 전 정말! 따님의 죽음과는 전혀 관계가… 저는 단지 왕따의 증거를 찍어놓으려고…"

끌려가면서도 연신 변명을 해대던 양복 사내가 갑자기 거칠게 저항하며 다급히 말했다.

"파, 판돈! 저 돈은! 내 돈은!"

콧수염 사내가 한껏 비웃었다.

"도박 자금은 모두 국가에 환수야!"

양복 사내가 망연자실해 있을 때, 야구 모자 사내가 손을 뻗어 본인이 덮어두었던 두 장의 카드 패를 한 장씩 뒤집으며 말했다.

세 남자의 하우스 포커

첫 번째 카드, 다이아 4.

"선생. 난 절대로 선생을 용서할 수 없을 것 같습니다."

두 번째 카드, 스페이드 8.

"뭐, 뭐야! 이런!"

양복 사내의 얼굴이 마구 일그러졌다. 야구 모자 사내의 패는 클로버 A 플러시가 아닌, 미완성 패였다.

그런 그를 강렬히 노려보며, 야구 모자 사내가 다짐하듯 이를 악물고서 말했다.

"절대로 용서할 수 없을 것 같습니다. 무슨 수를 써서라도!"

그 강렬한 적의에 침을 꿀꺽 삼킨 양복 사내가 다시금 빌었다.

"잘못했습니다, 아버님! 근데 따님의 죽음은 정말 저와는 관계가… 저는 나쁜 의도라기보다, 정말 왕따 행위에 증거가 있어야 했기 때문에… 아니 아니, 다 죄송합니다! 제가 다 죄송합니다! 용서하십시오, 아버님! 아버님께서 눈물을 흘리던 그 두 아이를 용서했던 것처럼, 저도 용서를!"

야구 모자 사내가 무표정하게 말했다.

"누가, 그 두 아이를 용서했답니까?"
"응?"

야구 모자 사내는 양손을 모아, 앞으로 내밀었다.

"난, 내 딸을 죽음으로 몰고 간 자를 용서한 적이 없습니다.
다, 죽여버렸지."

콧수염 사내가, 그 양손에 수갑을 채웠다.

"크흠흠! 그럼, 얼른 가지."

콧수염 사내가 헛기침을 하며 모르는 척, 앞서 걸었다.
야구 모자 사내가 양복 사내와 나란히 끌려가며, 나직하게 말
했다.

"같은 교도소에서 만납시다. 꼭."
"…"

양복 사내의 얼굴이 창백하게 굳어버렸다.

세 남자의 하우스 포커

심심풀이 김남우

[눈을 감고 '심심하다' 라고 말해봐! 진짜 놀라운 일이 벌어질걸?]

우연히 본 그 게시물은, 모니터 너머의 사람에게 멍청한 일을 시키는 낚시 게시물로밖에 보이지 않았다. 한데, 그 일을 실행한 사람들의 놀라운 증명 댓글들이 수도 없이 달리기 시작했다.

운동을 끝내고 집에 와서 컴퓨터를 하던 김남우도, 인터넷을 뜨겁게 달구고 있는 그 게시물의 내용을 따라 해보았다.

"심심하다."

아무 일도 일어나지 않았다. 김남우는 또 멍청하게 낚시를 당한 거라 생각했다. 한데, 아니었다.

그 낚시성 게시물은 묻히는 기색 없이, 시간이 흐르면 흐를수록 온 인터넷을 잠식해 들어갔고, 심지어는 TV의 긴급 뉴스로까지 나왔다.

"뭐, 뭐야? 왜들 이러는 거야? 뭐가 있다는 건데?"

김남우는 이해할 수 없었다. 혹시 몰라 몇 번을 다시 시도해 봤지만, 아무런 일도 벌어지지 않았다. 그런데 왜들 이렇게 난리인 걸까?

김남우는 뒤늦게 사태를 파악했다. 낚시가 아니었다. 아무 일도 일어나지 않는 게 아니었다.

김남우라서 아무 일도 일어나지 않았던 것이다.

눈을 감고, 심심하다고 말한 사람들은 모두, 똑같은 시야를 공유하게 되었다. 눈을 감고도, 다른 어떤 곳의 풍경을 마치 눈을 뜬 것처럼 볼 수 있었다.

지금 김남우가 두 눈으로 바라보고 있는 세상을 말이다.

⋮

처음, 상황을 파악한 김남우는 미쳐버리는 줄 알았다. 사람들이 지금 내가 보고 있는 것을 똑같이 보고 있다니! 그것을 수많은 사람들이 신기하다며 즐기고 있다니!

"내가 보는 걸, 세상 사람 모두가 볼 수 있다고? 뭐야? 그럼 이 집도, 내 모습도…"

김남우는 무심코 고개를 내려, 벗은 몸을 내려다봤다가,

"으헉!"

급히 고개를 들었다. 여름이라, 자취방에선 팬티까지 다 벗고 지냈던 터였다. 평소라면 아무렇지도 않겠지만, 세상의 수많은 사람들이 방금 그 장면을 봤다고 생각하면…

"아오, 씨발!"

김남우는 눈을 감고, 온몸으로 발악했다. 왜 자기에게 이런 일이 생겼는지, 대상 없는 욕설을 퍼부었다.

욕을 퍼붓고 난 뒤, 김남우의 머릿속이 생각으로 복잡해졌다. 다시 눈을 뜬 김남우는 컴퓨터 앞에 앉아, 인터넷 돌아가는 상황을 살폈다.

[방금 그거 본 사람? 너무 빨리 지나가서! ㅋㅋㅋㅋ]

[털 참 풍성하네ㅋㅋㅋㅋ 무슨 숲인 줄ㅋㅋㅋㅋ]

"이런 씨!"

김남우는 미칠 것 같았다. 이미 세상 사람들 모두가 이 사태를 즐기고 있었다.

사람들은 김남우의 눈으로 본, 그 작은 방의 풍경만 가지고도 엄청나게 떠들어댔다.

집이 쓰레기장이다, 설거지를 해라, 종아리 털이 더러워 보인다, 가난해서 컵라면만 먹는가 보다, 여자 친구가 없는 것 같다, 침대보 좀 정리해라, 옷걸이에 걸린 옷들이 딱 공대 복학생 수준이다…

김남우는 지금껏 개인의 프라이버시에 대해 막연하게만 생각했었다. 한데 이런 믿지 못할 상황에 놓이고 나니, 개인의 프라이버시라는 게 얼마나 중요한 것인지 뼈저리게 느껴졌다.

[오! 지금 이 사이트 보고 있다! 분명 여기 회원 중 하나야!]
[지금 여기 글들 보고 있는 거지? 이 글 봤으면 댓글 좀 달아줘!ㅋㅋㅋ]

김남우는 이 사태를 장난처럼 즐기는 이들에게 이를 갈며 쌍

욕을 했지만, 댓글을 남길 순 없었다.

댓글을 남겼다가, 내가 누군지 신상을 캔다면? 거울을 봤다가, 내 얼굴을 아는 사람이 나타난다면? 밖에 나갔다가, 여기가 어느 동네의 어디인지 알아보는 사람이 나타난다면?

김남우는 아직 마음이 진정되지 않았다. 아직은 사람들이나, 김남우란 존재를 정확히 알고서 떠드는 모습을 보고 싶지 않았다.

지금은 옥탑방 남자라고 부르며 자기들 멋대로 떠들고 있지만, 그 이름이 김남우로 바뀌는 순간, 마치 영화 〈트루먼 쇼〉의 짐 캐리 꼴이 날 것 같아 겁이 났다.

내 인생을, 세상 모두가 공유하고 본다니? 밥을 먹는 것도, 똥을 누는 것도, 무엇을 하며 노는지도, 어디에 가는지도, 어쩌면 섹스를 하는 모습까지도!

김남우는 미쳐버릴 것 같아 눈을 감아버렸다. 정신이 아득해졌다. 평생 눈을 감고 지낼 게 아니라면, 어차피 언젠가는 들킬 수밖에 없었다. 그럼 그 인생은 어떨까?

제대로 살아갈 수 있을까? 일거수일투족을 감시당하듯 살아야 하는 그 인생은 도대체, 어떨까?

[렛 잇 비 렛 잇 비~ 렛 잇 비~]

핸드폰이 울리는 소리에 김남우는 번쩍 눈을 뜨고, 핸드폰을
집었다. 여자 친구 홍혜화였다.

오늘은 홍혜화와 일주년 데이트가 있는 날이었다.

⋮

거의 앞이 보이지 않을 만큼 눈을 희미하게 뜨고 옥탑방을 빠
져나온 김남우는, 버스 정류장까지 최대한 주변을 쳐다보지 않
으려 애쓰며 걸었다.

버스에 올라 자리에 앉고서야 완전히 눈을 감아버린 김남우.
그나마 소리까지 공유되지는 않았기 때문에, 어느 버스 정류장
을 지나는지 들키지 않을 수 있었다.

그렇지만 이대로 여자 친구를 만나면?

"빌어먹을…"

절로 쌍욕이 터졌다. 지금 이 순간에도 사람들은 김남우와 시
야를 공유하고 있을 것이다. 그 수많은 사람들이 여자 친구를 보
게 될 것이다.

얼마나 떠들어델까? 얼마나 평가해델까? 얼마나 우리 데이트
를 흥미롭게 훔쳐볼까? 김남우는 가슴이 갑갑했다.

심심풀이 김남우

김남우는 약속 장소에 도착해, 실눈으로 버스에서 내리려다가,

"에라이 씨!"

그냥 포기하듯 홧김에 눈을 떠버렸다. 어차피, 감추는 건 불가능한 일이었다.

"오빠!"
"어, 어…"

김남우를 알아본 홍혜화가 달려왔고, 김남우는 그녀의 얼굴을 보며 한숨을 쉬었다.
홍혜화는 곧장 김남우의 팔짱을 꼈다.

"왜 이렇게 늦었어! 배고파, 배고파, 배고파!"
"어, 어어…"

우물쭈물, 김남우는 망설였다. 일단 모든 걸 고백해야 할 텐데, 입이 떨어지지 않았다.
걸으며 홍혜화는 계속 재잘거렸다.

"아참! 오빠, 그거 해봤어? 심심하다고 말하자마자, 그 사람 시야가 눈앞에 딱 펼쳐지는데… 진짜 신기해! 무슨 이런 일이

다 있대?"

"그…"

김남우는 흥분해서 떠드는 홍혜화를 보면서도 입이 떨어지지
않았다. 그런데 그때,

"응?"

홍혜화의 핸드폰이 울렸다. 순간 김남우는 어떤 예감이 들었
다. 친구와 통화를 하는 홍혜화.

"응? 뭐라고? 그게 무슨 말이야? 뭐? 뭐라는 거야?"

김남우는 눈을 질끈 감았다. 곧, 홍혜화는 침묵하고, 김남우가
무겁게 입을 열었다.

"혜화야. 사실…"

.
.
.

쾅쾅쾅!

"김남우 씨! 안에 계신 것 압니다! 인터뷰 좀 해주십시오! 김

남우 씨! 안에 계신 것 다 보았습니다!"

한 달이 지났다.

지난 한 달간, 김남우는 세상에서 가장 유명한 사람이 되었다. 누구든 마음만 먹으면 김남우의 일상을 훔쳐볼 수 있었고, 이 신비하고 신기한 일은 세상 사람들을 빠져들게 만들었다.

쾅쾅쾅!

울리는 문밖의 소리에도 김남우는 반응하지 않았다. 그저 자리에 앉아, 스케치북에 끊임없이 글을 쓰고 있었다.

[제발 보지 마세요. 제발 저를 좀 살려주세요. 제발 저를 그냥 내버려두세요. 제발 보지 마세요…]

김남우의 눈을 통해 보고 있을 수많은 사람들을 향해서였다. 김남우는 입술을 깨물며 지난 한 달을 회상했다.

[오빠… 미안해… 난… 도저히 견딜 수 없을 것 같아… 자신이 없어. 미안해. 정말…]

여자 친구가 떠났다.

[야이 씨! 남우야. 너 좀 딴 데 보고 있으면 안 되냐? 신경 쓰여서 술도 제대로 못 마시겠네!]

친구들이 불편해졌다.

[김남우 씨! 방송국입니다! 저희 방송에서 김남우 스페셜 쇼를 구성해보려고 합니다!]
[김남우 씨! 김남우 씨의 이 이상 현상을 연구해보고 싶습니다. 일단 CT를 한 번 찍어보시면!]
[꺅! 사인 좀 해주세요 오빠! 잠깐만요, 내 얼굴 보고 있어봐요! 자기야, 지금 눈 감고 봐봐! 내 얼굴 보여? 어때?]

사람들이 김남우를 신기한 동물처럼 취급했다.
가장 김남우를 괴롭게 했던 건, 김남우의 일거수일투족을 보며 평가해대는 사람들이었다.

[진짜 라면 끓일 줄 모르네! 스프 먼저 넣어야지!]
[김남우 말이야. 전에 폐지 줍는 할아버지가 리어카 끌고 올라가시는데, 그거 보고도 그냥 지나가더라? 좀 도와주지 말이야!]
[신호등 불 세 칸 남았을 때는 그냥 기다려야지! 뭐가 급하다고 저렇게 뛰어가냐? 위험하게.]
[김남우는 가슴 큰 여자 좋아하는 듯ㅋㅋㅋ 인터넷 하다가 가슴 큰 여자 사진만 나오면 오래 쳐다봄ㅋㅋㅋ]

[저 티셔츠에 무슨, 저 바지를 입냐? 옷 입을 줄 모르네, 진짜. 신발도 흰색 단화 하나 좀 사지. 그렇게 돈이 없나?]

[김남우가 야동 급하게 다 지울 때, 그거 제목들 기억나는 사람? 취향이ㅋㅋㅋ]

[김남우…]

모든 생활에 일일이 간섭하려 들고, 평가하려 드는 수많은 사람들. 사람들은 김남우를 미치기 직전까지 몰아붙였다.

김남우는 스케치북에 제발 살려달라고, 제발 보지 말라고, 제발 내 인생에서 신경을 꺼달라고 쓰고 쓰고 썼다.

쓰다가 쓰다가 쓰다가, 쾅쾅쾅! 쾅쾅쾅! 쾅쾅쾅! 문밖의 시끄러움에, 쓰다가 쓰다가 쓰다가, 쾅쾅쾅! 쾅쾅쾅! 쾅쾅쾅! 쓰다가 쓰다가 쓰다가, 부질없다는 듯이 울컥! 펜을 던져버리는 김남우.

"아, 씨바알!"

주변이 떠나가라 '씨발'을 크게 반복했다. 목이 터져나갈 듯 반복했다. 벌써 김남우가 이 기이한 상황에 빠진 지, 정확히 한 달째 되는 날이었다.

변화가 생겼다.

[어? 소리도 들리지 않냐?]

[정말이다! 보는 것 말고, 이젠 소리도 들린다!]

[야, 지금 김남우 엄청 욕하고 있어.]

[김남우. 참 불쌍합니다. 사람이 프라이버시란 게 있는데, 진짜 그만 훔쳐봐야 하는 거 아닙니까?]

[여기서는 착한 척 안 본다고 해놓고, 사람들 다 심심할 때마다 몰래 볼 듯ㅋㅋㅋ 이젠 소리까지 들리는데, 더 리얼해졌네ㅋㅋㅋ]

"..."

그리고 한 달이 더 지났다.

[어우 씨ㅋㅋㅋ 지금 김남우 똥 싸네, 똥 싸! 희미한 소리랑, 이 냄새 보면 100퍼센트다ㅋㅋㅋ]

이제는 김남우의 후각마저도 사람들이 공유하게 되었다.

그동안 김남우는 대부분 눈을 감은 채로 지냈다. 귀에는 귀마개를 꽂았다. 저 빌어먹을 사람들이 즐거워하는 게 너무나 싫었다. 조금의 이야깃거리도 던져주고 싶지 않았다. 어쩔 땐, 일부러 재미없으라고 어려운 의학 서적을 몇 시간 동안 읽은 적도 있었다.

그럴수록 김남우의 삶은, 단조로워졌다. 외출도 거의 사라졌다. 대부분의 시간을 누워서 보냈고, 즐거운 일들을 최대한 피했다.

그럼에도 불구하고 사람들은 김남우에게 접속했다. 심심할 때마다 김남우에게 접속했고, 김남우의 일상을 이야깃거리로 써먹었다.

김남우와 부모님과의 눈물의 시간도, 사람들에겐 이야깃거리였다.

자존심을 버려가며 홍혜화에게 다시 매달리던 김남우의 모습도, 사람들에겐 이야깃거리였다.

용기를 내어 찾아간 병원에서의 모든 검사 과정과 이후의 무력감까지도, 사람들에겐 이야깃거리였다.

김남우가 거울 앞에서 눈물을 흘리며 무릎 꿇고 애원하는 모습조차도, 사람들에겐 이야깃거리였다.

김남우는 매일매일을 미쳐버릴 듯 발작했다. 머리를 쥐어뜯고, 울고, 소리 지르고, 욕하고, 식음을 전폐하고, 다시 사람들에게 빌고, 다시 또 욕하고.

사람들은 저러다 김남우가 미쳐버릴 것만 같았다.

그런데 갑자기 어느 순간, 김남우는 무표정해졌다. 더는 사람들에게 애원하지 않았다.

더는 눈을 감고 있으려 하지 않았다. 귀에서 귀마개를 뽑았고, 어디든 자유롭게 다녔다. 거울도 상관하지 않았다. 소변을 볼 때도 의식하지 않고 쳐다봤다. 가끔은, 컴퓨터로 야동도 봤다.

사람들은 말했다.

[김남우가 모든 걸 극복했다!]
[대단하다, 김남우… 나 같으면 미쳐버렸을 텐데.]

그렇게 또다시 사람들은 김남우의 변화를 멋대로 평가했다. 그러고는 심심할 때마다 심심하다는 말과 함께 김남우의 일상을 공유했다.

계속 무표정히 살아가던 김남우가, 시간이 더 흘러 미각이 공유되던 날에, 한 번 환하게 웃었다.

[치킨 먹고 싶은 사람, 지금 김남우한테 접속해라! 치킨 먹는다!]
[오, 이거 대박인데ㅋㅋ 맛은 느끼고, 살은 김남우가 찌고ㅋㅋㅋㅋ]

사람들은 마치 두 가지 인생을 즐기듯이, 심심할 때마다 김남우에게 접속했다.

김남우는 자신의 일상을 사람들에게 기꺼이 제공했다. 보고, 듣고, 맡고, 먹고.

거기서 김남우가 기꺼이 기다리던, 그 한 달이 또 지났다.

[오오오! 대박! 김남우랑 촉각이 공유된다!]
[우아! 진짜다! 완전히 다 느껴져! 우아아아아!]

사람들은 마치 재밌게 즐기던 게임이 크게 업데이트된 것처

럼 기뻐했다. 김남우도 기뻐했다. 정말 환하게 웃었다. 기다리고
기다리던 날이었다.

"하하하하하하."

크게 웃은 김남우는 옥탑방 문을 열고 나섰다. 곧장, 빠르게
발을 놀려,

다다다닥!

전력으로 달려서 높이 도약.

옥상 밖으로 몸을 던졌다.

[!]

사람들은 보았다. 빠르게 회전하는 세상을.
사람들은 들었다. 귀를 찢을 듯한 바람 소리를.
사람들은 맡았다. 어딘지, 화약 같은 냄새를.
사람들은 느꼈다. 머리가 터져나가는, 아픔을.

전 세계에서 비명이 터져 나왔다. 구역질이 터져 나왔다. 죄책
감을 닮은 마음도 조금은, 나왔다.

"…"

　김남우의 두 눈이 드디어, 혼자만의 땅을 보게 되었다. 김남우
는 웃었다. 이 땅바닥은 나만 볼 수 있어!
　만족스럽게 김남우의 두 눈이 감겼다.

⋮

　[오! 이번에는 여잔데! 우아~ 여자 방!]

　사람들은 심심하다. 왜들 그렇게, 심심하다.

가족과 꿈의 경계에서

늦은 저녁. 집으로 향하는 장진주의 걸음에 힘이 없다. 힘이
약하다고 여고생은 아르바이트로 쓰지 않는다니.

우울한 기분으로 걷던 장진주는, 동네 놀이터에서 서성이는
중년 남성을 보았다. 수염은 제멋대로 자라 삐죽거리고, 머리는
자를 때가 지나 지저분해 보이는 남자였다.

"아, 아빠?"

고개를 돌려 장진주의 모습을 바라보는 아빠. 한데, 모양새가
영 이상했다. 귀신이라도 본 것 같은 얼굴로, 딸의 얼굴을 뚫어
져라 보고 있었다.

장진주는 의아하다는 듯이 아빠 앞에 섰다.

"왜 그래?"
"…"

대답 없이 심각한 얼굴로 장진주를 바라보는 아빠. 미약하게 몸이 떨리고 있다. 입에서 나오는 음성 역시 떨렸다.

"네가… 내 딸이니? 내 딸… 내 딸 맞니?"
"무슨 소리야? 아빠 또 술 먹었어?"

장진주가 눈살을 찌푸리며 술 냄새를 맡아보지만, 나지 않았다. 이상하다는 듯이 아빠를 보는데, 아빠의 눈시울이 점점 붉어지더니, 눈물이 주르륵 흘러내리는 것이 아닌가?

"뭐, 뭐야? 왜 그래?"

대답 없이 눈물만 흘리며 부들부들 떨던 아빠가 딸을 와락 껴안았다.

"으익? 왜 그래, 갑자기?"
"내 딸, 내 딸! 정말 보고 싶었다. 정말 보고 싶었어, 내 딸!"
"무슨 소리야? 아침에도 봤잖아?"

가족과 꿈의 경계에서

이 상황이 이상하다 못해 당황스러운 장진주의 표정.

아빠는 울먹이며 말했다.

"난 너를 처음 봤단다. 17년 전… 네 엄마가 너를 유산한 뒤로 말이다."

장진주의 눈이 휘둥그레졌다.

．
．
．

장진주는 믿을 수 없다는 얼굴로, 황당하다는 얼굴로 아빠를 바라보며 입을 열었다.

"평행 우주?"

아빠는, 자신이 평행 우주의 다른 지구에서 차원을 건너왔다고 했다. 그곳은 모든 게 이 지구와 똑같지만, 장진주가 유산되어 존재하지 않는 세계라고 했다.

장진주는 어이가 없다는 듯이 아빠를 보다가, 버럭 화를 냈다.

"아빠, 무슨… 무슨 소리야, 도대체!"

아빠는 담담한 얼굴로 말했다.

"아빠에게 전화해보겠니?"

"뭐?"

"그래. 영상통화를 해보면 알겠구나."

"…"

장진주는 황당했지만, 아빠의 얼굴이 너무나 진지하였다. 찜찜한 얼굴로 핸드폰을 꺼내서 영상통화를 걸어보는 장진주.

"!"

[어~ 왜? 웬 영상통화냐?]

핸드폰 너머에도 아빠가 존재했다.

놀라 부릅뜬 눈으로 핸드폰 속 아빠와 눈앞의 아빠를 번갈아보는 장진주.

"아, 아, 아빠? 아빠?"

[어, 왜 그러는데?]

놀란 얼굴로 자신을 바라보는 장진주를 향해 고개를 끄덕거리는 아빠.

가족과 꿈의 경계에서

"어, 어. 어딘가 해서⋯ 나중에 봐."

[뭐야?]

장진주는 전화를 끊고, 충격 속에 할 말을 잃었다. 아빠는 충분히 기다려줬다.

한참 만에 정신을 차린 장진주는,

"그 말이 진짜면⋯ 왜? 그, 여기는 왜 오신 건가요?"

그 질문에 아빠는 씁쓸하게 웃으며 입을 열었다.

"엄마⋯ 네 엄마 있지?"

"네? 네."

"여기서는 엄마가 어떤 선택을 했는지 알겠구나. 너를 이렇게 예쁘게 키워냈으니까 말이다. 근데, 그곳에서 네 엄마는⋯"

"?"

"네가 태어나기 전에, 너를 지웠단다."

"네?"

엄마가? 나를? 황당해하는 장진주.

"엄마의 꿈은 배우였어. 17년 전에 엄마에게 기회가 왔고, 엄마는 갈등했지. 임신한 상태로는 영화에 출연할 수가 없었거든. 알고 있었니?"

"아, 아뇨?"

처음 듣는 얘기에 장진주는 혼란스러워졌다. 아빠는 씁쓸하게 고개를 끄덕였다.

"그래… 여기선 좋은 엄마구나… 넌 모르겠지만, 엄마는 너를 지우고 싶어 했어. 난 반대했지. 제발 아이는 지우지 말자고 무릎까지 꿇고 빌었어. 알았다고 하더구나. 그래서 그런 줄로만 믿었는데… 내가 없을 때, 엄마는 자해로 인공유산을 했단다."

"아…"

그때를 떠올리는 아빠의 얼굴이 슬픔과 분노로 뜨거워졌다.

"그때의 충격으로 네 엄마는 다신 임신을 하지 못하는 몸이 됐어… 그래, 영화엔 출연했지. 일도 잘 풀렸어. 축하할 만해! 근데 그 대가로 다시는 너를 볼 수 없게 되었어. 넌 이해할 수 있어? 너를 희생해서 꿈을 이룬 그 여자를 이해할 수 있어?"

"아…"

울컥한 아빠의 눈시울이 붉게 충혈됐고, 장진주는 무슨 대답을 해야 할지 몰랐다.

가족과 꿈의 경계에서

잠시, 긴 호흡으로 화를 삭인 아빠는 본론을 꺼냈다.

"내가 왜 왔냐고 물었니?"

"예?"

"그 여자에게 너를 한번 보여주고 싶었어. 네가 버린 딸이, 그 소중한 딸이 어떤 딸인지 두 눈으로 직접 보게 해주고 싶었어."

"…"

"잠깐만… 도와주겠니? 아주 잠시만 말이다. 내 딸아…"

장진주의 얼굴이 심각해졌다.

⋮

"나 왔어."

현관문을 열고 집으로 돌아온 장진주. 신발을 벗으며 눈으로 엄마를 찾았다.

TV 앞에 앉아 가계부를 쓰고 있던 엄마는 돌아보지도 않고 물었다.

"밥은?"

"어, 먹었어."

조심스럽게 엄마 옆에 가 앉는 장진주. 괜히 리모컨을 잡고 TV 채널을 돌리다가, 가벼운 투로 말했다.

"저기, 엄마."

"왜?"

"엄마는 꿈이 뭐였어?"

"뭐라니?"

엄마가 관심 없는 듯 가계부에 집중하자, 장진주가 다시 한 번 물었다.

"엄마 꿈이 배우였어?"

볼펜을 잡은 엄마의 손이 뚝 멈췄다. 장진주를 돌아보며 묻는 엄마.

"누가 그래? 아빠가 그래?"

"으으응. 그냥…"

"…"

장진주는 엄마의 시선에 긴장했다. 엄마는 잠깐 말이 없다가, 다시 가계부로 얼굴을 돌렸다.

"배우였었지. 한때는 말이야. 엄마가 한 미모 하잖니?"

"응…"

장진주는 다시 볼펜을 움직이는 엄마의 손을 보았다. 거칠다.
TV에 나오는 여배우들은 나이가 먹어도 손이 참 곱던데.

"엄마. 혹시, 후회해?"

"뭐가?"

"그, 왜… 꿈을 포기한 것 말이야."

"…"

엄마는 다시 펜을 멈추고, 장진주를 돌아보았다. 마치, 얘가
무엇을 알고 있나 알아내려는 듯이 가만히 쳐다보았다.

어색하게 웃는 장진주. 곧, 엄마의 입에서 단단한 목소리가 나
왔다.

"엄마는 후회 안 해. 절대로."

"…응."

"가서 설거지나 좀 해."

다시 가계부에 집중하는 엄마.

자리에서 일어난 장진주의 얼굴이 복잡하다. 미안한 듯하면
서도, 안심하는 기색이 역력한 얼굴이다.

:

불 꺼진 방 안. 침대에 누운 장진주는 머릿속이 복잡해 쉽사리 잠에 들지 못했다.

아까는 그 아빠의 부탁을 거절했다. 자신을 강제로 유산한 엄마를 왜 보러 가고 싶겠는가?

한데, 집에 돌아와 엄마를 보고 나서는 생각이 많아졌다.

평소 엄마의 꿈 같은 건 생각해본 적도 없었다. 엄마의 꿈은 그냥 엄마인 줄 알았다. 한데, 17년 전에는 엄마도 나처럼 꿈이 있었다. 그 꿈을 펼칠 기회도 있었다. 어떤 마음으로 꿈을 포기했을까? 엄마는 정말로, 한 번도 후회한 적이 없을까?

만약 엄마가, 엄마를 위한 인생을 살았다면 어땠을까? 지금보다 훨씬 행복하지 않았을까?

보고 싶어졌다. 자신이 아닌, 꿈을 선택한 엄마가 보고 싶어졌다.

만약 내일, 다시 한 번 그 아빠를 만난다면.

"…"

장진주의 미간이 갈등으로 좁아졌다.

가족과 꿈의 경계에서

:
:

"거긴 어떻게 갔다 오는 거예요? 아니, 애초에 어떻게 넘어오
셨어요?"

어제와 같은 놀이터. 장진주는 다른 차원의 아빠를 만나 물었다.

"악마와 거래를 했단다."

주머니에서 돌돌 말린 양피지를 꺼내어 펼치는 아빠. 양피지
속 그림 하단부에는 커다란 지구가, 상단부 왼쪽에는 작은 태양
이 그려져 있었다.
장진주는 아빠가 펼친 양피지의 그림을 보다가, 갈등하는 얼
굴로 생각에 잠겼다. 곧, 다시 한 번 확인하는 장진주.

"…한 번만 만나면 되는 거죠?"
"그래. 한 번이면 충분해."
"알았어요… 그럼 만날게요."

고마워하며 고개를 끄덕이던 아빠는, 검지를 뻗어서 양피지
속 태양을 짚었다.
장진주도 시키는 대로 함께 태양을 짚었고, 왼쪽에 있던 태양
을 오른쪽으로 끌어 옮겼다.

바로 손가락을 떼는 아빠의 모습에 조금 눈이 커진 장진주가
물었다.

"에? 끝났어요?"
"그래. 여기가 아빠가 사는 세상이야."

장진주는 두리번거리며 주변을 살폈지만, 방금 전이랑 달라
진 부분을 찾지 못했다.

"우리 집에 가자. 엄마가 기다리고 있단다."
"아… 예."

장진주는 앞장서는 아빠의 뒤를 따르면서도 연신 주변을 둘
러보았다. 전혀 이질감이 느껴지지 않아 신기하고, 이상했다.

⋮

"여, 여기가 집이라고요?"
"그래."

장진주의 입이 떡 벌어졌다. TV에서나 보던 초호화 아파트였
다. 장진주가 너무 놀라자, 아빠가 덧붙여 말했다.

가족과 꿈의 경계에서

"네 엄마는 유명한 배우니까."

"와아…"

장진주는 약간 기가 죽을 정도로 놀랐다. 엄마가 배우로 이렇게까지 성공해 있을 줄은 예상하지 못했다.

거짓말 좀 보태서, 지금 올라탄 이 엘리베이터만 해도 자신의 방만 하다고 생각했다.

엘리베이터에서 내려, 문 앞에 선 둘은 잠시 멈췄다.

"괜찮니?"

"네… 아, 잠시만요."

긴장한 장진주는, 빠르게 뛰는 심장을 느끼며 가슴에 손을 올렸다. 잡생각들이 머릿속에서 마구 엉켰다.

꿈을 이룬 엄마의 모습은 어떨까? 나를 보면 무슨 말을 할까? 나를 유산했을 때는 무슨 생각을 했을까?

"진주야."

"네? 아… 예. 괜찮아요…"

심호흡을 하는 장진주. 곧, 아빠의 뒤를 따라 집 안으로 들어섰다.

"여보."

아빠의 부름에 거실 소파에 앉아 책을 보던 엄마가 돌아보았고, 장진주와 눈이 마주쳤다.

장진주는 깜짝 놀라 눈이 커졌다.

엄마가 맞았다. 분명 맞는데, 너무나 달랐다. 10년은 젊어 보였다. 얼굴에 주름이 없고, 피부는 잡티 없이 깨끗하고, 머릿결은 너무나 곱고, 몸에는 군살 하나 없었다. 맑은 눈빛마저도 왠지 우아해 보였다. 정말 예뻤다.

엄마 역시, 장진주를 보며 살짝 놀란 모양새였다. 엄마는 무슨 상황인지 묻는 듯한 얼굴로 급히 아빠를 쳐다봤다.

"우리 딸이야. 우리 딸 장진주."

벌떡 일어나는 엄마. 장진주를 바라보는 눈동자가 사정없이 흔들렸다.

장진주는 무슨 말을 해야 할지 몰라 쳐다만 보았다.

말은 아빠에게서 나왔다. 비웃는 듯 냉소적으로.

"어때? 네가 버린 딸을 본 감상이? 이렇게 예쁘게 컸어. 신기하지? 너랑 꼭 닮았어."

"…"

"왜? 왜 그래? 왜 말이 없어? 뭐라고 말 좀 해보지?"

"…"

"뭐라고 말 좀 해보라고. 할 말이 있을 것 아니야! 어? 예쁘다든가! 잘 자랐다든가! 그게 아니면, 유산해서 미안하다든가!"

"…"

아빠는 충혈된 눈으로 소리 질러댔고, 장진주는 어찌할 줄을 몰라 눈치를 살폈다.

그 순간,

"아!"

엄마의 눈에서 눈물이 주르륵 흘러내렸다. 무너진 얼굴로 울먹이며 말했다.

"미안해… 미안해… 미안해… 미안해…"

"…"

"…"

끝없이 반복되는 그 말 외에는 다른 어떤 말도 하지 못했다.

· · ·

아빠가 자리를 피해준 거실 소파에, 장진주와 엄마가 나란히 앉아 있었다. 어색한 침묵을 깨고, 눈이 퉁퉁 부은 엄마가 먼저 입을 열었다.

"난… 네 아빠가 거짓말을 하는 줄 알았어. 근데, 널 처음 봤을 때 바로 알겠더라. 딸이 맞구나. 진짜 내 딸이구나. 이상하지만, 그랬어."

"아, 네…"

장진주는 어색함에 경직되어 있었다. 분명 엄마가 맞지만, 너무 달랐다.

"몇 살이니?"

"아… 17살이요…"

"그래… 참 예쁘다. 남자 친구는 있니?"

"네? 아. 아뇨…"

"응… 뭐, 좋아하니? 먹고 싶은 거 있어? 배고프니?"

"아니요, 괜찮아요."

"그래. 취미가 뭐니? 너도 아이돌 좋아하고 그러니? 싸인 CD 같은 거 구해줄까?"

"아뇨, 아뇨. 아뇨…"

엄마는 마치 장진주에 대해 모든 걸 알고 싶다는 듯이, 끊임

가족과 꿈의 경계에서

없이 질문해댔다. 장진주는 어색했다. 분명 엄마가 맞는 걸 느끼면서도 그랬다. 집에 있는 엄마가 아주 예쁘게 꾸며도 이렇게 어색할까?

엄마는 연신 질문을 하다가, 어색해하는 장진주의 모습을 보고 말을 멈췄다. 그 대신 손을 잡으며 지긋한 눈빛으로 장진주를 바라보았다. 소중한 보물을 보듯이, 하나라도 놓치지 않겠다는 듯이 그렇게 보았다.

장진주는 고개 숙여 엄마의 손을 바라보았다. 부드러웠다. 집에서 가계부를 쓰던 엄마의 거친 손과 너무 달랐다.

입술을 축이고, 조심스럽게 입을 여는 장진주.

"저기… 배우시잖아요?"

"응."

"꿈을 이루신 거잖아요. 그… 행복하세요?"

"…"

질문 속에 담긴 의미 때문인지, 단박에 미안한 표정을 짓는 엄마. 당황한 장진주가 급히 정정했다.

"아뇨, 미안해하실 필요 없고요. 저는 저를 유산… 아무튼, 그걸 탓하려는 게 아니라요… 꿈을 이루고 행복하신지가 궁금해서요. 아시겠지만, 제가 사는 곳에도 그, 엄마가 있잖아요? 전 엄마 꿈이 배우였던 것도 17년 만에 처음 알았거든요. 그러니까, 나쁜 뜻으로 묻는 게 아니고요…"

"그래. 그래."

고개를 끄덕거리는 엄마의 얼굴이 조금 슬퍼 보였다. 장진주는 괜히 미안해졌다.

잠깐 말없이 손을 내려다보고 있던 엄마가 입을 열었다.

"너에게 미안했어. 믿을지 모르겠지만, 정말 많이 울었어."

"…"

"그래서 더 열심히 했어. 내 아이까지 버려가면서 얻은 기회였으니까, 필사적으로 했지. 행복했냐고 묻는다면… 응, 행복했어."

"아…"

"좋았지. 꿈꿔왔던 영화에 출연하고, TV에 나오고, 유명해지고… 돈도 많이 벌고, 좋아해주는 팬들도 생기고… 사람들에게 인정도 받고. 어떻게 행복하지 않을 수가 있겠어?"

엄마는 말을 하며 한쪽 벽을 바라보았다. 그 시선 끝에, 진열대 한가득 각종 트로피들이 빛나고 있었다.

"…"

장진주는 집에 있는 엄마를 생각했다. 엄마도 행복할까? 알

가족과 꿈의 경계에서

수 없다. 하지만 내가 만약 엄마라면…

"저기… 진주야?"
"네?"

생각에 잠겨 있던 장진주가 고개를 돌리자, 엄마가 조심스럽게 말했다.

"한 번만… 안아봐도 될까?"
"아…"

장진주가 고개를 끄덕이자, 엄마는 장진주를 꼭 끌어안았다.
엄마는 장진주의 묵직한 실체감을 느끼며 눈물을 흘렸다. 장진주는 생각했다.

엄마 냄새다. 엄마랑 냄새가 똑같구나. 엄마가 맞구나.

:
:

식탁에 차려진 음식의 반의 반도 못 먹고 남길 정도로 호화로운 저녁 식사가 끝났다.
식사 내내 두 모녀의 대화를 듣기만 할 뿐, 한마디도 하지 않던 아빠가 처음 입을 열었다.

"이제 그만… 가자."

"아!"

"아…"

아빠의 말에, 엄마가 슬퍼했다. 장진주는 왠지 미안해졌지만, 의자에서 일어나는 아빠를 따라 어정쩡하게 몸을 일으켰다.

그때 급히 장진주의 손을 잡는 엄마의 고운 손.

"저기, 진주야!"

"네?"

"저기… 저기…"

우물쭈물하던 엄마는, 우는 듯 웃는 듯한 얼굴로 말했다.

"엄마랑… 여기서 같이 살지 않을래?"

"네?"

당황하는 장진주. 엄마의 얼굴이 너무 간절했다.

그때, 웃음을 터트리는 아빠.

분위기에 맞지 않는 그 경박한 웃음이 둘의 시선을 끌었다.

한참을 웃던 아빠는 엄마를 보며 차갑게 말했다.

"네가 그런 말을 할 자격이 있어?"

가족과 꿈의 경계에서

"…"

"그 결정은 17년 전에 했어야지. 지금 이렇게 남의 딸 앞에서 할 게 아니라."

"…"

엄마는 반박을 하지 못했다. 아빠는 한껏 입술을 비틀어 웃었다.

"넌 엄마 자격이 없어. 그러니까 아이도 가질 수 없는 몸이 된 거야. 하늘에서도 너 같은 엄마에게는 자식을 주고 싶지 않을 테니까."

"…"

엄마는 가장 아픈 상처를 찔린 것처럼 눈물을 주르륵 흘렸다.

중간에서 끼어들 수 없었던 장진주만 안절부절못했다.

아빠는 엄마의 그 표정이 통쾌한 듯, 혹은 슬픈 듯, 복잡한 얼굴로 쳐다보다가 돌아섰다.

"가자. 너무 늦지 않게 가야지…"

"네…"

장진주는 엄마를 향해 다른 말은 못하고, 꾸벅 인사만 한 뒤 아빠의 뒤를 따라나섰다.

식탁에 홀로 남겨진 엄마는 양 손바닥으로 얼굴을 감싸며 무너져 내렸다.

⋮

장진주가 사는 동네의 놀이터로 걸어가는 둘. 무거운 공기 속에, 아빠가 자조 섞인 웃음을 지었다.

"아빠가 참… 못났지? 실망했지?"
"…"

아빠는 대답을 기대하지는 않은 듯, 변명처럼 혼자 중얼거렸다.

"아빠가 고아인 건 알지? 아빠는 꿈이 있었어. 나를 닮은 아이를 낳아서, 내가 받지 못했던 사랑 다 주고 싶었어. 그런 행복한 가정을 만들고 싶었어. 근데…"

아빠는 고개를 흔들며 말을 끊었다가, 다시 이어 말했다.

"알아. 아빠가 생각해도 아빠는 참… 쓰레기야. 17년 전 그날 이후로 단 한순간도 엄마를 미워하지 않은 적이 없었어. 알고 있어. 엄마도 힘들었겠지… 힘든 결정이었고, 다시는 아이를 가질 수 없게 됐을 땐 더 힘들었을 거야. 내가 옆에서 엄마를 위로해

가족과 꿈의 경계에서

줬어야 했겠지."

"…"

"그런데, 그럴 수 없었어. 위로해줄 수 없었고, 응원해줄 수도 없었어. 아빠도 힘들었거든. 너를 잃고 나서, 너무 힘들었거든."

"…"

"네 엄마가 너를 유산한 뒤로, 아빠 인생도 끝났어. 매일 술이나 마시고, 경마장이나 다니고, 일도 안 하고 쓰레기처럼 살았어. 그래도 엄마는 아무 말도 안 하더라. 차라리 화를 냈으면 아빠가 변했을 수도 있었을 텐데, 화 한번 안 내더라… 우린 17년 동안 부부이면서 부부가 아니었어."

"…"

"지금도 가끔, 꿈을 꿔. 만약 17년 전 그날에 엄마가 다른 선택을 했다면 어땠을까? 우리 가족은 지금 무엇이 되어 있을까? 부질없지만… 만약 그랬으면 나는, 우리 가족은 지금 어떻게 되어 있을까?"

"…"

아빠는 쓸쓸한 얼굴로 입을 다물었다. 곧, 둘은 놀이터 앞에 도착했고, 아빠가 양피지를 꺼냈다.

그때까지 한마디도 하지 않던 장진주가,

"아빠."

아빠를 불렀다.

"어? 어어, 진주야!"

처음으로 불린 아빠라는 호칭에 아빠의 얼굴이 상기됐다.
장진주는 가만히 아빠를 보다가 말했다.

"우리 엄마랑 여기 엄마는 너무 달랐어. 여기 엄마가 더 예쁘
고, 더 우아하고, 더 행복하고… 근데."
"?"
"근데 아빠는 똑같아."
"뭐?"

아빠의 얼굴이 멍해졌다.

"아빠는 여기나, 거기나 똑같아. 매일 술만 마시고, 도박이나
하고, 엄마만 고생시키고… 정말 못난 아빠야."
"뭐?"

흔들리는 아빠의 얼굴을 장진주는 똑바로 바라보며 말했다.

"엄마 때문이라고만 생각하진 마. 아빠 인생이 지금 그런
건… 모두 다 엄마 잘못만은 아니야. 아빠는 원래… 원래 그런

가족과 꿈의 경계에서

사람이니까."

　믿을 수 없다는 듯이, 눈동자가 흔들리는 아빠.
　장진주는 손가락을 뻗어 양피지의 태양을 짚으며, 마지막으로 말했다.

　"그러니까, 엄마만 너무 미워하지 마. 아빠 인생은 아빠가 결정한 거니까…"

　태양을 옮기며, 연기처럼 사라져버리는 장진주.
　홀로 남겨진 아빠는 석상처럼 굳어서 움직일 줄을 몰랐다.

　"…"

·
·
·

　"아!"

　갑자기 사라진 아빠의 모습에 주변을 두리번거리는 장진주.

　"아… 돌아왔구나…"

　그런데 어쩐 일인지, 장진주의 발밑에 양피지가 떨어져 있었다. 양피지를 집어 들고, 복잡한 얼굴로 바라보는 장진주.

:
:

"어디 갔다 오니? 전화는 왜 안 돼?"
"어? 어어… 핸드폰 배터리가 나갔어."

집으로 돌아온 장진주는, 엄마를 자세히 살폈다. 조금 전 보고
온 엄마와 너무 달랐다. 더 늙었고, 더 삶에 찌들어 있었다.
복잡해 보이는 장진주의 시선이 이상한 엄마.

"왜? 뭐 묻었어?"
"…아니."

실없다는 듯 부엌으로 향하는 엄마. 그 뒷모습을 보던 장진주
가 물었다.

"엄마! 주름 방지 화장품 같은 거 안 써?"
"어이구, 그럴 돈이 어딨니? 로션 살 돈도 없어!"
"…"

돌아오는 대답이 너무 팍팍하여, 장진주는 슬펐다. 건너 세계
에서 멋있게 사는 엄마와 비교되어, 미안했다. 만약 자신이 아니

가족과 꿈의 경계에서

었다면, 엄마도 그렇게 살 수 있었을 텐데.

장진주는 싱크대 앞의 엄마에게 달려가 뒤에서 끌어안았다.

"어머? 왜 이래?"

"엄마…"

"왜 그래? 용돈 필요해? 엄마 돈 없어."

"아니. 그냥. 미안해서…"

"원 참! 뭐가 미안해."

장진주는 엄마 등에 얼굴을 묻었다. 자신 때문에 꿈을 포기한 엄마에게 미안했다.

한데, 지금 이 순간 장진주가 정말로 미안했던 것은,

자기 인생도 엄마처럼 될까 봐 걱정하고 있는, 자신의 나쁜 마음이었다.

:
:

불이 꺼진 여배우의 집.

여인이 넓은 소파에 웅크리고 앉아 무릎 사이에 얼굴을 묻고 있었다. 현관문이 열리고, 걸어오는 사내.

"…"

사내는 복잡한 얼굴로 여인을 내려다보다가, 들릴 듯 말 듯
한 음성으로 말했다.

"미안해."

사내가 17년 만에 처음 해보는 말이었다.
여인이 천천히 고개를 들어 사내를 올려다보았다.

"…"
"…"

마주친 두 사람의 눈이 오랫동안 떨어지지 않았다.

.
.
.

침대에 누운 장진주는 오늘 밤도 쉽사리 잠들 수 없었다.

장진주도 어릴 적부터 간직해온 꿈이 있었다. 스튜어디스. 그
건 지금의 가정 형편으로는 절대 이룰 수 없는, 참아야 할 꿈이
었다.

장진주는 배우고 싶었다. 공부가 하고 싶었다. 남들처럼 대학
도 가고 싶었다. 하지만 현실은 녹록지 않았다. 고등학교를 졸업
하자마자 취업을 해서 집안 빚을 갚아야 했다. 아니, 지금 당장

가족과 꿈의 경계에서

에라도 알바를 구해야 했다.

지금 장진주가 잠들지 못하는 것은, 자신에게 기회가 생겼기 때문이다. 장진주는 양피지를 만지작거렸다.

만약, 저쪽 세계로 넘어간다면 어떨까? 그쪽 엄마의 딸이 된다면… 내 꿈을 마음대로 이룰 수 있지 않을까?

장진주의 고민은, 17년 전 엄마의 고민과 닮아 있었다. 두 엄마의 모습을 떠올리며 자신의 미래를 투영했다.

"…"

아무리 생각해도 장진주는, 엄마처럼 되고 싶지 않았다.

.
.
.

김치찌개와 멸치조림, 오징어젓갈. 항상 장진주네 식탁에 올라오는 반찬이었다.

밥을 깨작대던 장진주가 엄마에게 물었다.

"엄마, 있잖아… 엄마 꿈 말이야. 영화배우."

"또, 왜?"

"그거 포기한 거, 정말로 후회 안 해? 만약 영화배우 했으면 진짜 성공해서 유명한 여배우가 됐을지도 모르잖아."

"당연히 유명해졌겠지. 엄마가 워낙 예뻤으니까."

"응, 그건 그래. 그러니까 후회 안 해?"

"흠…"

젓가락질을 멈춘 엄마가 장진주의 얼굴을 쳐다보았다. 심각한 얼굴로 눈을 몇 번 깜빡여가며 장진주의 얼굴을 관찰하다가, 피식 웃는 엄마.

"후회 많이 했지."

"정말?"

놀라 되묻는 장진주의 눈동자가 커졌다.

"그래도 네가 태어난 그날 이후로는, 단 한 번도 후회한 적이 없어. 너를 내 품에 안자마자, 세상에 그 어떤 것도 의미가 없어 졌거든."

"아…"

엄마는 사랑 가득한 눈으로 장진주를 바라보았다. 장진주는 왠지 찔려서, 그 시선을 받아주지 못했다.

:
:

　　　　　　　　　　　　가족과 꿈의 경계에서

며칠 뒤.

장진주는 놀이터에서 양피지를 펼쳐들고 한참을 갈등하고 있었다.

곧 장진주는 스스로 다짐하듯 중얼거렸다.

"그래. 물어만 보자. 17년 전에 꿈을 선택한 걸 후회하는지 안하는지만 물어보고 오자…"

손가락을 뻗어 태양을 짚는 장진주.

:
:

"진주야? 진주야!"

엄마는 타워팰리스 경비실까지 버선발로 달려왔다.

금세 눈시울이 붉어져 장진주의 손을 잡는 엄마. 장진주는 역시, 조금 어색했다.

"아, 저…"
"들어가자. 일단 들어가자."

엄마는 얼른 장진주를 집으로 데려갔다. 집에 아빠는 없었다.

소파에 앉은 두 사람.

"저… 묻고 싶은 게 있어서요."

"그래그래."

뭐든지 물어보라는 듯, 웃으며 고개를 끄덕이는 엄마.

장진주는 조심스럽게 물었다.

"17년 전에 그… 꿈을 선택하셨잖아요."

"아… 으응…"

"혹시… 후회하세요?"

"…"

장진주는 솔직하게 말해달라는 듯, 엄마를 보았다. 엄마는 잠시 말이 없었다.

그러나 곧, 입을 떼고 이야기를 시작했다.

"…후회했어."

"아."

장진주의 입에서 탄식이 흘러나왔다. 후회하는구나. 엄마는 후회하지 않았는데, 이곳 엄마는 후회하는구나.

한데, 엄마의 말은 끝나지 않았다.

"사람이니까… 사람이니까 후회했지. 살면서 몇 번씩 생각했어. 만약 그때 다른 선택을 했다면 어땠을까? 그런데…"

엄마가 미안해하며 말했다.

"만약 다시 그때로 돌아간다고 해도, 난 아마 같은 선택을 했을 거야. 너를 앞에 두고 할 말은 아니지만… 아마 그랬을 거야. 정말 미안해…"

"아…"

"너는 어때? 너도 꿈이 있니? 무슨 일이 있어도 이루고 싶은 소중한 꿈 말이야."

장진주의 머릿속이 복잡해졌다.

⋮

"하아."

집으로 돌아온 장진주가 가장 먼저 들은 것은 엄마의 한숨 소리였다.

장진주는 가계부와 씨름하고 있는 엄마의 모습을 보며 생각했다.

불쌍했다. 엄마는 왜 저렇게 살아야 하는 걸까. 엄만 충분히 더 행복하게 살 수 있었는데.

두려웠다. 나도 엄마처럼 되는 걸까? 보잘것없는 내 미래도 결국 엄마를 닮게 되는 걸까?

다른 차원의 엄마가 했던 말이 장진주의 머릿속에 떠올랐다.

[언제라도 좋으니까… 진주가 엄마한테 기회를 줄 수 있다면, 엄마는 언제라도 좋으니까, 응? 늘 기다리고 있을게.]

"…"

양피지를 잡고 있는 장진주의 손에 힘이 꾹 들어갔다.

:
:

장진주는 놀이터에 서 있었다.

아까부터 태양 위에 손가락을 올려놓은 채 멈춰 있는 장진주.

흔들리는 눈으로 고민하다가, 눈을 질끈 감고, 손가락을 옆으로 그었다.

눈을 꾹 감고 부들부들 떨고 있는 장진주의 귓가에, 갑자기 남자의 음성이 들려왔다.

"진주야…"

"아!"

장진주가 눈을 뜨자, 장진주를 기다리고 있던 아빠의 모습이
보였다.

아직 혼란스러워하는 장진주의 얼굴을 보며, 아빠가 물었다.

"결정한 거니?"

"…네."

아빠는 가만히 장진주를 바라보다, 이내 장진주 쪽으로 손바
닥을 내밀었다. 곧, 장진주가 그 위에 양피지를 얹었다.

양피지를 챙겨 넣은 아빠는 고개를 끄덕이며 앞장섰다.

"가자. 내 딸 진주야."

"…"

따라나서는 장진주의 얼굴에, 확신 같은 건 없었다.

.
.
.

엄마는 장진주를 끌어안고 울며, 같은 말만 반복했다.

"고마워… 고마워… 고마워…"

"…"

장진주의 코끝이 시큰해졌다. 그러나, 곧 눈물을 흘릴 것 같은 눈으로 무엇을 생각하고 있는지는 알 수 없었다.

옆에서 모녀를 바라보던 아빠는 생각에 잠겨 있었다. 모녀가 떨어지자마자,

"진주야."

"네?"

"정말로 우리 딸로 살기로 한 거지? 다시는 그곳으로 돌아가지 않고, 이 세계에서 살기로 한 거지?"

확인을 받듯이 묻는 아빠. 장진주는 무거운 얼굴로 고개를 끄덕거렸다.

"…네."

"…"

아빠는 잠시 말이 없다가, 다시 물었다.

"진주야. 그럼 그곳에 있는 진짜 엄마는?"

"여보!"

가족과 꿈의 경계에서

소리쳐 말을 막는 엄마. 아빠는 그런 엄마를 힐끔 쳐다만 볼 뿐, 다시 진주를 보며 물었다.

"거기 있는 엄마를… 버린 거니?"
"여보!"

기겁하며 막아서는 엄마. 아빠는 아랑곳없이 장진주의 대답을 요구했다.
장진주는 괴로워하며 대답했다.

"예. 전… 저도 제 꿈을 이루고 싶어요. 가난한 그곳에선 절대 이룰 수 없는 제 꿈이요…"

엄마는 얼른 장진주를 다시 안아주었다.

"그래그래. 뭐든지 하렴. 엄마가 뭐든지 다 해줄게."

한데 아빠는, 가만히 장진주를 보다가 뜬금없이 물었다.

"진주야. 너도 알겠지만… 아빠는 쓰레기야. 알지?"
"?"

아빠는 양피지를 든 손으로, 한쪽 방을 가리키며 물었다.

"저 방 보이니?"

"네…"

"만약, 저 방 안에, 네 엄마가 숨어 있다면 어떡할래?"

"네?"

장진주의 눈이 흔들렸다.

"여보, 지금 무슨!"

깜짝 놀란 엄마를 향해 손을 뻗어 제지하는 아빠.

"저기 숨어서 네가 하는 이야기를 다 듣고 있었다면 어쩔래? 네가 그곳의 엄마를 버리고, 이곳을 선택했다는 걸 다 듣고 있었다면 말이야."

"왜… 왜, 왜?"

떨리는 음성으로 묻는 장진주에게, 아빠는 냉정한 얼굴로 말했다.

"확실하게 하고 싶었어. 네가 확실하게 그쪽 세계와 연을 끊게 하고 싶었어. 이 방법이라면 가능하잖아?"

"거, 거짓말… 거짓말!"

고개를 흔드는 장진주. 아빠는 냉정하게 말했다.

"넌 알고 있지? 저 방 안에 네 엄마가 지금 왜 조용한지. 여기서라면, 진주 네가 원하는 모든 꿈을 이룰 수 있단 걸 알고 있으니까 그렇겠지…"

장진주의 얼굴이 새파래졌다.

"한번… 확인해볼래? 확인해봐."
"아…"

아빠가 가리킨 문을 보며 침을 꿀꺽 삼키는 장진주.
부들부들 떨리는 걸음걸이를 옮겼다. 아닐 거다, 아무도 없을 거다 생각하면서도 가슴이 울렁거려 미칠 것만 같았다. 문고리를 잡은 손이 마구 떨렸다.
조심스럽게 문고리를 돌린 장진주가, 이를 악물며 문을 확 젖히자,

"아!"

장진주는 그 자리에 털썩 주저앉았다.

욕실이었다. 아무도 없었다.

주저앉아 부들거리다가, 엉금엉금 기어가 커다란 욕조 안까지 살피는 장진주.

아무도 없었다. 몸에 힘이 빠졌다.

어느새 다가온 아빠가, 장진주를 향해 양피지를 내밀었다. 착잡한 얼굴로 말했다.

"진주야… 또다시 17년 전과 같은 선택을 반복하진 말자. 이 세계에선… 더는 안 된다."

"아…"

"우리 부부는 슬픈 사람들이야. 당연해. 그건 17년 전 선택에 대한 당연한 대가야. 근데… 꿈까지 포기한 너희 엄마는 왜 슬퍼야 하는 거니?"

"아아…"

양피지를 받아든 장진주는 엉엉 울었다.

"미안해요. 미안해요."

소리 내어 엉엉 울었다.

．
．
．

가족과 꿈의 경계에서

늦은 밤의 놀이터. 퉁퉁 부은 눈의 장진주가 발밑을 바라보고 있었다.

말없이 장진주를 바라보던 아빠는, 외투를 벗어 장진주의 어깨에 둘러주었다.

"춥지?"

고개를 들어 아빠를 본 장진주는, 작은 목소리로 사과했다.

"…죄송해요."

아빠는 고개를 저으며, 미안해하는 목소리로 말했다.

"내가 미안하다. 난 엄마에게도, 너에게도, 꿈을 포기하라고만 강요하는구나. 미안하다."
"아니에요."

장진주도 아빠를 따라 고개를 저었다.
곧 양피지를 펼쳐 든 장진주는, 손가락으로 태양을 짚고는 아빠의 손가락을 기다렸다.
그러나 아빠는 고개를 가로저었다.

"난 됐다. 아마 다시 쓸 일도 없을 거야. 그곳에 가면… 양피지는 찢어도 된다."

"…네."

고개를 끄덕인 장진주는, 마지막으로 다시 아빠에게 사과한 뒤 태양을 옮겼다.

"…"

연기처럼 사라진 딸의 빈자리를 바라보는 아빠. 미련 없이, 뒤돌았다.

⋮

여인은 엉엉 울며 사내를 때렸다. 사내는 묵묵히 맞으며 여인을 안아주었다.

엉엉 우는 여인의 등을 토닥이며 사내는 말했다.

"우리, 개나 키울까? 고양이? 아니면… 입양은 어때?"

여인의 흐느낌이 사내의 품에서 점점 멎어들었다.

⋮

가족과 꿈의 경계에서

"엄마!"

장진주가 엉엉 울며 엄마에게 달려들어 안겼다.

"어머! 왜 이래? 무슨 일 있어? 응?"

깜짝 놀란 엄마가 걱정스러운 얼굴로 장진주를 보듬었다.
연신 미안하다며 엉엉 울던 장진주는, 엄마의 질문에, 겨우 소리 내 답했다.

"그냥… 그냥 엄마가 나를 낳아준 게 너무 고마워서 그래!"

엄마는 황당하다는 듯이, 딸을 안으며 대답했다.

"으이구! 네가 태어나준 게 더 고마워!"

모녀는 서로를 따스하게 안아주었다.

"근데 너 그 옷은 뭐니? 어디서 났어? 비싸 보이는데?"
"응? 아앗, 맞다! 어, 이 옷은, 그게 그러니까… 응? 뭐지?"

외투 주머니에 손을 넣은 장진주가 고개를 갸웃했다.

13일의 김남우

2017년 12월 27일 1판 1쇄 발행
2018년 3월 19일 1판 4쇄 발행

지은이	김동식
펴낸이	한기호
편 집	김민섭, 오효영, 문아람
경영지원	이재희
펴낸곳	요다

출판등록 2017년 9월 5일 제2017-000238호
주소 121-839 서울시 마포구 서교동 484-1 삼성빌딩 A동 2층
전화 02-336-5675 팩스 02-337-5347
이메일 kpm@kpm21.co.kr

ISBN 979-11-962226-4-2 04810
    979-11-962226-1-1 04810 (세트)